博物戦艦
アンヴェイル

小川一水

ハルキ文庫

角川春樹事務所

目次

博物戦艦アンヴェイル

序章

すかー、と箱型の吊りベッドで気分よく眠っていたティセルの鼻を、誰《だれ》かがつまんだ。

ぷにっ。

「こらぁ、なにすんのフレーセ、まだ……」

妹の名前を呼びながら手をはらって、寝返りを打つ。すやすやと二度寝しかけたところで、今度は唇を指で押さえられた。

むぴっ。

「いたずらするなぁ」

ティセルは相手の腕をつかんで引っぱった。ごろん、と思ったより大きな体が乗ってくる。

目を開けると、寝ぐせだらけの赤毛の少年が、びっくりして顔を赤らめながら添い寝していた。

瞬《まばた》きして、一拍。

羞恥《しゅうち》と激怒が腹の底から頭のてっぺんまで噴き上がり、少女騎士ティセル・グンドラフは、剣を握って鍛えた腕力で、相手をベッドの外に放《ほう》り出した。

「なんであなたがいるのよこのいやらしい赤モップ――！」

「しーっ！　しーしーしー」
すかさず少年がティセルの頭を抱いて、手で口を塞《ふさ》いだ。何か急迫した事情があるよう
だがティセルはそれどころではない。寝床に男の子を引っぱりこんだことなんか生まれて
初めてだ。敏感な唇に乾いてざらついた男の子の手がふれている。手、手の匂いと骨ばっ
た感触が。ていうか、それ以前に下が薄いシャツ一枚と下着だけで、その上には薄い毛布
しかかけていなくて。
んーんーとうめきながら沸騰《ふっとう》した頭で必死に脱出方法を考えて、いっそ手をガブリとや
ってやろうかと思ったとたん――
「敵がいるから叫んじゃダメ」
少年の言葉に、ティセルは動きを止めた。
深い茶色の瞳《ひとみ》だけを動かして、じろりとにらむ。少年が手をゆるめる。
「敵？」
「うん」
「うそ。どこにいるのよ。海の上よ、ここ」
「だから、敵艦。それも風下」
少年――ジェイミーがさらに顔を寄せて、ささやく。
「三十門級の全装帆船。ラングラフ王国の旗をあげてない。だから、つまり、敵。いま霧
にまぎれて追っているから、音を立てたらダメなんだよ」

「ほんとでしょうね？」

「嘘《うそ》ついてなんの得があるのさ？」

「私に、さっ、さわりに来たとか」

ティセルが顔を真っ赤にして言うと、「あっ、あーあー、ああ」と今さら気づいたように大げさにうなずいて、少年は明るく舌打ちした。

「ちぇっ、そうすればよかった。うっかりしてたよ」

そう言って、斜め上からティセルの顔を覗《のぞ》きこむ。

「鍵《かぎ》、このままにしといてくれる？　おれ、あれなら楽勝なんだ」

今夜からは扉に板を打ちつけてやる、とティセルは本気で思った。

「ま、今はそれどころじゃない。テス、早く着替えて」

そう言って少年は手を放した。だがそばに立ったままでティセルを見つめている。好奇心とそれ以外の何かで金色の瞳をキラキラ輝かせて、だ。ティセルは可能な限りきつくきつく険しい眼差《まなざ》しを作って、といっても本人が思っているほどには怖い顔にならないのだが、少年を叱《しか》りつけた。

「ジャム！」

「んっ？」

「そっち向いてよ。見ないでよ。なんでさらに寄ってくるのよ！　叫ぶわよ⁉」

「おれ、きみの裸が見たいんだ」

「そ、それ真顔で言うこと……？」

絶句したのは根負けしたのではなくあきれ果てたからだ。弁舌の無用を悟ったティセルは、ジャムことジェイミーの手に手を重ねて指を一本ひねり、「あたぁっ⁉」と彼が飛び上がった隙《すき》に後ろ手を極《き》めて向こうをむかせた。ぎりぎりと力を加えながら肩越しに低くささやく。

「出てけ」

「テ、テス、これまさか、本気じゃ？」

「出てけ」

「あうう出てく出てく、わかったごめんなさい！」

どんと突き放してやると、ジャムは、チリチリと金鈴《きんれい》の音を立てて逃げ出した。ティセルはほっとため息をついたが、ふとあることに気づいて声をかけた。

「ジャム！……戦支度《いくさ》？」

戸口で振り向いたジャムが、真面目《まじめ》な顔になってうなずいた。

「うん」

彼が戸を閉めると、ティセルは吊りベッドから飛び降りてシャツを脱ぎ、下着一枚になった。戸口の上の明かり取り窓から差すランプの光が、形よく上を向き始めた十六歳の乳房と、腰から尻への急曲線を照らす。

そのまま軽く手足を屈伸し、上半身を前後に大きく傾けて、寝起きの体をほぐした。四肢はほっそりとしていながらしなやかでよく鍛えられており、ことに肩と上腕には名匠の彫刻のようにくっきりとした筋肉が現れている。少年のよう、というほどではないが、中性的な体格だ。肌は白いものの、まだいくぶん産毛《うぶげ》を残している。打ち身のあとも多い。

うつむき、仰向《あおむ》くたびに、純銅を溶かして糸にしたような美しい赤金色の髪が、優雅に宙を流れた。

「よし」

体が温まると、ティセルは衣服を身につけた。胸当てと綿の厚手の長袖服《ながそで》をまとい、革の尻当て膝《ひざ》当てのついた足首までの長ズボンをはく。内着をつけたら腹に鎖帯を巻き、胸甲をつけ、腰をぐるりと覆うスカート型の短冊《たんざく》甲を下げ、肩当てとひじ当てをつけた。色気もへったくれもないが、実戦向けなので仕方ない。これでようやく半分だ。

安物の銅の鏡を覗きながら髪を手早く三つ編みにし、ついでに気休めに手ぬぐいで顔を拭《ふ》いた。ジャムに寝起きの顔を見られたと思い、また頰《ほお》が熱くなる。ブーツを履《は》く。そういえば扉の外が静かだ。ジャムは先に行ったのかな?

ハルシウム到爵《とうしゃく》調練所の紋がついた額当てをかぶって、師匠のディグローから授かった片手剣と小盾《こだて》を腰に下げると、ようやく準備ができあがった。全身隙なくきっちりと守られた感じ。ティセルはこれが好きだ。戦える、という気分になる。

最後に籠手《こて》を抱えて扉を開けると、鍵穴にべったり目を当てていたジャムが後ろへごろんとひっくり返った。啞然《あぜん》とするティセルの前で起き上がり、へへへとゆるんだ笑いを浮かべて頭をかく。

「すっげぇかっこよくなったな！」

ティセルはブーツの底でその間抜け面を踏んづける。とうとう見られてしまった。完全武装したのに裸で立たされている気分になり、むやみと顔が熱い。照れ隠しに低い声を浴びせる。

「敵が来たっていうのに覗き魔なんてやってるひまがあるの？　あなた、その格好で戦う気？」

「うん」

「嘘でしょう」

「おれ、いつもこんなのだよ」

そう言って立ちあがり両手を広げたジャムは、まったくの普段着姿だ。古着屋で銅貨三枚以上の値段だったとは思えない、継ぎはぎだらけで洗いざらしのシャツとズボン。ベルト代わりの荒縄。ふたのボタンが取れてしまい、紐《ひも》で縛ってある腰の物入れ《パウチ》。先がすり切れて親指の見えかけているボロの革靴。

防御力は皆無だ。動きにくい分、皆無以下かもしれない。ティセルの感覚では、これを戦装束と言い張るのは詐欺《さぎ》だ。

しかしジャムは平然とした顔で、物入れから腕の半分ほどの長さの小汚い紐を取り出して、振り回したりしている。

「正式の軍事訓練なんか受けたことないからね。おれ流」

慣れてはいるようだ。心配する必要はないのかもしれない。でも、この少年を守ることこそがティセルの務めなのだ。せめてもの気配りというつもりで彼を手招きし、その足元にしゃがんだ。「なに？」と言うのを無視して、足首でチリチリと鳴っている小さな金の鈴をハンカチで巻き、音を立てないようにしてやった。

「こんなの鳴らしたら、狙《ねら》われるでしょ」

「……ありがとう！」

軽く目を見張ったジャムが、ぱっと日が当たったように明るい笑顔になった。ティセルはなんとなく目をそむける。抱きついたり触ってきたら殴り返すこともできるが、ジャムのこういうところは苦手だった。

国王陛下付きの金鈴道化が相手だなんて、どんな顔をすればいいのかわからない。

「さ、行きましょ」

籠手をはめながら、彼の先に立ってずんずんと歩き出した。

艦尾の士官居住区から天井の低い砲列甲板へ移ると、驚いたことに、戦闘準備の鼓笛も鳴っていないのに水兵たちが支度を始めていた。眠るのに使っていたハンモックはすでに片付けられ、艦の左右を向いて等間隔で並んだ九メノン砲の発射準備が進められている。みな緊張した面持ちで、大砲を前後させる滑車の調子を見たり、両手のひらにすっぽり収まるほどの砲弾を並べたりしている。一段位の高い制服姿の海兵隊員たちが、鋭い目で水兵たちを見張っている。口ひげの海兵隊長は、ティセルを見ると無表情に目を光らせる。

――ティセルは硬い顔をしたまま通りすぎた。

艦は大きく揺れており、木でできた艦体の全身からギイギイと不満そうなきしみ声を上げていた。こんなにきしむ乗り物が、どうして水に浮いていられるんだろう？　とティセルはいつもの疑問を抱いた。急な階段を昇るとき、手すりに強くつかまらなければならなかった。

露天の中央甲板に出ると、夜は明けていた。――この船を西へおし進める東風は今朝は弱まっており、北の空に常に見えているはずの北尽星《ほくじんせい》も見えない。

艦の周囲を濃い霧が包んでいた。

右手の海面に岩場のようなものがちらりと見えたが、すぐに霧にまぎれてしまった。真後ろ近くからほどほどの風が吹いており、頭上の帆柱では何枚もの巨大な帆が満々と張りつめているが、その風が霧を吹き払ってくれる様子はない。思わずティセルは、振り向いてジャムに言った。

「なんにも見えないじゃない。どこに敵が？」

すると、ジャムではなく艦の後ろのほうから答えがあった。

「前方、約二千アロット。私が先ほど、この目で前檣《ぜんしょう》（前の帆柱）見張り台から確かめましたよ、女騎士殿！」

ティセルは顔を上げて声のしたほうを見た。霧が流れ、そびえる艦尾楼が見えた。あざやかな紺色の軍服を着こなした士官たちの一団がおり、その中心に艦長のアルセーノ・ヘラルディーノが立っている。顔にかかる黒に近い暗い赤の髪を、芝居がかった気障《きざ》な手つきでかきあげると、彼は言った。

「申し訳ない、起こしてしまいましたね。貴女《あなた》が寝ているうちに済ませるつもりでしたが」

乗艦して最初の十分間は、ティセルもその笑顔にちょっぴり惹《ひ》かれた。なにしろアルセーノは、本人いわく、道ですれ違った六歳から六十歳までの女性たちがことごとく振り向くほどの美男子で、渚《なぎさ》戦争において武勲《ぶくん》を挙げた実力派貴族の御曹司《おんぞうし》で、しかも、わずか十七歳の若さで国王陛下から博物戦艦を与えられた、忠誠心あふれる優秀な船乗りだというふれこみだったからだ。

しかし、そのあと十日あまりの航海で彼に対する信頼は地に落ちた。

ティセルは艦尾楼への階段を昇っていきながら、彼に冷めた声をかける。

「老スパーはなんと言っていましたか、艦長」

「おお、ティセル。艦長だなんて他人行儀な、アルと呼んでくれてかまわないと言っているではありませんか」

「老スパーはなんと言っていましたか、アル」

「ありがとう、貴女に名を呼ばれると、耳がくすぐられ背筋が震えるような気がします。とても美しいお声なので――」

自分に酔ったような口調でぺらぺらとしゃべっていたアルセーノは、しかし、目の前に上がってきたティセルの胸甲姿を見て口を閉ざした。半眼のティセルに、なにか？　と聞かれてようやく先を続ける。

「――とても美しいお声なのですが、そのう、今日は少し、いかめしいお姿ですね」

アルセーノの端整な顔に、とがめるような表情が浮かんでいる。初めて見せた防具姿に、何か言いたいことがあるらしい。ティセルが黙っていると、後ろについてきたジャムが言った。

「なな、アル。今日のテスかっこいいよな？　おまえも惚《ほ》れちゃうだろ？」

「僕をアルと呼ぶな。艦長と呼べ、ジャム」

別人のようにいかめしくジャムを叱りつけてから、アルセーノはティセルに目を戻して、気難しげに言った。

「失礼ながら、そのお姿はあまり感心しませんね」

「そうですか」

どうしてあなたに感心されなきゃならないの、と聞きたい気持ちを抑えてティセルは言ったが、アルセーノは単に好みで言ったのではなかった。

「つまりですね、それだけいろいろ身につけていらっしゃると、万が一海に落ちたとき、泳ぐのが大変難しくなるのではありませんか？」

改めて見るまでもなく、ティセル以外の人々は防具らしい防具をつけていない。それが海軍の流儀なのだ。ティセルはそれを知っていて防具を身につけた。自分なりの理由があってのことだが、それを口にするのは屈辱だった。

「私、もともと泳げませんから。どっちにしろ溺《おぼ》れるなら、武装していたいんです」

努めて平静に言ったつもりだが、少し声が震えたかもしれない。

しかしアルセーノはそれを聞くと、納得したようにうなずいた。

「ああ、そう、泳げない……当然ですね、ご婦人ですから！　そのように身の守りを固められるのも仕方ありません。我々のほうが、貴女を海に落とさないよう努力するべきですね！」

どうやら彼の中で、ティセル＝女＝弱い＝守るべきものという公式が成立し、寛大さが発動したらしかった。ティセルはこめかみに血管が浮きそうな気分になる。これこそアルセーノの、もっとも気に入らない点だった。

そのとき、横にいたジャムがまた言った。

「そんでアル、結局スパーの爺《じい》さんはなんて言ってたんだよ。テスが何度も聞いてるだろ」

「艦長、だ。スパーは騒々しいのでグレシアに任せてある」

アルセーノは、あまり話したくなさそうに言った。

スパーとは、アルセーノに仕えるオウムのことである。オウムが人に「仕える」というのはかなり奇天烈《きてれつ》な表現で、ティセルも最初に聞いたときは何かの冗談だと思ったが、会ってみると本当に、ばかでかい年寄りのオウムだった。彼はただのオウムではなく、人間並みに頭のいいダーナーオウムで、海と船について深い知識と経験をそなえていた。ぶっちゃけティセルや博物隊長のイェニイなどは、アルセーノよりもスパーのほうが艦長にふさわしいと思っている。

そんな彼の世話を命じられた召使に同情しつつ、ティセルは眉《まゆ》をひそめて訊《き》いた。

「では、アル。いまこの艦は、まったくあなたの采配《さいはい》で動いているの？」

「その通りです、ティセル！　真追手《まおいて》の風を受けながら霧に隠れて敵に近づき、一撃を食らわして捕まえてやるのです！」

アルセーノは結末の決まっている芝居の話みたいに言い切った。

ティセルの胸に、不安の雲がもくもくと湧《わ》き起こった。助けを求めて右を見、左を見たが、居並ぶ若い士官たちは顔を紅潮させてうなずいており、自信満々な様子だ。それも当然で、この連中はアルセーノの外面にだまされて地元からくっついてきた、ただの取り巻きどもなのだ。路地裏で貧民の子と毎日食べるフコを奪い合って育ったティセルと違い、「ほんとうにやばい事態」への勘がぜんぜん働かない。

そうだ、彼は？　と思ってティセルが振り返ると、いつのまにかジャムの姿は消えており、代わりに高い後檣《こうしょう》のてっぺん近くから、声が聞こえてきた。

「おーい、甲板。相手の艦が左一点にいるけど――こっちに横っ腹向けてんぞ？」

その声が終わるか終わらないかのうちに、砲列甲板ではわあわあと蜂《はち》の巣をつついたような騒ぎが起こり、伏せろ、伏せろという叫びが飛び交ったが、艦尾楼の人々はその意味がわからず、ただぽかんと前方を見て突っ立っていた。

ティセルは、前方を見て悪寒を覚える。

舞台の幕が上がるように、さあっと霧が晴れ、布とロープと木材の造形がこつぜんと現れたのだ。――三檣《さんしょう》の帆を複雑に調節し、どんぴしゃりこちらの真正面をさえぎる形で、舷側《げんそく》を向けた船が。

艦尾にひるがえる、雄大な「鉄冠を戴《いただ》く巨樹」の旗がティセルの瞳に焼きついた。ラングラフ王国に隣り合う、オノキア王国の軍艦旗だ。

距離は近かった。向こうのオノキア語の号令が聞こえるほどだ。

――＊＊ーッ！

敵艦の舷側で立てつづけに赤い炎が閃《ひらめ》いた。ティセルはとっさに床に伏せた。ど、ど、どんと重い砲声が響いたかと思うと、ブンと空気を裂いて砲弾が飛来した。艦とその上の物が片っぱしから砕かれて、木片と金物になって飛び散った。悲鳴が上がり、誰かが怒鳴り、あちこちで損害報告の声が相次いだ。

ティセルが顔を上げると、目の前に血まみれになった士官がドサリと倒れた。ひっ、と息を呑《の》んでティセルは固まる。艦長のアルセーノは、紙のような顔色で呆然《ぼうぜん》と突っ立っていた。

あっという間に艦上は大混乱に陥った。負傷者が助けを求めて叫び、水兵は怒るか怯《おび》えるかして喚《わめ》き、士官は怒鳴りまくった。看護人と弾薬運びと伝令がめちゃくちゃに走り回り、ぶつかって転んだ。舵《かじ》を回せという声とまっすぐ行けという声が同時に上がり、掌砲長はどこだ、航海長は無事か、艦長はどうなさったと三人も四人もが呼んでいたが、答える者はいなかった。

ティセルは艦尾楼の死体と目を合わせたまま、手すりに背中をべったり預けて、何をしたらいいかわからずガタガタ震えていた。すると階段のところに、やけに体格のいいエプロン姿の白髪の老女がひょいと顔を出した。料理番のキャセロールばあさんだ。ティセルを見て声をかける。

「あらまあ大変！　みんなグチャグチャにされちゃったじゃない。ちょっと、騎士のお嬢ちゃん！　見たとこ無傷だけど、けが人を医務室に運べる？」

医務室。そういうものがあるんだ。知らなかったけど、あるならそこに頼らなくちゃ。ティセルは理性を取り戻したが、まだ気持ちがぼんやりして泣き出しそうだったので、両手を開いて自分の頬をパンと強くはたいた。ところが籠手をしているのを忘れていたので、革張りの手のひらで力いっぱい自分にビンタをかましたようなことになって、実際にはバン！　という音がした。ほっぺたが破裂しそうな痛みに一発で目が覚めた。

「や、やれます！」

「おう、頼もしい。それじゃ、そこに倒れてる二人を頼むわよ」

「艦長は？」

「艦長さん？　悪いけど艦長さんの面倒を見るのはあたしの仕事じゃないね」

突っ立ったままのアルセーノを顔をしかめて見やってから、キャセロールはうながした。もっともだと思ったので、ティセルは手近にいた、腹に木片の突き刺さった士官を担いで、階段を降りた。

後でわかったことだが、ティセルがキャスばあさんとともにけが人運びに集中していたこのあいだ、艦は本当に、最悪の危機にあったのだ。敵艦の初弾は悪魔が狙いをつけたように正確だった。艦尾楼をかすった弾は航海長以下四人もの士官を殺したし、上甲板に飛んできた砲弾は、何度も跳ねながら甲板手の水兵や海兵たちを水袋のように突き破って血と肉をぶちまけた挙句、艦尾楼に飛びこんで艦長室の窓を突き破って海へ出ていった。

艦はその頭脳である士官と、その手足である水兵をいっぺんに大勢失ってしまい、漂流しかけていたのだ。そこへ、巧みな操艦で風上へ切りあがってきた敵が、接近して白兵戦を挑んできた。

ティセルがそれに気づいたのは、二度目にけが人を医務室へ運び、再び艦尾楼へ戻ったときだった。前方からおーおーと凶暴な雄たけびが聞こえ、驚いてそちらを見ると、槍《やり》だの斧《おの》だのといった物騒な得物をかざした水兵を艦首に鈴なりにさせて、敵艦が猛然と突っこんできた。

と、その中の一人が、いきなり顔を押さえて海に落ちた。

続けてもう一人。さらにもう一人。歯が欠けるようにぽろりぽろりと落ちていく。よく見ると、顔に何かをぶつけられたようだ。

ティセルがハッとして頭上を見ると、海の上に突き出してゆらゆら揺れる、後檣二段帆《ほ》桁《げた》の一番はしっこに、ぽつんとジャムの姿があった。彼が片手で長い紐を振り回してパッと手を開くと、紐の先の布に包んであったらしい石がまっすぐに飛んで、敵艦の船員をまた一人叩《たた》き落とした。

よくもまあ、あんな足場の悪いところで当てるものだわ、とティセルは驚いた。

が、そんなことをしているのはジャムだけで、大勢には何の影響もなさそうだった。敵艦はみるみる距離を詰め、やがてこちらの左舷《さげん》に舷側をこすりつけてきた。ガリガリと音を立てて舷側飾りや測深台が粉砕され、重い艦体同士が圧迫しあって神経をかきむしるような歪《ゆが》んだきしみ音を上げた。

ぎぎぃぃぃ……。

敵兵が喚声を上げ、何本もの錨綱《いかりづな》をかけて乗りこんできた。こちらは白兵戦の準備もできていない。二、三人勇敢なのが立ち向かっていったが、逆に敵の集団の中に取りこまれてしまう。このままでは敗戦必至だ。間違いなく艦を乗っ取られる。ティセルは覚悟を決め、艦尾楼の階段を塞ぐように立って腰の剣を抜こうとした。

そのとき、誰かが後ろから肩をつかんだ。

「どいて。め、命令する」

茫然《ぼうぜん》自失のはずのアルセーノだった。顔色はまだ真っ青で、額に脂汗がびっしりと浮いている。ティセルは驚いたが、彼の反対側の肩を見て、事情を察した。そこには藁色《わらいろ》の大きな鳥が止まって、何やらしきりにアルセーノの耳にささやいていたのだ。

後ろを見ると、床にある天窓が割られていた。その窓は、真下にある艦長室の明かり取りだ。アルセーノは自分の能力の限界を悟って、助言役に頼ったのだろう。

彼は階段に身を乗り出して、何か言おうとした。

そのとき——ティセルが目を覚ましてから今まで、いや、生まれてからこれまでのうち、もっともとんでもない出来事が起こった。

ごろごろ……と下のほうから地響きのような音がした。先ほど衝突したときと同じく、艦の骨組みが立てる音のようだが、もっとずっと不吉で致命的な感じだ。と、音は震動に変わった。艦が砂利道を走る荷車のようにゴトゴトと揺れる。アルセーノがぎくりとしてつぶやく。

「座礁……⁉」

それは異様な感覚で、ティセルだけでなく、艦首で戦い始めていた水兵たちもぴたりと動きを止めた。不安そうに顔を見合わせたところからして、経験の長い彼らにとってもおかしな震動であるらしい。

老スパーが、ケッケッと鳴いてから甲高い声で叫んだ。

「メギオス驚異、メギオス驚異じゃ！」

それを聞いたとたん、何かに思い当たった様子で、アルセーノが乱戦の甲板に怒鳴った。

「みんな、何かにつかまれ！　つかまれーっ！」

その言葉の消えやらぬうちに、舷と舷をこすり合わせていた両艦が、いきなり外側へぐうっと傾いた。三本マストの堂々たる軍艦にしては、あまりにも急速で乱暴な動きに、すべての錨綱が張りつめたかと思うとあっさり切れ、水兵たちが一人残らず転倒して悲鳴を上げる。そびえ立つマストが大きく傾き、何人もの掌帆手《しょうはんしゅ》が振り落とされた。

そうしてできた二隻の艦の谷間に、磨いた炭のようにちらちらと輝く、黒いざらついた岩脈が現れた――

いや、それは谷間に現れたのではない。浮上することで二隻の艦を押しのけたのだ。テイセルは全身が粟《あわ》立つような恐怖に襲われながら、自分がそれを先ほど目にしていたことに気づく。

「岩場……⁉」

「ちがう！　メギオス驚異のひとつ――ヤイトンの鱗猫《うろこねこ》だ！」

アルセーノの叫びとともに、再びごろごろという音が艦底から響いた。今度こそ全員が理解した。

これは、この黒い巨大なごつごつした何かが、みずからを艦にこすりつける音なのだ。

「竜骨、折れる！　竜骨、折れる！」

老スパーがそう叫んでから、アルセーノの耳に何かささやいた。アルセーノはうなずいて身を乗り出し、続けざまに指示を出した。

「武器を引け、戦闘やめえ！　砲列を固縛しろ！　そこの君たち、そう、オノキア艦の水兵ども！　死にたくなかったら君たちも手伝うんだ。もう君たちの艦は戻ってこないぞ！」

今の今までこの艦を乗っ取ろうとしていた敵兵が、怪物によって母艦が突き放されてしまったことに気づいて、うろたえる。しばらく露天甲板は大混乱に陥った。じきに、前後のハッチから下甲板の水兵がわらわらと昇ってくる。どうやら白兵戦のあいだ下で様子を見ていて、風向きが変わったために出てきたらしい。現金なものだが、気にしている余裕は誰にもない。

再びごろごろと音がして艦が揺れた。どこかへ行っていた操舵《そうだ》長や掌帆長や先任水兵たちが、ようやく露天甲板に姿を見せる。アルセーノが声をからして命令する。

「上手《かみて》舵いっぱい！　右舷詰め開きで総帆開け！　出せる限りの速度を出せ、鱗猫を振りきるんだ！」

経験の長い上級水兵たちが率先して作業を進め、帆の角度を変えて、風をとらえた。みずからの運命を決めかねていた敵艦の水兵も、しぶしぶと手伝う。やがて船は目覚め、伏せていた生き物が起き上がって歩き出すように、海面を滑り始めた。

遮るものはなかった。船は行き足をつけ、ぐんぐん進んだ。最後に一度だけごろごろと艦底から音がしたが、それきりだった。怪物のごつごつした背中は、白く泡立つ航跡の中で遠ざかり、じきに見えなくなった。

ティセルは艦尾楼にぽつんと立って、それを見送った。いつのまにか敵艦も遠ざかり、霧の中に姿を消していた。戦いの喧騒《けんそう》は消滅し、霧を含んだ湿った風だけが、後方から絶え間なく吹きつけていた。

敵艦が現れてからの一連の出来事が、あまりにもめまぐるしく進んでいき、そしてまた唐突に終わったので、夢でも見ているような気分だった。

ティセルのそばに、誰かがするすると静索を滑り降りてきた。見ればジャムだ。ティセルはほとほと感心し果てた。

――あれだけ大揺れしたのによく落ちなかったものだわ。ほんと、たいした運と握力。

だがティセルはそんなことを言っていられる立場ではない。任務というものがあるのだ。

ジャムの両耳をはっしとつまんで、じろりと顔をにらみつける。

「私、あなたの護衛なのだけど」

「あーあー、みみ痛い、みみ」

「あんなところに登られてしまったら、護衛にいけないでしょう！」

「あそこにいれば敵に襲われることもないよ」

そう言われるともっともなので、ティセルは手を放した。ジャムは耳を揉《も》みながら屈託なく笑う。

「おれ、殺し合いは苦手なんだ。上にいれば避けられるからね」

「石、ぶつけてたじゃない」

「相手を海に落としてただけだよ。逃げるやつなら死なないはずだ」

そう言えば、とジャムは艦尾楼を見回す。

「ここにいたみんなは？　そのう、ウーシュやボロウズ、シューリンガー、ドゥラン」

「死んじゃったわよ、ウーシュ以外は。彼は下で左腕を切断してもらっている」

「ああー！　そっかぁ、やられたか。かわいそうになあ……」

　ジャムは手すりに両手をかけ、がっくりとへたりこむ。いつ見ても能天気な男の子だと思っていたが、人並みに落ちこむこともあるらしい。

　と思ったら、いくらも経《た》たないうちに振り向いて、きらきら光る目でティセルに言った。

「ねえ、テス。さっきのばかでっかいやつ、なんだったと思う？　上から見ていたら、特大のヘビだかトカゲだかが深みから伸びてきて、背中をこすりつけてたみたいだった」

　死んだ連中のことはもういいらしい。ティセルにはついていけない切り替えの早さだ。

　首を振って、おざなりに答える。

「知らないわ。アルセーノは『ヤイトンの鱗猫』って言ってた」

「あれがウロコネコ？　ほおおーお、あれがかぁ。珍しいもん見られたなあ」

「知ってるの？」

　ティセルは水を向けた。あんな生き物は見たことがない。「鱗」はまだわかるとして、なぜ「猫」なのか、「ヤイトン」とはなんなのか。少し興味が湧いた。

　だがジャムの答えはこうだった。

「知らない。名前しか聞いたことない！」

にっこり笑ってそう言うのだ。わからないから面白いとでも言いたげである。わからないものは気持ち悪いとしか思えないティセルは、いっぺんにげんなりしてそっぽを向いた。

アルセーノを見る。彼は老スパーにそばについてもらって、ようやく調子が戻ったらしく、艦の復旧や捕虜の待遇について、しかつめらしい顔で部下に命じている。いくらか安心できる光景だった。この船はまだまだ進んでいくのだ。こんなところで指揮する者がいなくなってはたまらない。

彼が忙しそうなので、彼の連れにティセルは背後から声をかけた。

「あのう、いいかしら、老スパー」

「ほい、なんじゃな」

ぐるん、とオウムが首だけを後ろへ回した。うわっと内心で声を上げつつ、ティセルは尋ねる。

「ヤイトンの鱗猫って、なんなんですか？」

「ん？　ヤイトン提督が発見した鱗猫じゃから、ヤイトンの鱗猫じゃ。そのままじゃろ？　これ、アル！　捕虜の名前をきちんと聞いておかねばならんぞ！」

どちらかといえば、単語の前半ではなく後半について知りたかったのだが、スパーもそれどころではないようだった。ティセルは興味を満たすのをあきらめた。

だが、個人的興味とは関係なく聞いておかねばならないことが、もうひとつあった。ティセルは少し大きな声で呼んだ。

「艦長、ちょっとよろしいでしょうか？」

「ええ、なんなりと、ティセル！」

居並ぶ部下を置き去りにして、アルセーノがにこやかに振り向いた。いつの間にか、前と同じような気障ったらしい態度に逆戻りしている。顔をしかめたくなるのをこらえつつ、ティセルは聞く。

「さっきのはオノキア王国の軍艦ですね」

「おお、お気づきになられましたか。その通り、憎き敵国オノキアの、それもわが仇敵《きゅうてき》シエンギルン侍爵《じしゃく》の艦『ドレンシェガー』でした！　あの家紋をご覧になりましたか？」

そこまでは見ていなかった。意外に鋭い観察眼だ。うなずきながら、ティセルは言った。

「あの艦は、いったいなぜここにいたんですか？　こんなところに――こんな、諸島環から何千アクリートも離れた、外海の真ん中に」

アルセーノたちの表情が、固まった。

ややあって、アルセーノはゆるゆると横を向き、自分の肩のオウムと顔を見合わせた。

「言われてみれば、奇妙な偶然もあったもんだね、スパー」

スパーは冷ややかな眼差しでアルセーノを見つめ、その片耳に曲がったクチバシでがぶりと嚙《か》みついた。

「あ痛《い》ったぁ！」

ティセルはため息をついた。

わがまま勝手な護衛相手の少年と、軽薄で頼りない艦長と、わけのわからない怪物と、一筋縄ではいかなそうな敵艦——それに加えて、泳げないティセルにとっては手に負えない厄介な敵である、大海。そういったものばかりが、自分を取り囲んでいる。

帰りたい、という思いを抱きかけて、あわてて打ち消す。

——これは王国のため。国王陛下と王妃陛下のための、気高い任務なの！

しかし、そう思ったそばから望郷の念がこみあげる。

故郷レステルシーを思う少女騎士を乗せて、博物戦艦アンヴェイル号は未知の海へと走り続ける。

第1章　博物戦艦の出港

宵魚《よいうお》の眼光を享《う》け
嵐神《らんじん》の下僕を制す
メギオス　汝《なれ》が帆に朝風の吹き
汝《な》が舳先《へさき》　九重《ここのえ》の白波を裂く
いと疾《と》きかな博覧王
王港に栄えあれかし

――ラングラフ王家の古頌《こしょう》

1

少女が海に出たのは、剣のためだった。

アンヴェイル号がオノキア艦の襲撃を受けた日より、さかのぼること二十日。

見習い騎士のティセル・グンドラフは、薄闇《うすやみ》の空間で三方に目を配っていた。

「ふう――」

調息しながら周囲の気配を探る。どこか近くに三人の敵がいるはずなのだ。しかしそれを倒すのが任務ではない。任務は別のことだった。

「た、助け、助けて……」

背中にしがみついている一人の老人。正確なところは知らされていないが、さる高位の貴人だという。彼を守るのがティセルの任務だった。

正直に言って、たやすいことではない。ティセルの武器は木剣と小盾《こだて》だ。対する相手はそれぞれ短剣、長剣、長棍棒《こんぼう》で武装している。気を抜けばやられる。

どうにかして三人の攻撃をかわし、隙《すき》を見つけて、老人を安全な場所へ連れていく。それしかなかった。

「ゆっくり。ゆっくりお進みください。大丈夫ですから――」

木剣を斜めに構え、重心を高めに保ちつつ、ゆっくりと全周に目をやりながら、老人を引いていく。こんな戦いは初めてだった。緊張で喉《のど》が渇き、動悸《どうき》が高まる。大丈夫、大丈夫、と何度もささやきを繰り返した。老人のためではなく自分のためだった。

左のほうで黒いものがゆらりと動いた。

頭で考えるより早くティセルは反応した。闇の中から降ってきた線を小盾で受ける。ガン！　と衝撃が襲った。刃《やいば》の食いこむ感じがしない。これは長棍棒の攻撃だ！

棍棒なら鎧《よろい》で防げる。ティセルは勢いよく突っこみ、木剣の突きを入れた。ドボッ、と鈍い感触があった。

まずひとり、倒した。気持ちが昂揚《こうよう》して体が軽くなった。

その昂揚が冷める間もなく、別の方角でちらりと白いものが閃《ひらめ》いた。短剣だ。地面近くを低く動いている。

「こっちへ！」

ティセルはぐるりと老人を背後に引いた。「げほっ！」と彼は咳《せ》きこむ。体が弱くて走れないのだ。ティセルは舌打ちしたい気持ちをこらえる。

タタタッと足音がして短剣が跳ね上がってきた。緊張に息がつまりそうになる。目だけはしっかり見開いたまま、短剣の根元に集中する。

思い切って踏みこんで、片足で蹴《け》り上げた。ドッと重い手ごたえ。短剣が勝手に飛んでくるわけがない。それを構えた黒衣の刺客を蹴り飛ばしたのだ。

二人目を始末。

そのとき前置きもなく、一瞬だけパッとあたりが明るくなった。ティセルはあわてて視線を巡らせる。光が消える直前、真後ろに近い意外な方角に扉が見えた。それが目的地だ。

いや、本当にそうか？　偽物かもしれない。

タタタッ、と別の足音がした。残る敵は長剣を持っている。いちばん厄介だ。迷っているひまはない。見えたものを信じるしかない。一気に扉へ走ろう。老人をちんたら歩かせていてはだめだ。

「失礼します」

ささやきかけると、ティセルは思い切って彼を背にかつぎ上げた。「ひいっ⁉」と叫ぶのもかまわず、走り出す。

痩《や》せた老人だからいけるだろうと思ったが、やはり細身のティセルの力では無理があった。ずっしりと重量がかかって足が上がらない。ダダダッ、と背後に足音が迫る。斬《き》られる、と予感が走る。

「えぇいっ！」

老人ごと、ティセルは横っとびに跳んだ。老人がけがをしないよう、巧みに体をひねって自分が下敷きになる。背中からドッと着地して息が詰まった。涙をこらえて起き上がり、さらに老人を引いた。

「もう少しです！」

「も、もうだめじゃ……」

彼を引きずるようにして進み、堅い壁に突き当たった。目的地ではないようだが、これで有利になった。彼を背中にかばって、ティセルは闇と向き合った。

そのとたん、正面からスッと白刃が伸びてきた。

「くっ――！」

避《よ》ければ老人に当たる。ティセルはとっさに剣の鍔《つば》を当ててはね上げた。きぃん！と火花が散って、覆面をした敵の顔が浮かび上がる。目の奥の殺気が見えたような気がした。ぞっとする。

ぞっとしながらも、果敢に踏みこんでいた。意思も勇気も関係なく、ただ三年の訓練の賜物《たまもの》だった。実戦で臆《おく》したら負けだ。技量よりも速さよりも、まず大事なのは「動くこと」そのものだ。

「ハアッ！」──

木剣を振って当てにいく。タタッ、ザッ、と敵の運足の音がする。目が慣れたせいか、それなりに動きが見える。攻撃は当たらないがこちらも食らいはしない。何度も繰り出される敵の斬りつけを、すべて避けるか受けるかして凌《しの》ぐ。剣戟《けんげき》の音が周囲に満ちた。

ティセルは来るべきものを待った。

やがて敵が大振りの一撃を入れたあと、勢いよく左へ跳ぼうとした。その次の瞬間、蛇のようにするりと右側を通り抜けた。左への動きはひっかけだ。しかしそれこそティセルが予期していたものだった。

──来た！

老人を狙《ねら》う敵に向かって、ティセルは肩口から思い切り体当たりをかました。斬ることは、はなから考えていなかった。

どん！　と確かな手ごたえがあって、敵が吹っ飛んだ。ティセルは内心で快哉《かいさい》を上げながら、壁際に駆け寄って老人の手を取った。

「さあ、今のうちに！」──

目的地まで、おそらく五歩もない。そちらへ老人を引こうとしたとき、握った手にかすかな違和感を覚えた。――ごく滑らかについてくる。すくみ上がっているはずなのに？

とっさに振り向いて腹の前に小盾を構えた。ほとんど同時に、びぃん！　と音を立てて鋭い錐《きり》が盾に突き刺さった。

ティセルは目を剝《む》く。老人が半眼に寒気がするような光をたたえて、こちらを見つめていた。

「敵は前にいるとは限らぬ」

その左袖《ひだりそで》に、魔術のようにスッと新しい錐が現れた。

倒れこむようにふわりと老人が襲い来る。ティセルは小盾をかざしつつ、木剣で敵の脇腹《わきばら》を狙おうとした。

その瞬間、老人の胸元に目を奪われて、動きを止めた。

そこには、いつのまにか青白二色の護符が現れていた。無視することなどできないそれは、紋章だった。

ラングラフ王家の紋章。

ティセルは息を吞《の》んだまま立ち尽くした。老人の錐が顔面に振り下ろされる。葛藤《かっとう》が突き上げる。避けたい――でも、いけない！

ありったけの意志の力で、衝動を抑えこんだ。

年長の女の鋭い声が響いた。

「そこまで！」

錐が眼球の少し先でピタリと止まった。

暗幕が開かれ、道場に光が満ちた。三人の刺客たちが起き上がり、顔をしかめて打撃を受けた箇所を撫《な》でる。錐を寸止めにした老人が、ニヤリと笑った。

「顔、真っ青じゃぞ、ティセル」

ティセルは脂汗を流しながら、ぎくしゃくと横を見た。上背のある、四十歳ほどの凛《りん》とした女が立っている。ティセルの視線を受けて彼女は言った。

「包囲時の冷静さ、対処の果断さ、攻撃の素早さと正確さ。すべて上々だった。それに、ラングラフ王家への忠誠心も、申し分ない」

ハルシウム到爵《とうしやく》家騎士団長、フェレーラ・ディグローが、かすかに笑って刺客たちにうなずいた。

「みんな、協力ご苦労だった。迫真の演技だったな」

刺客役の仲間たちも笑い、老人は錐を引いた。そして、ティセルの反応を待った。

ティセルは剣を構えたまま、引きつった顔で言った。

「も、もういいんですか？」

「合格だ、ティセル。今日で見習いは卒業」

「……はぁっ！」

ぺたり、とティセルはその場にへたりこんだ。ひくっ、ひくっ、と喉をしゃくりあげる。ディグローがそばに片膝《かたひざ》をつき、優しく肩を抱いた。

「よくやったな。立派だったぞ」

「ありがとう……ございますっ！」

声とともに腹の底から息を吐き出して、ティセルはようやく笑みを浮かべたのだった。

だが、それでティセルが晴れて騎士になれたわけではなかった。

控え室に下がって一対一になると、ディグロー師範は難しい顔で言った。

「三年の修行によく耐えた、おめでとう——と言ってやりたいが、残念ながら世情がそれを許さん」

ディグローは王国でも数少ない女騎士であり、ティセルの尊敬する師匠だ。膝下までの長袖のチュニックとスパッツという、どちらかといえば地味な普段着を身につけているが、それでもけっこうな美人に見える。女らしい切れ長の目と厚めの唇が人目を引く。豊かな胸とくびれた腰回りはゆったりした服の上からでもわかる。銀の髪留めで押さえて後ろへ流した、深赤色のつややかな長髪は、到爵騎士隊みなの憧《あこが》れの的だ。面倒見がよく、特にティセルは目をかけてもらっていた。

いつもは厳しい眼差《まなざ》しの中にも温かみを感じるのだが、今日の彼女は苦い顔をしていた。

「渚《なぎさ》戦争は一年半も前に終わった。なのに王港にはいまだに帰還兵があふれている。到爵閣下は、これ以上、正騎士を抱えることはできないとの仰せだ。騎士格という資格と、今後六十日分の給金を授けるゆえ、自活の道を探れということだった。……すまない、ティセル。おまえをここに置いてはおけない」

「いえ。師匠は手を尽くしてくださったのだと思います」

どこにでもいそうな瘦せっぽちの娘だった自分が、剣士として鍛えられ、薄給とはいえ給金付きで三年も雇ってもらえたのは、ディグローのおかげだ。彼女に感謝しこそすれ、恨《うら》みはしない。ティセルは笑って答えようとしたが、その顔はみじめにこわばってしまった。

騎士の資格は仕える主人があってこそ意味を持つ。騎士格などという但し書きだけを授けられたところで、重用してくれる雇い主はいない。かてて加えて、鉄砲というものが現れてから、実戦での騎士の価値はさらに下がった。どこの家でも、腕利きだけ残して、騎士を減らす傾向にある。

「四等師爵《ししゃく》の娘といえば、世が世なら船の一隻も任せていただけるはずなのにな」

「そんな。もともと貧乏貴族ですし……三年前から、爵位は陛下の預かりです」

ハルシウム一等到爵には及ばなくとも、四等師爵といえばかなり高い位だ。しかし何代か前の当主が詐欺《さぎ》にあって財産を失って以来、グンドラフ家はずっと貧しい暮らしを強いられてきた。その爵位も、ティセルが仕官を目指すきっかけとなった父の死に際して、国王に取り上げられた。ティセルがよほどの大功を立てるか、もしくは身分は低いが実力のある婿《むこ》でも取らない限り、再び授爵してもらえることはない。要するに、その可能性は皆無に近いということだ。今さら失ったのを嘆くようなことではなかった。

そうはいっても、先行きの暗さを思うと、ティセルは不安に胸を締めつけられるようだった。下町の自宅には、足の悪い母親とまだ九つの妹がいる。これからどうやって二人を養っていけばいいのか。

——フレーセ、試験に受かったらお祝いしてくれるって言ってたな。

だが帰ったら二人に謝らなければいけない。鼻の奥がツンと痛み、ティセルは目をきつく閉ざした。

そんなティセルをディグローは気の毒そうに見つめていたが、やがて改まった口調で言った。

「ティセル……ひとつだけ、機会がある」

「機会？」

「実は到爵閣下を通じて、国王陛下から若い騎士を探すように仰せつかっている。優秀で頭が柔らかく、底力があり、忠義に厚い者がほしいとのことだ。私の見るところ……おまえはその資格がある」

「私が、国王陛下に？」

ティセルは面食らって胸に手を当てた。謁見《えっけん》したことは一度もないが、現国王ウルサールのことは慕っている。何しろ、戦没した父王マグダザールに代わって、敵国オノキアの侵攻軍を押し戻し、逆に勝利してしまった君主なのだ。仮に勝たなかったとしても、父の死を招いた戦争を終わらせたことだけで、尊敬に値する王だと思っていた。

「ほ、本当ですか？　それなら、私、ぜひにでも──」

「待ちなさい、何かをすると軽々しく言ってはいけない。おまえはそこが軽率だ」

「……はい」

「まだ先がある。この任務では、海に出るのだ」

「海……ですか」

「そうだ。軍船に──いや、軍船とはちょっと違うのだが、とにかく大きな船に乗って外洋に行く。その船の上や向かう先で、ある人物を護衛してもらうことになる。どこへ行くか、誰《だれ》を護衛するか、また、いつまで働くのかということは、私も聞いていない。これは任務をお受けするまでは知ることはできないだろう。そういう仕事だ」

ちょっとのあいだティセルを見つめてから、ディグローはつけ加えた。

「俸禄《ほうろく》は年に十メノンドと八百いただける。といってもよくわからないだろうから説明してやると、これは並みの新米騎士の六名分に当たる、破格の高給だ。ただ、任務の厳しさに見合うとは限らないが──」

「私、禄には別にこだわりませんから」

「──とおまえは言うだろうと思ったよ」

にやりと笑ってから、ディグローは軽く息を吐いて、繰り返した。

「で、海だ。どうするね？」

「海……」

ティセルはわれ知らず目を逸《そ》らした。こめかみにじっとり汗がにじむ。もともと海が苦手なのである。それは師のディグローにも知られている。白状したわけではない。わざわざ白状せずとも、前に港湾渡りの連絡艇に乗せられたとき、石像よろしく、かっちんこっちんに固まったために、一発で見抜かれたのだった。

しかし、そんなことを言っている場合ではない。ここで断ったら……。

──髪を剃《そ》って仲仕になり、男といっしょに荷運びをやるか……あとは娼婦になるぐらいしかないいんだろうな。私、料理も掃除も洗濯もへったくそだし。

下着一枚の体に外套《がいとう》だけをまとって街角に立つことを考え、ティセルは思わず、ぶるるっと鳥肌を立てた。

そのとき、ディグローがつけ加えた。

「任務を引き受けるなら、騎士に推薦してやれる。ハルシウム到爵騎士団の第一二七席だ」

ティセルは目を上げた。ディグローの腰に下げられた剣が目に入る。

剣を握りたい。これまでに握ったどんなものよりも、剣はぴったりと手に合った。騎士の子だからと言うつもりはないが、やはりそれが天職なのだと思う。天職であってほしい。

ごくりと唾《つば》を呑んで、ティセルは言った。

「や……やります。やらせていただきます」

「ほんとか？」

「謹んで」

深々と頭を下げた。

ディグローは表情を和らげて言った。

「どうやら腹をくくったみたいだな。――じゃ、王城へ行くか」

「王城、ってえぇっ⁉　王様のですか？」

「そう言ったじゃないか。決まったらすぐにでも連れてこいと言われているんだよ。なんだその顔は」

「だって……今すぐだなんて」

ティセルは泣きそうになる。王城へは船でなければ行けないのだ。

「海へ出るって決めたんだろう。城へ行くぐらいがどうした。それともやっぱり断るか？」

「い、いえ」

ティセルはぎくしゃくと首を横に振った。

それから着替えをした。王様にお目通りを願うのだから、それなりの身づくろいがいるのだ。ティセルは正装など持っていなかったし、女騎士というものがどんな服を着たらいいのかもわからなかったが、ディグローがひと言頼むと、ハルシウム到爵の侍女頭がわずか小半時で一式を用意してくれた。肩袖の膨らんだ絹の白いブラウスと、細いが動きやすい、折りひだのたくさんついた暗色のスカート。上品な光沢のあるボレロコートは五色の中から選ばされた。膝上までのレースの靴下と、顔が映りそうなほど磨かれた紺の革靴。金と紺の小粋《こいき》な剣型タイと、モラ牛の革の丈夫な白手袋。いずれもティセルが見たこともない上等な品ばかり。さらには侍女たちに三人がかりで髪結いと化粧までほどこされた。終わってから鏡を見ると、即席ながら、金赤の髪を結い上げて同色のボレロを着こなした、目鼻立ちのくっきりした凜々《りり》しい少女騎士が立っていた。なんだか実感が湧《わ》かず、大貴族の力ってすごい、と他人事《ひとごと》のように感心してしまった。

それから屋敷のすぐ裏にある船着き場に回った。到爵の持つ大小さまざまな船のうち、一番小さな交通艇が用意されて、船頭とディグローが待っていた。彼女が身支度をしていないようなので、ティセルは尋ねた。

「師匠はそのままで行くんですか」

「私は行かない」

「行かない？　いっしょに来てくれるんじゃないんですか？」

「おとなら、ひとりでどこへでも行かなければならんよ。大丈夫、あちらはきちんと心得ている。ディグローの推薦だと言えば案内してもらえるはずだ」

ティセルは海面に降りる石段から、ひと跳びで飛び越してしまえるほどの小船を見下ろし、ためらった。船頭が岸辺の杭《くい》を手でつかんで待っている。ディグローがうながした。

「さあ、行っておいで」

意を決して乗りこんだ。船頭が櫂《かい》で岸壁を突き放し、広間のカーペットを斜めに裁ったぐらいの大きさの三角帆をあげると、ぐらりと傾いて小船はさわさわと走り出した。

ティセルはしばらくのあいだ、舳先のベンチで船べりに爪《つめ》を立てて子猫のようにぷるぷる震えていたが、どうやらこの小船が沈没することはないように思えたので、顔を上げて前方を見た。舳先が軽快に水を切っている。しぶきの向こうにレステルシーの湾が広がっている。

真昼の王港はにぎやかだ。荷運びの小船がツバメのようにすいすいと弧を描いて走り回り、帆のない漕《こ》ぎ船は、大きくて無粋な虫のようにえっさかほいさとまっすぐ進んでいく。ここは程よい大きさの円形の湾になっていて、湾をぐるりと取り囲むようにレステルシーの町が栄えている。川が二本流れこみ、水はきれいだ。昔は中央に浅瀬があって船が何隻も座礁した。何代目かの王がとてつもない閃きを得て、浅瀬を埋め立てて砦《とりで》にしてしまった。諸島弧のあちこちから敵が攻めてきたとき、砦は文字通りレステルシーの最後の拠点として大いに役立った。そしていつごろからか、そこが王城となった。

デルラング城はいつ見ても台所の洗い物のように見える。失礼だとは思うが、乱雑に積み重ねられた皿にそっくりなのだ。広さの限られた浅瀬の上に、居室やバルコニーや庭園や砲台を増築していくうちに、自然にそうなってしまったそうだ。上のほうはラッパ状に広がり、ふとした拍子に全体がひっくり返ってしまいそうな危うさがある。綿密な計算に基づいて増築したから大丈夫だと工兵たちは言っているが、どうかしらとティセルは思っている。

そしてそれは奇《く》しくも、はるかに度外れたあるものに似ている。

ティセルは、ちらりと南東の方角を見る。青空のはるかかなた、水平線よりずっと遠くに、天へそびえる先の広がった筒のようなものが、うっすらと白く見える。

嵐神のすみか、キオの至天錐《してんすい》だ。あるいは王城はそれを真似《まね》たのかもしれない。

斜めに近づいてくる鈍重な水船を見て、船頭が声をかけ、舵《かじ》とロープを操った。ざざざ、と傾きながら小船はきれいに向きを変える。「あうわわ」とティセルは必死に船べりにしがみつく。顔が引きつって、せっかくの化粧がはげ落ちてしまいそうだ。初老の船頭があきれたように言った。

「見習いさんや、そこまでびくつかんでもいいじゃないか」

「だって怖いんですッ！」

海は、怖い。泳げないということもあるが、川や溜《た》め池ならそれほど怖くはない。だが海には……すばやく襲ってくる獰猛《どうもう》な魚や、足元の深みからそろりと伸びてくる触手がいるじゃないか。暗くて見えない、なんだかわからないものたちが。

未知。

ティセルは前方を見ることはできても、真下の青い水の中だけは、どうしても見る気になれなかった。

以前と同じように石みたいに硬直したまま、城まで輸送された。

デルラング城は湾中で完全に孤立しており、需品や資材はすべて船で陸から運ばせている。真水ですら巨大な水船で河口から持ちこむ。一日に三百隻とも言われる船が出入りするために、城壁の下から八方へ埠頭《ふとう》や桟橋《さんばし》を突き出している。ティセルたちは、それ自体が木造の城のような大きな軍船が並ぶ埠頭を避けて、小さな桟橋のひとつにもやい綱を結んだ。ようやく揺れない足場に立つことができてほっとした。

そこから国王に謁見するまでに、またさまざまな手続きと儀式があった。ティセルは修行のあいだに教わった通り、精いっぱい礼儀正しく堂々とふるまおうとしたが、緊張のせいで正しくやれているのかどうかさっぱりわからなかった。無我夢中のまま案内にしたがって階段や斜路を昇っていき、気がつけば謁見待ちの長椅子《ながいす》に腰掛けていた。黒曜石のように真っ黒でつやのある肌をした、背中に翼の生えている幼女が隣に並んでおり、待っているあいだに何か食べたのか、手が汚れて困っているようだったので、ハンカチを貸してやったら、そのまま取られた。

ティセルが見たことのない種族だった。さすが国王陛下ともなると遠方の人が会いに来るものだ、と驚いた。

「ハルシウム到爵騎士団の騎士見習い、ティセル・グンドラフ。入れ！」

呼び出しの衛兵が馬鹿みたいな大声で呼ばわったので、ティセルは飛び上がりそうになった。幼女がけらけらと笑った。彼女に苦笑してみせてから、ティセルは指示された扉に入っていった。

列柱に囲まれたいかめしい謁見室のようなところを想像していたティセルは、潮風と陽光に顔を打《ぶ》たれて面食らった。扉の外は海に向かって張り出した高いバルコニーだった。四方の花壇に緑があふれている。壁際には屈強の近衛《このえ》五名が石像のように並び、どこかに笛吹きがいるのか、ゆったりした陽気な旋律が聞こえた。

と、その笛の音が途切れ、町中の伝書人のような安っぽい身なりをした赤毛の少年が、跳ねるような足取りでやってきた。

「おおー、来た来た！」

なんだこいつは、というのが第一印象だった。落ち着きがなくて礼儀知らず、着たきりすずめで身分も素性も定かでない。一瞬、入る扉を間違えたかとさえ思った。

「あんたがティセル？　ウルサール国王に会いに来たんだろ？」

「は、はい」

「やったあ、当たりだ！　すっげえかわいい！　よろしくな！」

言うなり少年は横からティセルに飛びついて、抱きしめながら頬《ほお》ずりした。

むにむにむに。

——何この。

ほっぺたを力いっぱい押しつけられたティセルは、反射的に拳《こぶし》を固めて殴り飛ばそうとした。男に抱きつかれるなんて生まれて初めてだ。だが、あることを思い出してハッとためらった。三年前に即位したウルサール国王はまだ若く、その一風変わった言動から、陰で「奇矯王《ききょうおう》」と呼ぶ者もいるという。

――まさか、この品のないモップみたいな赤毛頭が、国王陛下……？

信じられない、いや、信じたくないが、それ以外の者が謁見の場にいるとは考えにくい。

ティセルはありったけの自制心をふるい起こして、拳を収めた。少年はきょとんとして顔を覗《のぞ》きこむ。

「あれ、なんだかおとなしいな。もしかして、こういうの好き？」

さらにほっぺたむにむにを強行してから、少年はふと邪悪な目になった。唇を突き出して、じりじりと寄せてくる。

「んんんん」

「っああ、やっぱダメッ！」

呼吸を止めて我慢していたティセルも、これはさすがに無理だった。少年の脇腹に腕を突っこんで片腕をはね上げ、こらえようとふんばる逆側の足を払い切って、側方へ勢いよく投げ飛ばす。ぐるりと回りながら少年が声を上げた。

「ふおおこれはっ？」

一回転半してから少年は頭から花壇に突っこんだ。ティセルは我に返って、うろたえる。頭で考えるより先に体が動いてしまった。あわてて抱き起こそうとする。

「申し訳ありません、ついやってしまいました！　陛下、ご無事ですか、陛下？」

「ああ、もちろん無事だとも」

声は背後からした。

ティセルは背筋がひやりとした。おそるおそる振り向くと、騎獣の尾房を後ろに垂らしたビロードの略帽をかぶり、金モール付きの青いラングラフ軍服を隙なく着こなした、二十代半ばほどの美青年が、面白そうに覗きこんでいた。

「見事な風車投げだった。腕っぷしは確かなようだな、ティセル・グンドラフ」

「あの、あな、その」

「ウルサールだ」

青年は真顔でうなずいた。典雅な焦茶色の髪と、同色の瞳をしている。国王自身の容姿をティセルは今まで知らなかったが、それとよく似た血族の姿なら知っていた。先代の父王マグダザールだ。

先王は剛腕の人物で、内治より外征に大きな功績を残した。しかし自己の目的のために小国をいくつか滅ぼしたり、有用な小部族をさらったりしたので、畏敬《いけい》とともに非難の目も向けられた。ために、現国王ウルサールはそんな先王との違いを人々に知らしめたくて、自分の肖像画や胸像を国内に広めず、横顔を刻んだ貨幣も出していないのだという。

だが実際の彼には、初めてのティセルにも感じ取れるぐらいマグダザールの面影があった。この人こそが、戦死した父王の後を継いでオノキアを迎え撃ち、逆に打ち負かした現国王に間違いなかった。凜々しく美しく、「奇矯王」どころではない。

彼の後ろには同年代の黒衣黒髪の女性がいる。夜に咲く花のようにほっそりとして美しい人だ。王の隣にいるのだからゲルフィレヴナ王妃に決まっている。オノキアよりさらに遠い友邦、石と炭の国イーゴルからラングラフへお嫁入りして、ウルサール国王を助け、戦《いくさ》を勝利に導いた救国の聖女。その人が顔を隠して肩を震わせている。

国中から慕われている二人の英雄に、あきれられたり笑われたりしたので、ティセルは真っ赤になって身を縮めた。

――きっとあの変な二つ名は、敵が嫌がらせでつけたのね。

ティセルが恥じらっていると、花壇から少年が起き上がった。その足首で、ちりんと金の鈴が鳴る。

「おれはジェイミー。ウルサールとは友達なんだ。きみはティセルっていうの？　テスって呼んでいい？」

金鈴《きんれい》道化は王様の小鳥。王国の人間なら誰でも知っていることだ。おとぎ話に語られている。道化は何を言ってもいい。どんなことをしても許される。許されないのはひとつだけ、王様をムッとさせること。――王国を支配する身分の仕組みに縛られない、数少ない存在のひとつが道化だ。

言いかえれば、彼には国王とほとんど同等の権威があるということだ。ティセルは、いきなり抱きつかれるという無礼を働かれた悔しさをこらえて、「どうぞお呼びください」と答えた。

「テスかぁ。かわいい名前だなあ」

浮かれた調子でくるくる回りだしたジャムに向かって、ウルサールは言った。

「ジャム、次のお客様の相手をしてきなさい」

「あいよー」

ジャムは身軽に走っていった。

「では、テス」

「はいっ！」

お務めの話になるのだろう、とティセルは思った。しかしそうではなかった。

ティセルをじっと見つめたウルサール国王は、ふむ、と顎《あご》に手を当てると、目を離さずに二周ほど周りをぐるぐる回った。それからやにわに、ティセルの剣型タイをつまみあげたのだ。整った顔をティセルの目の前に寄せて、言う。

「佳《よ》いな、これは」

「は、はい！」

頭が沸いてしまうほど緊張して、ティセルはとにかく声を出して答えた。王は淡々と言う。

「女に紺のタイか。凛々しく、品格があり、かつ清楚《せいそ》でもある。初めて見るが、よい選択だ。おまえの趣味か？」

「い、いえ。師匠がお願いして、ハルシウム到爵からお借りしてくださったものです。申し訳ありません！」

「謝らなくてもいい、なるほど、ディグローの趣味か。あやつ実にわかっている。到爵さえうんと言うなら、ぜひとも城にほしいのだが。……な、ゲルプ」

「さようでございますね」

国王に水を向けられて、ゲルフィレヴァナ王妃がにっこりとうなずく。ティセルは何の話をされているのかよくわからず、黙っている。

するとウルサールはまたティセルに尋ねた。

「おまえは手元不如意のために、晴れ着を借りたのだな。それを着て、どう思った？」

「は、その……」

「率直に」

「な、なんだか派手すぎて、自分じゃないみたいだと思いましたっ！」

「佳い！　実に佳い」

ウルサールは生真面目《きまじめ》な顔で、ぱち、ぱちと二度ほど手を叩《たた》いた。

「武芸に邁進《まいしん》する清新素朴な乙女が、日ごろ着つけぬ高雅な衣装を生まれて初めて身につけ、戸惑ったというわけだな。その初々《ういうい》しい思い、こちらの心まで洗われるようだ。なあ？　ゲルプ」

「ええ、まことに」

王妃がまたもや、たおやかに上品にうなずく。ティセルは徐々に気づき始める。

――もしかしてこの方々って……？

するとウルサール国王が今度は後ろに回り、なんとスカートをひょいとつまみ上げた！

下着と長靴下の間のむき出しの太腿《ふともも》にひやりと風が当たって、ティセルは思わず声を上げる。

「ひゃっ⁉」

「よい衣装だ。実に可憐《かれん》でかつ艶美《えんび》だ」

「えっ、はあ？　あの、ちょっととっ」

お尻のまるみのために裾《すそ》が持ち上がっているから、少しめくられただけでも見えてしまう。ティセルは手で押さえようとした。

すると、身なりも顔立ちも優雅きわまる、どこから見ても貴人の中の貴人という風格のウルサール国王が、重々しい口調で注意した。

「ティセル・グンドラフ、手をどけて」

王命である。泣きそうになりながら、ティセルは震える手をそこから離した。

「は……いっ」

「ゲルプ、ご覧。これはちょっと前代未聞だよ。ふつう、女人というものはこのあたりを、見せるか、見せないかの二択で処理するものだ。陋巷《ろうこう》の女たちのように見せる者は徹底して限界まで見せるし、僧院の尼のように見せない者は徹底して見せない。この腿という場所では、近年まで、たとえばタイツなどですっかり隠してしまうか、あるいは膝下靴下にとどめて肌をすっかり見せるかのいずれかが常道だった。しかるに——」

ウルサール国王は前に回り、ティセルのスカートを水平よりも気持ち高い程度まで持ち上げて、膝の上から太腿に続く長靴下のレースに縁取られた上端を指差し、遺跡の線文字から上古の伝承を読み取る者のように語った。

「ご覧、ご覧――ここでは靴下をここまで引き上げ、かつ、下着との間に断絶を残すという措置が取られている。これは第三の道、すなわち見せるために隠すという大胆不敵な、しかれども十分に説得力のある挑戦に基づいているのだよ。なあ、この人工的な布地で輪郭のみが強調された構造の上に、突如華々しいレースが置かれた後、遠慮深く、かつとめようもなく艶《あで》やかに、柔肌がじかにわずかに覗く。――この明暗の対比は古今に例を見ないものだと思うのだ。わかるだろう、ゲルプ。乙女の脚の美しさを際立てる、これは一時代を画すほどの名案だな？」

「真実、王様のお考えの通りだと思いますわ」

若々しく気品あふれる、黒衣のゲルフィレヴァナ王妃が、この上なく楽しそうな顔でうなずいた。

ティセルは、どこか別の世界に連れていかれたような極度の混乱の中にいた。

――なんなの？　この方々はなんの話をなさっているの？　どうして騎士見習いの私を呼んで服の話をするの？　どうして当たり前みたいにスカートをめくるの？　これをお嫁にいけないぐらい恥ずかしいと思う私がおかしいの？　さっきの子には抱きつかれたし、ここではこれが当たり前なの？　それに王妃様は女性なのにどうしてそんな話をするの？　これは私をだまして笑うための大きな芝居か何かなの？　それとも私は何かとんでもない手違いで、陛下のおもちゃとして献上されてしまったの？

これ以上少しでも変なことを言われたら、きっと泣き出すか叫ぶかしてしまう。ティセルがそう思いつめたころ、ウルサール国王は突然ぱっとスカートを離すと、まったく何事もなかったかのように言った。

「ティセル・グンドラフ、大変芳《かんば》しい身ごしらえであった。ほめてつかわす。では来なさい。任務の話を聞かせよう」

そうして、王妃とともにバルコニーの先へ歩いていってしまった。

ティセルは狐《きつね》につままれたような気持ちでぼーっと立っていた。するとそれまでまったく意識していなかった壁際の衛兵が、「ゆかれませ」と低い声で言ったので、びっくりして小走りに歩き出した。

今のがなんだったのかさっぱりわからないが、ひとつだけわかったことがあった。

――やっぱり我が国の国王陛下は、「奇矯王」なんだわ……。

バルコニーの奥に瀟洒《しょうしゃ》な組み木のテーブルがあり、壮年の軍人と学士らしい若い男女が、何枚もの大判の紙を広げて静かに話し合っていた。彼らはこちらにちらりと目をやっただけで、興味は示さなかった。国王夫妻もそのテーブルの末端に着いたが、ティセルは椅子を勧められず、軍人たちを紹介されもしなかった。彼らが誰なのかティセルは少し気になったが、目の前にいる二人のほうがずっと重要で、すぐに忘れた。

ウルサールがティセルを見上げて、くつろいだ様子で言った。

「まずは礼を言おう、その気になってくれてよかった。なかなか適任の者がいなくてな」

さっきのスカートめくりの？　いや、これは任務の話だ。ティセルは気持ちを切り替えようと努力しながら、答えた。

「とんでもありません」

「いや、本当に感謝している。諸島環を離れて外陸へ向かうと聞くと、大の男でも尻ごみする。女の身で承諾したのは見上げた心意気だ」

「外陸……ですか」

「聞いていないのか？」

「海に出る、とだけしか」

ティセルは首を振る。ディグローには言わなかったかな、とウルサールは首をひねった。

「では、かいつまんで話そう。一昨年、わがラングラフ王国は南の隣国オノキアに打ち勝って、平和を取り戻した。砦は徹夜の見張りをやめ、兵士は故郷の村と浜へ戻り、海には再び船人が行きかい始めた。だが、まだまだ世間には戦《いくさ》の傷跡が残る。人心は沈みがちで、ゲルプもそれを憂えている。おまえも父を失ったな」

思いがけず身内のことに触れられて、ティセルは言葉に詰まった。ゲルフィレヴナ王妃が深々と目礼したので、あわてて頭を下げ返した。

「時代は変わったのに、まだ人はそれを信じ切れていない。だから余は皆を励ますために、ある計画を立てた。これまで町を壊し多くの人間をあやめてきた軍艦を、富と希望をもたらすために用いるのだ」

そう言うと、ウルサールはティセルの顔を見た。

「ラングラフ王国はメギオス驚異の再探索を開始する」

「メギオス驚異……」

ティセルは戸惑ってつぶやいた。ウルサールはかすかに口角を上げた。

「騎士なら書名ぐらいは習っただろう。『ユヴィ記』『測深記』『港港脈絡』」

「――は、はい！　そのメギオス驚異ですね」

その、と言ったのは、ウルサールが挙げた書のいずれもが、今の世の中では、金鈴道化の登場する童話と同じぐらい、あやふやなものとして扱われているからだった。まともな人間なら、信じようとしないものだ。

しかし、ウルサールは頓着せずに続けた。

「そうだ、宵魚の時代のメギオスだ。宵魚がまだ世界を守っていた太古、戦士にして賢者にして航海者であったラングラフ王メギオスは、諸島環を統一したのち、自ら船団を指揮して外陸へ旅立った。彼らはそこで数々の驚異を見出《みいだ》し、記録した。『ヌソスの金毛氈《きんもうせん》』『オビの迷宮園』『孤水丘《こすいきゆう》』『ラクバルスの遺言森林』、そしてあの不吉な『エーヌ海柵《かいさく》と外《がい》禁洋《きんよう》の蟹匠《かにしよう》』。いずれも人知の及ばぬ神秘、陰秘な事物ばかりで、それらを見つけたメギオスは博覧王と尊称された。だがそののち、博覧王が没して諸島環がいくつもの諸島弧にわかれると、これらメギオス驚異の正確な記録も散逸してしまった。今の世に残っているのは、真とも偽ともつかない後世の研究書、すなわち『ユヴィ記』や『測深記』などだけとなった」

「それを……失礼ながら、陛下が再発見なさると？」

「あることはわかっているのだ。それが今まで忘れられていたのは、宵魚時代の大船の建造法が、長く失伝していたからだ。しかし今般、長き戦の副産物として、われわれは太古のような大船を再び手にした。わが旗艦ウルランデイ号とユーランデイ号のごときは、至天錐をかすめて、剣の国ガスティツへの直航すら成しとげた。その道のり、片道四千アクリート」

ウルサールがバルコニーの外へ目を落とす。王港湾内に、ひときわ大きな双子の一級戦艦が停泊している。「海の王国」ラングラフ海軍にふさわしい、百二十門もの大砲を積んだ巨艦だ。

「王国にはさらに軽快で足の速い艦もあまたある。これらの艦なら諸島環を出て外陸へ、往復一万アクリートの航海も可能だ。むろん、たやすいことではないだろうが、それは海にまつわるどんな事業でも同じだ」

旗艦を見つめるウルサールの眼差しが、意外と冷めていることにティセルは気づいた。今までの説明も、壮大な内容に比べて口調はごく淡々としたものだった。一国を救ったこの人にとっては、何百何千という人間のかかわる大計画も、盤上の駒《こま》を動かすようなささいなたわむれでしかないのかもしれない。

相手と自分の大きさの圧倒的な違いに、息苦しさのようなものを覚えて、ティセルは思わずつぶやいた。

「再発見して……どうなさると」

「公表する。それらはラングラフ王国のものだと。それが王国の勢威を高め、他国を萎縮《いしゅく》させ、ひいては無用無益の争いを避けることにつながるだろう。どうか？」

ウルサールが振り返った。ティセルは一も二もなくうなずいた。

「立派なお考えだと思います」

「わかったか。ではティセル、おまえはアンヴェイル号に乗り、『ヌソスの金毛氈』を求めろ。十六隻ある派遣艦の一隻、ヘラルディーノ家の博物戦艦アンヴェイル号だ」

「かしこまりました」

「以上だ」

ティセルが深々と一礼すると、ウルサール国王はうなずいて別の扉へ目をやった。一拍遅れて、それが退出をうながす目配せだと気づき、ティセルは戸惑った。

「それで、私が護衛するお相手というのは……」

「ん？　何を言っている」

国王がいぶかしげに眉根を寄せた。彼だけでなく美貌《びぼう》の王妃や、紹介すらしてもらえなかった軍人や学士の男女まで、けげんそうな顔でこちらを見る。何か間違ったことを言ったのだろうか、とティセルは心配になった。気まずい沈黙が落ちる。

だがそのとき、入ってきた扉のほうから、にぎやかな話し声が近づいてきた。見ると、先ほど控えの間で隣り合った黒い肌の娘と道化のジャムが、十年来の友人みたいな様子で、仲良くおしゃべりしながらこちらへやってきた。

娘の言葉もジャムの言葉も、ティセルには一言半句たりとも理解できなかった。

ジャムが顔を上げて言った。

「紹介するよ。赤瓦伽藍《せきがらん》のアンドゥダーナー国生まれの、ロウシンハのレイヒだ。ガステイッツからわざわざジナリックを一島ずつたどって、ラングラフまで来たんだって。なんか本をどっさり持ってきたんで、もし船の何隻かと交換したいなら、してやってもいいって言ってる」

ティセルはメギオス驚異そのものが目の前に出現したような気持ちで黙っていた。

ウルサールがその顔を見て、わかったかというように言った。

「ジェイミーはティキ人だ。知っているか？　生まれながらにして、あらゆる言語を話し聞きできる民だ。博物戦艦でもっとも重要な役割を果たすことになるだろう。もし彼が失われたら、船が沈んだのと同じことだ。ティセル？」

「こ……心得ましてございます」

とても悔しい気持ちで、ティセルは膝をついて頭を下げた。

緊張は後からきた。バルコニーを出て階下へ下り、またしても複雑な手順を踏んで城から出るころに、震えがやってきた。ハルシウム邸へ戻る交通艇からデルラング城を眺めると、緑にあふれたバルコニーがかすかに見えたような気がした。

到爵調練所に戻ると師が心配そうに待っていた。ティセルが無事に謁見を済ませて任務を受けたことを話すと、小さく笑ってうなずいた。

「大変なお務めだ。だが、おまえならやれる。がんばれ」

ティセルはうなずいた。

しかしそのあとで師が小声になり「それで、めくられたか」と聞くと、顔を赤らめた。私もだった、とディグローは心底同情した顔で言い、ティセルが借りていた衣装一式を脱いで返すと、これも献上するよう命じられている、と申し訳なさそうに告げた。

「あの、陛下って……」

「言うな。あれ以外は本当に立派な王様なのだ」

そうだろうな、とティセルは思った――思いたかった。

下町の長屋に帰ってくると、夕飯の支度をしていた母親が台所の窓からティセルを見つけて、あら早かったね、今日のおけいこはおしまい？　と聞いた。家族をがっかりさせるのが嫌で、ティセルは今朝、試験のことを言わずに出てきたのだった。

「国王陛下に会ってきた」

ティセルが表に立ったままでそう言うと、母親は軽く笑って、右の義足のずれをトントンと床に当てて直した。

「お船にも乗れないくせに。海の底でも歩いたの？」

「あはは……」

ティセルの背後を、まだ仕事のないちびっ子たちがきゃあきゃあ叫んで通り過ぎた。路地に夕飯の匂いが漂っている。黄昏《たそがれ》の空に盲目の宵魚ランギの尾が見える。向かいの長屋の二階から、頭のぼけてしまったおじいさんが、よーうミンネちゃんと母の名前でティセルを呼んだ。昨日と同じでおとついと同じ、平和で淀《よど》んだ夕方の空気がティセルを包んでいた。

――夢じゃ、なかったよねえ？

「おねえ、お帰りー！」

ちびっ子軍団の中から九歳のフレーセが出てきて飛びついた。ティセルは彼女を抱きあげて、悲鳴を上げるまで体をくすぐってやった。

夜に話した。

ただの冗談だと思っていた母は、ティセルの話が本当だとわかると、ひどくうろたえた。船なんて危ない、沈むに決まってる、火事になるかもしれないと言い出し、男に襲われるとも言った。大丈夫、大丈夫だからとなだめていたティセルも、あまりうるさく言われるので腹が立って、仕方ないじゃないそれしかないんだから、と怒鳴った。母は泣いてしまい、ティセルも泣きたくなった。

フレーセは、なぜかこういうときにしっかりする子で、母と姉が台所と寝室にわかれて立てこもると、二人のあいだを往復して懸命に慰めようとしてくれた。ティセルは彼女をベッドに引きこんで、石板に黒鉛で図を描《か》きながら話して聞かせた。

「知ってた？　フレーセ。世界って円《まる》いのよ」

「知ってる、ショトウカンっていうんだよ。島と島が環《わ》になってぐるーり。レステルシーがあるのがショトウコ」

「諸島弧っていうのは、諸島環の一部だけをさす言葉よ。中世には円環だということが忘れられていたから、弧と呼ばれたの。レステルシーがあるのは、諸島環の北西のオルムザント島。オルムザントの周り、この辺からこの辺までがラングラフ王国の領土よ」

「じゃあこっちの島はフレーセ王国にする！」

「そっちはガスティツよ。東の大国。ラングラフより大きいんだって」

「ガスティツのモラ牛はこの辺りのモラ牛よりずっと大きくてゴーゴー鳴くんだよ！」

「そうなの？　で、北のほうの細かいのがジナリック列島。テレ、イシュハ、ニギノー。西の細かいのが、セレ、デナリ、カンチャガ、そして王妃さまのお国、イーゴル王国」

「下の、ながぁーい島は？」

「南ね。南はアンドゥダーナー王国よ。背中に真っ黒な羽のある人たちが住んでいるの」

「まんなかがしてんすいだよね！」

「そう、嵐神キオの至天錐。内海を貫く天の杭よ。よく知ってるわね」

「らんじんドォー、ドォー、グバー」

「こらあ、ラングラフが沈む」

「こっちがオノキア！　こいつ！　こいつっ！」

「そう、隣がオノキア王国。こら、ぐりぐりしすぎ」

「オノキアのやろうどもはウジウジしておくびょうでモラのクソみてえだけど、オンナはおとなしくてあつかいやすいんだって」

「……あんたそういうの、誰に教わったの？」

「井戸前の物知りベンソンさんが教えてくれる。みんな聞いてるよ」

「ああ、元砲兵の……フレーセ、あの人と二人きりになっちゃダメよ」

「こいつ！　こいつっ！」

「はいはい、オノキアは糞《くそ》ったれよね。それでねフレーセ、いい？　ラングラフのお船は、大きな内海を横切ってガスティツまで行けるぐらい丈夫な船なの。それでちゃんと帰ってきたんだから、私もちゃんと帰ってこられるのよ」

「おねえはどこ行くの。ここ？　ここ？」

ひと抱えほどの石板に描いた諸島環のあちこちを、フレーセが黒鉛でつついた。ティセルは少しためらってから、腕を伸ばして、ベッドの隣の棚を指差した。

「ここ……かな」

「ここ？」

フレーセが目を丸くして、手元と棚を見比べる。この辺もずっと海だから、とティセルはベッドの横の空間を手でかき回してみせた。フレーセがしぱしぱと瞬《まばた》きして聞く。

「ねえ、それって外海？　外海に行くの？」

「うん、そう――」

するとフレーセの顔がみるみる歪《ゆが》んでいき、だしぬけに火がついたように泣き出した。

「んうわあああ！　がいかい、がいかいだめええええ！　おねえ、おねえが死んじゃううう！　だわ、がわあああああ！　だめえええええ！」

啞然《あぜん》として見守るティセルの首にしがみついて、外海はだめだとフレーセは泣きわめいた。「何やってるの、ティセル！」と泣き声にびっくりして母が飛びこんできた。

泣きじゃくったフレーセが疲れて寝てしまうと、母は気の抜けた笑みを浮かべて言った。

「なんだか、フレーセにお株を奪われちゃったわね。ティセル、困らせてごめんなさい。私たちのためにがんばってくれるのよね」

「そうよ、もう……」

「ちゃんと帰れるに決まっているわよね。国王陛下のお船で行くんだもの」

「当然よ」

それで仲直りになった。その夜は三人でいっしょに寝た。

翌朝、調練所に出頭すると、師ディグローとハルシウム到爵その人までもが正装で待っていたので、ティセルは度肝を抜かれた。騎士叙勲《じょくん》の儀式が行われ、ティセルは到爵から防具一式を、そして師匠からは、あこがれていた剣を授けられた。

「私の背丈が百七十を超えるまで使っていた。剣名サープリス、よく貫くひと振りだ。人の血も知っている」

使いこまれて鈍く光る、質実で美しい片手剣。実戦をくぐったものだと聞いて、緊張にこわばる手でティセルは受け取った。

ハルシウム到爵が宣言する。

「ティセル・グンドラフ、なんじをわが到爵騎士団の末席に加え、わが君ウルサール陛下のために働く栄誉を授けてつかわす。陛下と騎士団の御名にかなうよう、粉骨砕身せよ」

ティセルは深く頭《こうべ》をたれて、命令を受け入れた。

2

それからわずか十日後に、ティセルは出港の日を迎えた。ひどくあわただしい門出だった。あまりにもあわただしかったので、任務について勉強する時間はほとんどなく、荷物の手配や家族との別れなど、最低限のことしかできなかった。

当日には国王観閲のもとで派手な出発式があり、酒とごちそうをふるまわれたレステルシーの人々が大いに盛り上がって見送ってくれたが、顔も名前も知らない人々と同船仲間になったティセルは、別れの感傷にひたるどころではなかった。艦上では、出港時の帆船に特有の嵐のような騒動が持ち上がっていたため、ほんの短い間、船べりから家族に手を振ることができただけだった。

ティセルが初めて衣装箱を開けて着替えたのは、出港してから丸一日半もたってからだったのだから、その忙しさは推して知るべしだろう。そのあいだずっと、右も左もわからない艦上で海のしきたりを身につけるのに苦労していたのだった。

出港後さらに十日がたった今でも、ティセルが覚えたのは食事と手洗いと就眠をどこでするかということだけで、まだほとんど海のしきたりを身につけてはいなかった。ひょっとすると、永遠に身につかないのかもしれない。ティセルがそんな風に思うほど、海での生活は地上とかけ離れていた。

まず何が違うかというと、身分制度が違った。その厳格さが、だ。

「ヤイトンの鱗猫《うろこねこ》」から逃げ切った日の昼すぎ、激しかった戦闘の後片づけがすむと、艦長アルセーノはただちに艦上裁判を開いた。

「裁判？」

「うん」

部屋にそのことを伝えに来たジャムは、退屈そうに耳の後ろをかきながら言った。

「アルは艦長だから裁判長の資格があるんだけど、判事補として士官以上の人間がほかに三人必要なんだ。でも士官が死んじまって判事補役が足りないから、騎士のテスにも来てほしいってさ」

「ちょっ、ちょっと待ってよ」

ティセルは両手を突き出して、聞き返した。

「裁判って、なんの裁判？　それにどうして私？　あなたもスパーもいるじゃない」

「なんの裁判なのか、おれは知りたくもないし出たくもないよ。だからテスに頼んでるんだ。スパーはオウムだから頭数に入らない」

「知りたくないってどういうこと？」

「一回出ればわかるよ」

ジャムはそう言うとさっさと消えてしまった。そんな言い方をされて気が進むわけがなかったが、頼まれたことを理由もなく断るのも悪いと思い、ティセルは艦長室に向かった。

艦長室は艦尾にあるガラス張りの広くて快適な部屋だ。ティセルが入っていくと、先ほど砲弾に貫通されたところは、侍女のグレシアが頑張ったのか、シーツで巧みに隠されており、老スパーがシーツの端をかじっていた。部屋の真ん中には宣誓用の避雷針を載せた証言台が用意されており、艦尾窓を背にした大机でアルセーノと二人の男女が待っている。海兵隊長のヴァスラフと博物隊長のイェニイだ。アルセーノがティセルを迎えて立ち上がった。

「おお、わざわざ来てくださってありがとうございます。ウーシュ海尉に頼めればよかったんですが、彼は腕を切断したばかりで起きられないのです」

「私、裁判なんて初めてなんですけど、何をすればいいんですか？」

「とりあえずそこに座っていただけますか。やることはイェニイがお教えします。彼女は経験があるので」

言われた通りに腰を下ろして、隣を見た。イェニイがうなじの左右に下げた三つ編みを揺らして振り向き、にっこりと笑った。

「よろしく、騎士さん。たいして難しいことじゃないですからね、気を楽にしてください」

「は、はあ」

イェニイ・フィッチラフは、デルラング城のバルコニーにいた男女の学士の片割れだ。アンヴェイル号には博物隊長という地位で乗りこんでおり、珍しいものに出会ったら調査する立場だが、同時に生物学に詳しいことを見込まれて、軍医の役も与えられていた。

ティセルが彼女の存在に気づいたのは、ほんの三日前である。それまでは、自分と料理女のキャセロールと侍女グレシアだけしか女はいないと思っていたので、かなり驚いた。一週間も気づかなかったのは、イェニイが下層甲板の医務室兼研究室にこもりきりだったからである。船内の交友関係そっちのけで何か研究のようなことをしていたらしい。かなり性格が変わっていて、未知の生物のことか、さもなければ打撲や骨折や胃潰瘍《いかいよう》のことばかりしゃべる。そのせいで、いまひとつ親しくなれていない。

「今から水兵たちが戦闘中の違法行為の科《とが》でじゃんじゃん引っぱられてきます。騎士さんは艦長とヴァスラフ隊長のおっしゃることを聞いて、『有罪です』と言ってくださいね」

「は？」

うなずきながら聞いていたティセルは、戸惑って口を開けた。

「有罪です、だけなんですか」

「そうです」

「検証とか、その、質問とかは」

「大丈夫です、いりません。うふふ」

イェニイはにこやかにうなずく。彼女はティセルより五つほど年上で、優しい女教師風の美人である。そばかすの散った化粧気のない笑顔が好ましい。でもティセルには何が大丈夫なのかわからない。

扉の外にいた海兵歩哨《ほしょう》が部屋を覗きこんで、「よろしいでしょうか」と聞いた。

アルセーノが言う。

「よろしい、入れたまえ」

「かしこまりました。一番、熟練水兵ホレス、入れ！」

声に応じて、背が低くごつごつした体格の、いかにも叩き上げといった風情の四十歳ほどの水兵が入ってきた。アルセーノの父親にあたるほどの年格好だが、うつむいて帽子をこねくり回し、ひどく落ち着かない様子だ。衛兵にうながされてホレスが避雷針に手を置くと、白髪《しらが》交じりの髪をきれいに刈りこんだ、肩幅のある偉丈夫のヴァスラフ隊長が、野太い声で手元の書類を読みあげた。

「艦長。この水兵ホレスは本日明け方の戦闘中、『武器を手に甲板へ出ろ』の号笛がかかった際、両耳とも聞こえているにもかかわらず、臆病により砲列に隠れていた疑いがあります。彼に公正なお裁きを下されるようお願いするものであります」

「起訴を受け付ける。これは国王陛下に背き、戦友を裏切る罪である。諸貴族の同意した王国徴兵交戦規定に基づいて、嵐神の罰が下されるべきである。諸卿《しょきょう》の意見やいかに」

「有罪です」

アルセーノの流暢《りゅうちょう》な読みあげに続いて、イェニイがさらりと言った。えっ、と小声でつぶやいてしまってから、ティセルはあわてて言い直した。

「有罪、です？」

「有罪と考えます」

ヴァスラフ隊長が後を引き取った。アルセーノがうなずき、重々しく告げた。

「本艦の理性と慈悲ある諸卿の同意により罪は決した。量刑、鞭《むち》打ち十六回。執行は明日。被告人、反論はあるか」

「ありません」

「よろしい。退廷せよ」

ずっとうつむいていたホレスは、量刑を聞くとニヤリと小ずるそうな笑みを浮かべて、頭を下げた。

それから何人もの水兵が呼びつけられ、型にはまった裁定によって鞭打ち刑を言い渡されては、おじぎして出ていった。ティセルは流れに呑まれたようになって「有罪です」を繰り返していたが、十人目近くに、まだにきびも出ていないそうな幼い少年が入ってきたのを見て、思わず腰を浮かせた。

「か、艦長！　この子は幼すぎませんか？」

アルセーノは困ったように口を曲げた。すると壁にかけたシーツをかじっていた老スパーがくるりと首を曲げて、人間の老人のような甲高いかすれ声で言った。

「艦上裁判は嵐神のお恵みじゃ。死に値する刑罰が、鞭によって許されるんじゃからな！」

アルセーノがうなずいた。そしてイェニイとヴァスラフもうなずいた。ティセルは間違ったことを言っている気分になり、それでも口を開けてなにか反論しようとしたが、そのとき被告である水兵の少年が言った。

「騎士さま！　……そちらの、騎士さま。おれは大丈夫です。鞭打ちにも耐えられます。男ですから」

ティセルは喉に何かがつかえたようになって、すとんと腰を下ろした。アルセーノは少年に鞭打ち四回を言い渡した。

すべての被告に有罪を言い渡したあと、ティセルはやはり納得できず、アルセーノに近寄って、小声で抗議した。

「艦長、いえ、アル。十二名もの水兵に鞭打ちを言い渡す必要が、本当にあったんですか？　あれは大人でも気絶するほどの苦痛でしょう？」

「必要です。必要ですとも、ティセル」アルセーノは言葉でティセルを押し返そうとするように力を込めて言った。「本艦は戦闘で三人もの士官を失いました。これは下級の水兵どもに目を光らせる者が消えたことを意味します。この艦は未知の海域に向かっているので、ただでさえ水兵の動揺が大きい。上に立つ者に権威のあることを、是が非でも知らしめる必要があるんです！」

アルセーノの真剣な説明に、ティセルは押し切られそうになった。小さな声で言い返す。

「でも、あなただって指揮を間違えたのに――」

そのとたん、アルセーノの顔色が変わった。「間違えた？　私がですか？」とティセルの腕をつかむ。ティセルは失言を悟って、あいまいに首を振った。

「いえ、私にそう見えただけですけど……」

「間違ってはおりません。間違いではなかった！　あの霧の中で敵の動きを予測することは不可能だった」

叱りつけるように言うと、アルセーノは乱暴にティセルの腕を突き放して、背を向けた。

「戦《いくさ》の帰趨《きすう》は神のみぞ知ることです」

イェニイが肩をすくめて笑っており、ヴァスラフは無言で出ていった。

ティセルは重苦しい気分で艦長室を出た。狭い自室に戻る気になれず、通路をふらふらと歩いて砲列甲板に入る。砲架や床の損傷の修理をしていた水兵たちが、ティセルに気づいてまばらに敬礼した。ティセルは、胸を突かれたような気分になる。

砲列甲板というのは、要するに二百人の男たちと大砲がまとめて詰めこまれている大部屋だ。そこには個室はおろか着替えるための空間もなく、二百人全員が大砲のあいだにハンモックを吊《つ》って、交代で眠りながら共同生活をしている。いっぽう、アルセーノのような士官や騎士のティセルは、狭いとはいえ曲がりなりにも一人用、二人用の部屋をもらって、そこで寝起きしている。生活が違う。

その違いを、海ではこれが普通なんだろうと、たいした考えもなくティセルは受け入れてきたが、今の裁判でははっきりとわかった。水兵たちと自分のあいだにあるのは、単に艦の前部で寝るのか後部で寝るのかという違いではなかった。歴然たる身分の壁だった。

「テス」

後ろから腕をつかまれて振り返ると、ジャムがにこにこと笑っていた。

「上へ行こう。掃除がすんで、きれいになったよ」

艦尾楼へ上がっていく途中で、ひとりで砲列甲板に入っちゃダメだよ、とジャムにささやかれた。その意味はよくわかったのでティセルはうなずいた。

六時間前に人が三人死んだ艦尾楼は海水で洗い流され、海水が乾いたところを石盤で磨かれて、さらさらの白さを取り戻していた。アンヴェイル号は穏やかに波を乗り越えながら進んでいる。二人は風上の当直の准士官を避けて、風下の手すりにもたれた。朝霧はとっくに晴れて、水色に煙った水平線が見えている。真下はともかく、遠くの海面ならティセルも見られるようになった。

「どうだった？　裁判」

「喉が渇いた」

「喉？　そんなら、えーっと、ほい」

ジャムは腰の物入《バウチ》れをごそごそあさって、へこんだブリキの水筒を取り出した。ティセルは袖で飲み口を拭いてから飲んだ。ただの水かと思ったら、かすかに甘酸っぱい果物の味がしたので、おいしくてつい飲みすぎてしまった。

「ぷは、ありがと。あなたが逃げたの、よくわかったわ」

「だろ。おれ、ああいうの苦手でさ」

「私だっていやよ。次は押しつけないで」

「えー、そんなあ」

「私はただの護衛なの！　あなたのお守《も》りじゃないの！」

水筒を振り回しながらも、ふと、この子にこういう態度で接していていいんだろうか、とティセルは思った。ジャムの身分は金鈴道化だ。この艦の二百数十名の人間の中で、ただ一人、艦長とも対等に話せる立場である。王港に戻ればさらに強い権力をふるうこともできる。

「お守りじゃないなんて言っても、他《ほか》にやることないくせにさ」

「仕方ないでしょ！　っていうか、あなたが勝手にちょろちょろするから目が届かないんでしょうが！　おとなしく護衛させてよ！　変かもだけど！」

本人は身分について何も言わない。出港直前に顔を合わせてからこの方、ずっとこんな調子だ。怒ったりすねたりもするけれど、無礼だぞ、というような言い方は一度もしたことがない。

ひとしきり彼を怒鳴ってから、ティセルは小さくため息をついた。

「……鞭打ち、やめさせられないかな」

「やめさせたい？」

「厳しすぎない？」

ジャムは、まじまじとティセルを見つめると、目を輝かせてうなずいた。

「テスは優しいんだな！　見直した！」

「それ余計。元から優しいわよ」

――この子、自分の身分なんか覚えてないのかもしれない。

ティセルは気を遣うのが馬鹿馬鹿しくなって、頬をゆるめた。

そのとき、階段を昇ってエプロンスカート姿の少女が現れた。

「グンドラフさま、艦長が、よろしければお越しいただけないかと」

「あら」

少女はグレシアといって、アルセーノが私的に連れてきた侍女だ。宵闇のような紺色の髪と透き通った水色の目をしており、色白で顔立ちは怖いほど美しい。艦長の食事作りから掃除洗濯つくろい物に老スパーの餌やりまで、なんでもこなす娘だが、笑っているところをティセルは見たことがない。

先ほど艦長と口論したばかりだが、こうして正式に呼ばれたなら断れない。ティセルはうなずく。

「いま参ります」

「おれも行っていい？」

「おいでください」

グレシアがうやうやしく一礼した。

艦長室に戻ると、アルセーノは澄ました顔でティセルを手招きした。

「イェニイが捕虜から興味深いことを聞き出したので、お話ししておこうと思います。どうぞ」

海図を広げたテーブルには、グレシアが焼いたらしいフコの菓子が、香ばしい湯気を立てており、老スパーがこりこりと一片をかじっている。貯蔵食しかない艦上でのお菓子は貴重品だ。これで仲直りしてくれってことなんだろうなと思いつつ、ティセルは彼の隣へ向かった。

「聞かせていただきます。――って、こらジャム」

「勝手に食べるな、ジェイミー」

ジャムは入室の挨拶《あいさつ》すらせずに焼き菓子に手を伸ばしている。ティセルとアルセーノがそれを止めようとすると、ついてきたグレシアがそっけなく言った。

「それは三人分です。ジェイミーさまもお気兼ねなさらず」

「グレシアはほんと話せるな！」

ジャムは顔中を笑みにしておやつ時間に突入した。グレシアが優雅な手つきで蠟茶《ろうちゃ》を熱湯で溶かし、カップに注ぐ。ティセルは腰を下ろして茶を受け取った。

「それで、お話とは？」

「今朝の敵艦、ドレンシェガーの目的がわかりました」

　目を細めて茶をすすりながらアルセーノが言う。

「考えてみればそれ以外にないんですが、メギオス驚異の奪取です。本艦の行方《ゆくえ》を探り、先回りしてヌソスの金毛氈を奪うつもりらしい。由々《ゆゆ》しき事態です」

「なんですって？　そんなこと、許されるんですか。オノキアは戦争に負けた国なのに」

「そうです。われわれラングラフ王国に叩きのめされ、陳謝したはずでした。にもかかわらず、死者の血も乾かぬうちからまたぞろ蠢動《しゅんどう》を始めたようです。まったく面従腹背とはこのことです。陛下にお知らせして、必ずや罰していただかねばなりません。——が、それはわれわれが帰国したあとのことです。目下のところはわれわれだけで、敵艦を打ち破って目的地にたどりつかねばなりません」

「たどりつけるんですか」

「疑われるんですか？」

「いえいえ、もちろん着けると思います」

　アルセーノがむっとしたようだったので、ティセルはあわてて首を振った。アルセーノはオウムに目をやって言う。

「老スパー、僕たち、疑われてるぞ。絶対に着けるんだろうな？」

「ングッ？　ンムア、アアー——ああ、着ける、着けるとも」

かじっていた焼き菓子がどこかに詰まったのか、少しむせてから老スパーは答えた。てんてんてん、と両足で跳ねて海図に乗る。

「本艦は現在、北尽星《ほくじんせい》キオニアを右手に見て、ロフテン島に向かっておる。これはラングラフ本国から西北西へ二千百五十アクリート離れた絶海の孤島じゃが、ネッテという珍しい菌類が採れるので、古くから労を押して交通路が結ばれておる。れっきとした王国領土じゃ。とりあえずここまでの航路ははっきりしとるから、間違いなくたどりつける。ま、ドレンシェガーのような敵艦にとっても追跡しやすいわけじゃが」

「あら、じゃあまだここは外海じゃないんですか」

たかがオウムとはいえ、この博学ぶりには頭が下がる。自然に丁寧な口調でティセルは聞いた。オウムがケッと鳴いて、首を縦に振る。

「外海だが、それほど離れてはおらんということじゃ」

円を形作る諸島環の半径分ほど離れたところに、ぽつんと小さな島があった。

——十日も走ったのに、まだまだなんだ。

ふと心細さを覚えて、ティセルは窓の外を見た。白い艦の航跡以外に見えるものはない。

「しかし島より西は、そうはいかん」

老スパーはあっさり言って、丸まっていた海図を頭でぐいぐい押して広げた。ロフテン島の西には茫漠《ぼうばく》たる空白が広がっていた。

「この先には王国の領土はないし、友好国の港もない。出たが最後、自力で戻らなければならん。できねば死ぬ」

ひやりとするようなことを言って、オウムは海図を見下ろす。

「確認された陸地すらも少ない。ここ百年のあいだに、嵐に流されるなどして西へ向かった漁船のうち、七、八隻がロフテン島や諸島環まで帰り着いたが、それらのいずれも人には会わなかったそうじゃ。うち一隻は流速計を流しており、それを信じるならロフテン島の西二千二百アクリートまで行ったらしいが、小さな島影をいくつか見ただけだった。わしらが向かうのはその先じゃ。頼りになるのはただひとつ、いにしえの『ユヴィ記』に記された博覧王メギオスの足跡のみ。それによれば西へ向かうこと三十と三日で、髪黄色き人どもの住むヌソスなる陸に着くらしい。本艦はメギオスの旗艦ザーンワリーほど足が速くはないから、まあ四、五十日の航海になるじゃろうな。ふふふ、楽しみじゃわい」

ずいぶんな長広舌をふるってから、スパーは藁色《わらいろ》の翼をはばたかせて菓子籠《かご》に飛び乗り、アルセーノのカップにかじりついた。あっこら、と主人が伸ばした手を避けて、カップごと壁の小物棚まで飛んでいき、そこで飲み始めてしまう。

「ああ、よくしゃべった」

「本当に物知りですね、老スパー」

感心したティセルは、ついでに、昼から持ち越した疑問を口にした。

「そういえば気になっていたんですけど、例の『ヤイトンの鱗猫』って、結局なんなんですか？」

「教えてやったじゃろうが」

「メギオスの配下のヤイトン提督が見つけたから、ってのは聞きました。——でもなんで猫なの？」

こくん、と首をかしげて耳の後ろをかくと、オウムはあっさりと言った。

「そこまでは知らんな、本に書いておらなんだから」

「本なんて読むんですか！　オウムなのに」

「オウムなのにじゃ。悪いか、わしだって本ぐらい読むわい」

泰然として言うと、オウムは片翼を見せつけるように広げた。

「エランダルの——アルの親父《おやじ》さんのはからいで、いろいろ学んだものじゃ。わしゃアルセーノがお袋さんの腹から出てくるより早く、この羽で娑婆《しゃば》の風を受けとったからな」

「余計なことを言わなくていい、スパー」

アルセーノがしかめっ面で言った。そんな彼を見てジャムはにやにやと笑っている。

アルセーノがこほんと空咳《からぜき》をする。

「それで、だ。——話をドレンシェガーのことに戻しましょう。やつはロフテン島までは来られるかもしれない。しかしその先には行けないはずです。なぜなら『ユヴィ記』の詳しい内容を知るのはラングラフ王家のみだから。われわれが西へ行くと推測できても、五十日も航海するつもりだとはわからないはず。わからなければ、水や食料の量を決定できない。そもそもオノキア艦はロフテン島では補給できません。そこで足止めを食らうだろうと思われます」

「ま、そんな見当じゃろうな。要するに放《ほう》っといても問題はないということじゃ」

「とんでもない、もし機会があれば必ず仕留めてやるよ。シェンギルン家の船を見過ごせるか！」

「やれやれ、よりによってあの家の艦が来るとはなあ」

いきり立つアルセーノに、老スパーがくるりくるりと首を曲げてみせる。何かあったんですかとティセルが聞くと、一心不乱に焼き菓子をたいらげていたジャムがひょいと顔を上げて答えた。

「オノキア上陸戦のときに、アルんちのヘラルディーノ家と、向こうのシェンギルン家のあいだでひと揉《も》めあったんだよ。『長靴下ぶん殴り』って戦いの話、知らない？」

「いえ、ちょっと……」

「ジェイミー！　黙ってろ！」

アルセーノが怒鳴った。白皙《はくせき》の美男子らしからぬ声に、ティセルは面食らってぱちくりと瞬《まばた》きした。

「ああ……いや失礼しましたティセル、お気になさらず、ね？」

アルセーノは取りつくろうように魅力的な笑みを浮かべて、ティセルの片手を握った。

何か、突っこんで聞くとまた機嫌を損ねてしまうような気がして、ティセルは「は、はあ……」とうなずくだけにしておいた。

「さて、以上がお伝えしたかったことです。貴女《あなた》にはこの先、今日のように士官の代わりを務めていただくこともあるかと思ったので、お話ししておきました。何か質問はおありでしょうか」

手を放してさっさと離れたかったが、前から聞きたいことがあったのをティセルは思い出した。逆にアルセーノの手を握り返して聞く。

「あの、そういえばですね」

「なんでしょう？　ティセル」

「ヌソスの金毛氈、ってどんなものですか？」

すると、アルセーノとジャムが顔を見合わせた。

「ジェイミー、見せていなかったのか」

「おれ、真っ先におまえに渡したんだよ。おまえこそ見せてなかったの？」

「士官にしか見せていなかった。お見せしましょう。グレシア、あれを」

アルセーノが言うと、グレシアは一礼して下がり、やがて靴箱ほどの大きさの、精巧な彫刻の施されたほうろう引きの箱を持ってきた。アルセーノがそれを受け取って数字合わせ錠を解き、中を見せた。

「こういうものです」

箱の中から、ぱあっと光の粒が広がったような気がして、ティセルは目を細めた。

よくよく見れば、そこにあるのは手のひらほどの大きさの金色の毛皮のようだった。だがティセルが見たことのあるどんな毛皮よりも滑らかで、わずかな風にもさやさやと揺らぎ、煙のように繊細で美しい毛並みをしていた。

どれほど腕の立つ毛皮職人が、どれほど珍しい動物の毛皮を使おうとも、これほどのものは作れまい。

「すごい……」

動悸《どうき》が激しくなって、喉が渇いた。触れたらどんなにか心地よいだろう。ティセルは思わず、指先を当てようとした。するとアルセーノがその手を取って、そっと止めた。

「触れてはいけません。陛下がお貸しくださった、諸島環に二片だけ伝わる、メギオスが持ち帰った金毛氈の実物ですから。これは実際に金でできているんです。それだけでも貴重ですが、金でこんな夢のように柔らかい毛皮が作られる原理は、まったくの謎《なぞ》です。

――『ユヴィ記』によれば、この金毛氈が、ヌソスではひとつの盆地を埋め尽くしているそうです」

ティセルは呆然《ぼうぜん》としてアルセーノの顔を見た。アルセーノがにっと共犯者のような笑みを浮かべた。

「どうです。見たくなったでしょう？」

「……はい」

「水兵どもには決して言わないでください。まあ耳ざとい彼らのことだからとっくに知っているかもしれませんが、この見本だけでも、アンヴェイル号そのものより高価ですので」

アルセーノは蓋《ふた》を閉じ、グレシアに宝の箱を預けた。まだどきどきしている胸を押さえて、ティセルは彼女を見送った。——あの子はずいぶんと、信頼されているんだな。

「よろしかったですか」

アルセーノに聞かれて、ティセルはうなずいた。少なくとも、この艦の人々を駆り立てる強力な動機は、理解できた。

「あれを見つけて、持ち帰るんですね」

「できれば友好的に、です。金毛氈の土地は黄髪の民に守られているそうなので。そのために彼を連れてきたというわけです」

アルセーノはジャムに目をやった。なるほど、これですべての理屈が通った。話し合いで手に入れるために通訳が必要で、通訳を守るために護衛が必要だというわけだ。

するとーー自分の相手は、そのヌソスの黄髪の民だ。ティセルはようやく、自分の仕事が納得できた気がした。

「ジャム、交渉がうまくいくといいわね」

ティセルがそう言ったとき、ジャムがなぜか、「あっ」と目を見開いた。

「それでかぁ、あいつら！」

「いや、今朝の戦いのとき、ドレンシェガーの連中がうちの水兵を何人かさらっていったじゃないか。あれ、なんでだろうとずっと思ってて——見なかった?」

ティセルは首を振り、アルセーノは眉をひそめる。ジャムがしかめっ面でぼさぼさの頭をかいた。

「わかったような気がする。こっちの行き先を聞くためじゃないかな」

「す——水兵をさらわれたぐらいで、日程がばれるかしら。大丈夫ですよね、艦長?」

ティセルが振り向くと、アルセーノは青ざめた顔でつぶやいた。

「准士官のワイラーが行方不明です。彼は『ユヴィ記』を読んだはず。もし海に落ちたのでなければ——」

ティセルは沈黙した。


六日後、アンヴェイル号はロフテン島に着いた。

アルセーノとティセルと、それに左腕を失いはしたものの、からくも起きられるようになった二十代半ばのウーシュ海尉は、つのる不安を抑え、艦首から望遠鏡で島の港を眺めていた。

港を守る海岸の砲台は、無残に破壊されて黒煙を上げていた。

アンヴェイル号がラングラフ軍艦旗を掲げて入港すると、待ちかねたようにロフテン港長の公用艇がやってきた。舷側をよじ登ってきた港長に、アルセーノは尋ねた。

「ヘラルディーノ家の博物戦艦アンヴェイル号、王命によりヌソスへ向かっております。何がありました？」

やつれてすすけた姿の港長は、無念の様子をあらわにして首を振った。

「オノキア軍艦に襲撃され、備蓄食料の大半を奪われてしまいました。申し訳ない、せっかく来てくださったのに、何のおもてなしもできません」

「大半を……」

アルセーノが天を仰ぐ。

ざわつき出した甲板で、ティセルはジャムを探して辺りを見回した。

前檣《ぜんしょう》見張り台のさらに上に、水平線を見つめる彼の姿がぽつんとあった。

第２章　世界の果てへ

１

赤というより桃色に近い、ふわりとした長い髪を風になびかせて、一人の娘が目を閉じ、耳を澄ませている。

彼女の前で、家一軒包みこめそうなほど大きな四角い帆が風をはらんでいる。リンネルでできた通常の帆ではなく、木の薄片をつづった、特別あつらえの網代《あじろ》帆だ。

時刻は、夜空を泳ぐ宵魚《よいうお》ランギが、朝日に追われて西へ去ってから、二時間ほどたったころ。場所は木造帆船の艦尾楼だ。娘は人の背丈ほどの台の上にちょこんと立っている。

彼女の前にある大きな帆は、艦の主檣《しゅしょう》の一段帆桁《ほげた》にかけられた大横帆だ。追い風を受けて満々と張っているが、今その帆に求められているのは艦を進めることではない。

艦上には、マストのてっぺんから甲板上にまで二百五十人からの男たちが配置され、ちょっとでも音を立てそうな滑車やロープや鎖を、ひとつ残らず手で押さえこんで、さらに息を殺して黙っている。一人のとんまな水兵がへっくしょんとくしゃみをしたが、仏頂面の太った副長の指示で、すぐさま大きな空の水樽《みずだる》を頭からかぶせられてしまった。

静まり返った軍艦の上に、聞き耳を立てる娘が一人。

奇妙な光景ではあった。

やがて娘は大きく明るい瞳をぱちりと開けると、左手の空を見て、昼夜を問わず鋭く光り続けている北尽星《ほくじんせい》キオニアの方向を確かめた。

そして、水兵たちに向かって陽気に手を振った。

「ありがとーっ、みんなもういいよ！」

叫んだだけでは足りないと思ったのか、大きく両手を広げてくるりんと一回転した。踊り子のような衣装の隙間《すきま》から、白いつやつやした太腿《ふともも》やその上のかわいい下着がちらりと見えて、さらしで包んだだけの大きな胸がたゆんと揺れる。おおーっ、と水兵たちが歓声を上げた。

十分に歓声を受けてから、娘は台から飛び降りた。すると太った副長が上甲板から上がってきて、暑苦しい顔を寄せながら苦情を言った。

「勘弁してくれ、アモーネ。あんたが腋《わき》の下だのへそだのを見せびらかすたびに、砲列甲板の口ゲンカが増えるんだ。男どもにいらん刺激を与えるな」

「ん？　知らないよそんなこと。男の人たちって自分でなんとかできるんでしょー？」

「おれもムラムラすんだよ！　自重しろ、この馬鹿！」

「うわキモ。なに言ってんのデブのくせに」

アモーネと呼ばれた娘は半眼で男を見やって、薄笑いで言い捨てた。言われた副長は真っ赤になって娘をにらむ。艦尾手すりにもたれていた男が割って入らなかったら、どうなっていたかわからない。

「アモーネ、いい加減にしろ。ボーガがかわいそうだ」

そう言ったのは、年のころ三十を少し出たぐらいの、がっしりした体格の男である。夜明け前の空に似た紺色の髪をざっくりと刈りこみ、四角い顎《あご》に無精ひげを散らしている。銀の肩章をあしらった、喪服に似た重厚な濃紺の制服を、胸元を開けて粋《いき》に着崩しており、口元に彫りこまれたような、力強い不敵な笑みとあいまって、この艦を支配する者だとひと目で知れた。

巡航艦ドレンシェガー号を操るオノキア王国終身艦長、クレール・エル・シェンギルンである。

シェンギルンは手すりにもたれたままでアモーネに言った。

「船倉に引きずりこまれて裸に剝《む》かれても助けてやらんぞ。副長に謝罪しろ」

「はぁい、艦長がおっしゃるならっ。ボーガ、ごめんね？　あたし、太ってる人って嫌いじゃないよ」

天使のような笑顔でアモーネはボーガ副長にすり寄り、むにむにと豊かな乳房を押しつける。ボーガがシェンギルンを見る。何も言わないが、この女を泣かせてやっていいかと目が訴えている。

だが、シェンギルンは首を横に振って言った。

「すまん、ボーガ。あいにくこいつは役に立つ。――来い、アモーネ」

「ただいまっ」

艦尾楼を降りていく二人をぶすっとした顔で見送ると、ボーガはひと声うがあと喚《わめ》いて、足元の床を踏みつけた。

シェンギルンは艦長室に入ると、アモーネを方位盤の前に立たせて尋ねた。

「で、どうだった」

「うーん……こっち、かな」

人の背丈ほどもある長い針路指示棒を慎重に回して、アモーネは後方のある方角を示した。シェンギルンは方位盤の上に海図をバサリと重ねて、アモーネが示した方角を書きこみ、小さく眉《まゆ》をひそめた。

「逸《そ》れている。これではこちらへ来ない。確かか？　アム」

「間違いないよ。確かにそっちから船の時鐘《じしょう》が聞こえたもの」

アモーネは胸を押し上げるようにして腕を組み、きっぱりと言い切った。

諸島環では、軍艦の艦長や身分の高い者が、特権として航海に妻や愛人をつれてくることは、公認はされないまでも黙認されている。だがシェンギルンがこの娘を乗せたのは、ただ単に愛玩《あいがん》するためだけではなかった。もっと実用的な、艦対艦の勝負を左右するような力があるからだった。それは常人離れした耳のよさだ。

アモーネは目で見るよりも遠くから、音を聞くことができた。戦争中から、山の向こうの軍勢の号令を聞きわけるぐらいのことは、何も仕掛けを使わなくてもしてみせたが、海へ出て軍艦の帆という巨大な集音装置を使わせると、水平線の向こうの船の音をとらえるという、とてつもない芸当をやってのけるようになった。

そのアモーネによると、アンヴェイル号はロフテン島を出てから、どうもおかしな方向へ向かっているようだった。

「帰国するつもりなら、北へ上って西風をつかまえるはずだ。それなのに、南へ向かっていると？」

「南西っぽいよ」

なぜだろう、とシェンギルンは考えこむ。

アンヴェイル号と戦って捕虜を取ったドレンシェガー号は、情報を聞き出すことに成功し、全速力でロフテン島に向かい、必要な物資を奪った。それから出港するまでアンヴェイル号を見なかったので、最低でも一日か、運がよければ三日ほども先行していると考えられた。しかしシェンギルンは練達の船乗りであり、緒戦の折に目にした相手の船型と艤《ぎ》装《そう》から、アンヴェイル号のほうがこちらよりもやや優速だろうと見当をつけていた。向こうが頑張ればこちらに追いつくのは不可能ではない。あきらめる理由はないはずだ。

「ついて来たくても、来れないんじゃないの？　あたしらが食べ物をぶんどっちゃったから」

「おれたちが？　ああ、なるほど」

そんな馬鹿なと思ったが、考えてみればロフテン島は人が千人も住んでいないような小さな島だ。ラングラフ国王の言い付けがあるとはいえ、数百人が乗り組む軍艦のための食料をそうそう貯蔵しておけるわけがない。ドレンシェガー号に奪われたことで、底をついてしまったのだろう。

「すると彼らは、別の島で食料を調達しようとしているのかな」

アンヴェイル号の向かう先を海図で見ると、何もない海原に点々といくつかの無人島が浮かんでいたが、いずれも「位置不詳」やら「存在不詳」やらの注釈が添えられていた。それらは、そこに島があるという報告があったものの、まだ信頼できる人物または機関によって確認されていない、という意味である。とはいえ、多くの船を走らせ「海の王国」であることを誇るラングラフの海図に比べて、陸上国家を自負するオノキアでは、残念ながら水路調査が遅れている。ラングラフの海図には、島の確かな位置が載っているのかもしれなかった。

アンヴェイル号が遅れてくれるのは好都合である。しかしシェンギルンは万が一を考えた。金毛氈《きんもうせん》のあるヌソス諸島が予想よりずっと遠ければ、奪った食料だけでは足りないかもしれない。いったん引き返して、アンヴェイル号の目指す島で同じように食料を積み増すという選択肢もあるのではないか。

シェンギルンは衛兵を通じてボーガを呼び、彼がやってきて敬礼すると尋ねた。

「正確なところ、本艦はあと何日、食っていける？」

「二百十一日分です。帰途のために半分を残し、ここから本国までの十八日分を残し、さらに帰途は逆風によって五掛けで遅延することを想定すると、現時点から七十五日が往航の限界ということになりますな。もちろんこれは十割配給を続けた場合の話で、水兵どもに二割、三割の欠配を覚悟させればそれだけ延びます」

「計算してあったのか」

「私はいついかなる時でも必要な数字を答えてみせますよ」

依然として不満そうな表情だったが、ボーガは当然だと言わんばかりに答えて、突き出た腹をゆすった。シェンギルンは満足してうなずいた。

「ご苦労。当直に針路を保てと伝えてくれ。本艦はこのままヌソスへ直行する」

「かしこまりました」

陸軍風の大げさな敬礼をして、ボーガは出ていった。

さて――と海図をしまって、シェンギルンは艦尾窓から航跡を眺める。どうやらよほどのことでもない限り、アンヴェイル号に出し抜かれる心配はないようだ。というより、もはや勝ったも同然だろう。

戦《いくさ》に負けたオノキア王国は、ラングラフから多大な賠償を課されて青息吐息の有様となった。挽回の方法を模索していたオノキア国王カルテローチェが目をつけたのが、ラングラフの打ち出したメギオス驚異の探索行だった。あちらのウルサール国王は故意に無視しているが、博覧王メギオスは諸島環すべてを支配していたから、理屈で言えば諸島環の国々はすべてメギオスの末孫だと言える。である以上、オノキア王国にもメギオスの遺産を受け継ぐ権利があるはずだ。

ドレンシェガー号がアンヴェイル号に打ち勝って金毛氈を発見すれば、富を得られるというだけにとどまらず、戦勝国の鼻を明かした英雄として、国王と同輩の貴族たちから大喝采《かっさい》を受けるだろう。

シェンギルンがじっと海を見つめていると、柔らかな髪の娘が後ろから抱きついて、ささやいた。

「かーんちょ、何考えてるの？　宝物のこと？」

「まあな」

「なんにもないかもしれないよ？　何百年も前の伝説なんでしょ」

ずる、といささか脱力しかけてシェンギルンは振り向いた。アモーネは屈託のない笑顔で見上げている。シェンギルンは無表情に尋ねる。

「なくてもいいのか」

「えー？　どっちでもいい。宝物がなきゃ残念だけど、向こうの船はもっとがっくりすると思うから」

シェンギルンは瞬《まばた》きし、つぶやいた。

「なるほど、そういう考え方もあるか」

「それに艦長だってどっちでもいいんじゃない？　ケンカさえできれば」

「なんでそう思う？」

「顔に書いてある」

背伸びしたアモーネが、ちゅ、とシェンギルンの顎に唇をつける。

――ヘラルディーノ家の御曹司《おんぞうし》、できればたどりついてほしいものだな。

シェンギルンは胸の中でつぶやいた。

2

そのころ、ヘラルディーノ家の御曹司は、アンヴェイル号の艦尾楼で肩のオウムと相談しながら、矢継ぎ早に命令を下し、大事故の処理に当たっていた。

「六番砲班、ボートはまだか！　急いで落水者を引き上げろ！　そこのおまえ、水樽だ。水樽！　そうだ、海に投げるんだ、とにかく浮くものを落としてやれ！　そっちの連中、何をやってる？　海錨《かいびょう》だ、さっさと海錨を船首から流すんだ！　それに予備後帆を作れ！　檣上《しょうじょう》！　早く帆を切り裂け！　後のことはいいから、とにかくやるんだ！」

指示に応じて水兵が右往左往し、マストへ登り、ロープをつなぎ、起重機を回す。海に落っこちた者もいて、それを励ましたり呼び寄せたりして、ボートを降ろして助けに行く。どこも蜂の巣をつついたような大騒ぎだ。

彼らの頭上では、三段の横帆を開いた後檣《こうしょう》がぽっきりと折れてしまい、倒れる途中で前後の静索に支えられ、斜めに傾いてかろうじて静止していた。

それらの大騒ぎを、最近、定位置になってきた艦尾楼の風下側で、駆けずり回る船乗りたちの邪魔をしないように小さくなって、ティセルとジャムは見物していた。

「えーと、これ、なんの騒ぎ?」

「さあ?」

「なんか、いきなりボキッといったわよね」

ジャムが肩をすくめ、ティセルは眉をひそめた。

アンヴェイルがロフテン島の東港を出たのは、今日の日の出のころである。目的地は島の裏側だった。東港には十分な食料がないが、西側の村ならまだ多少はあるかもしれない、と港長に聞いたからだ。

しかし、島を回りこんで目的地の集落に近づき、後ろの帆を広げたとたん、帆柱が折れた。ティセルはかなり驚いたものの、とっさにアルセーノが、転覆や浸水はしないと保証してくれたので、ひとまず落ちついて観察することにした。

だが正直なところ、何がどうなったのかさっぱりわからなかった。なにしろ帆船の動かし方についての知識などまったくないのだ。

「船って案外、もろいのかしら」

折れた帆柱を見上げてティセルは言う。後檣は現在、木でできた巨大な骸骨に、千人分の首吊《くびつ》り縄と洗濯物を乱暴に引っかけて二、三度回転させたような、すさまじい混乱状態になっている。百人近い水兵が取りついて後始末に努めているが、ティセルには火をつけてきれいさっぱり焼き払う以外の方法は思いつかなかった。いったいどうやって修理する気なのだろう。

「船がもろいっていうかなんていうか」

ジャムは笑っている。ティセルは振り向いて後方を見る。

「それに、これって艦長に言っておいたほうがいいのかな」

「なにがさ」

「この船、だんだん陸から離れてるような気がするんだけど」

ロフテン島の木々に覆われた浜が、かなり遠ざかっていた。

「あまり離れると、戻るのが大変なんじゃないかしら」

「おれもそう思うけど、まあ言わなくってもいいと思うよ」

「そう？」

「うん」

「ジャム、あなたこれがどういうことか、わかってるの？」

「まあ大体は」

ティセルはジャムの顔をまじまじと見つめた。笑っているのだと思っていたが、どうも投げやりになっているようだ。なんだか気になってきて、ティセルは彼をぐいっと振り向かせた。

「説明して」

「聞かないほうがいいと思うよ？」

「なによそれ。いいから言いなさいっ」

意外に柔らかいほっぺたをつまんで左右にみちみちと引っぱってやると、痛い痛いと泣き笑いした挙句に、汗だくで指揮を執っているアルセーノのほうを気遣いながらジャムは説明してくれた。

「つまり、帆柱をまっすぐ立てるロープがゆるんでいたんだと思うよ。あれって潮風で伸びるから、しょっちゅう引き締めなきゃいけないんだ。そこんとこの手を抜くと帆柱がぐらついてきて、強風を食らったときにぽっきり折れる」

「折れた理由は私にだって見当がつくわよ。気になるのはこの後どうなるかってこと。すぐ直るの？」

「いやまあ、順番に言うとね、おれたちは島に戻りたかった。だけど風は島から吹いている。そこで船を島に向けるため、船尾の帆柱に帆をかけた。だけど風が強すぎて、後ろの帆柱が折れちゃった。前の帆柱だけで風を受けている」

「それはわかるってば」

「うん、それで、後ろの帆っていうのは風上へ向くときに使うんだよ。それがないってことは風上に向かえない。帆をかけるには帆柱を立てなきゃいけない。帆柱を立てるには、あのごちゃごちゃを取り外さなきゃいけない」

「まどろっこしいわね、つまりどういうこと？」

「つまり、おれたちはもうあの島に戻れないってことだよ」

ティセルはいそがしく首を動かして彼と島を見比べた。

「戻れないわけがないでしょ？　まだそこに見えてるのよ、大砲撃ったら届くぐらいよ？」

「今はね。んでも帆柱を立て直すまでに何日かかるか。その間にだいぶ離れちゃうよ。それこそ戻れないぐらい」

「戻れなかったら、どうするのよ！　食料足りないじゃない！」

「だから聞かないほうがいいって言ったんだよ」

ぽかんと口を開けて彼を見つめてから、ティセルは焦ってアルセーノに声をかけた。

「艦長、この艦はもうロフテン島に戻れないんですか？」

振り向いたアルセーノが、気負いすぎて引きつりまくった笑顔で答えた。

「もちろん、戻れますとも！　まだいくらでも打つ手はありますから！」

だが、戻れなかった。

アルセーノは海に袋状の錨《いかり》を流したり、艦尾に小さな四番目の帆柱を立てたり、果てはボートに水兵のほとんどを乗せて、オールで漕《こ》いで本艦を牽引《けんいん》させることまでしたが、勢いよく吹きまくる東風の前ではものの役に立たなかった。そうこうしているうちに、艦はどんどん流されて、日没ごろにはロフテン島が見えないところまで来てしまった。

いろいろやっていたせいで、後檣のほうは、修理するどころか、破れた帆をすべて切り離すこともできず、誰《だれ》も彼もが疲れはてていた。しかしアルセーノは力強く言い切った。

「いや、まだ大丈夫です。何も問題はありません」

ティセルやジャムのほか、イェニイやヴァスラフらの士官を同席させた晩餐《ばんさん》の席で、だ。アルセーノは自信たっぷりに説明する。

「期せずして外海へ出る形になってしまいましたが、この先にも当てはあります。海図にはいくつもの島が記されています。漂流船が遠くから見かけただけで、上陸記録もないような小島ばかりですが、この際、食料が調達できるならどこでもいいでしょう。まずはウルハ島を目指します。ここからの距離は五百四十アクリートで、なに、後櫓がなくとも七日もあれば着くはずです」

「は、はあ……」

「ささ、腹ごしらえのほうをどうぞ。空腹では前向きな思考ができませんからね」

お愛想でうなずくティセルに、アルセーノは卓上の料理を次々と勧めた。

「ご覧の通り食料はまだまだ十分です。連れてきたモラ牛もエトリも元気いっぱいです」

言うだけあって献立は豪勢だ。まず各人に豆のスープがたっぷり出る。赤身魚のフライがずらりと大皿を埋め、酒漬け・酢漬けの野菜が山ほど添えてある。野蛮なほど大きな牛のソテーもどんと置かれている。肝心のフコの実はティセルの靴ぐらいある太いやつが、カリカリの金色に焼かれていて、つかんで割るとほっこりと香ばしい湯気が上がる。フコの実になくてはならない取り合わせのペーストも、赤桃黒銀の四種類も揃《そろ》っている。もちろん深いジョッキに満たした透明な砂漉酒《すなこしざけ》も全員に回っている。

出港して以来、アンヴェイル号の艦長室では毎晩こんな大盤振る舞いがあった。もちろん乗組員全員がこんな贅沢《ぜいたく》を味わえるわけではなくて、士官だけの特権なのだが、それにしても太っ腹に思えた。というのも、晩餐の食材はすべて艦長が私費でまかなったものだとジャムに聞いたからだ。

アンヴェイル号自体が国王直属ではなくヘラルディーノ家の持ち船だそうだから、食材ぐらいどうということはないのかもしれないが、いくら財産があっても、船に積める量は決まっているだろう。ティセルは心配になり、料理人と給仕を兼任しているグレシアがそばに来たとき、小声で尋ねてみた。

「こんなにごちそうばかり出して、大丈夫なの？」

グレシアは水色の瞳でしずかにティセルを見つめて、短く言った。

「艦長のお手元は、騎士さまにご心配していただくまでもございません」

「いえ、お手元っていうか……」

グレシアはつんとした顔で行ってしまった。お金の話だと思われたらしい。言い方がまずかったかな、とティセルは反省した。

まあ、他《ほか》に誰一人心配していないということは、大丈夫なのだろう。――ティセルは食卓を見回してそう考えることにした。

その晩、自室で吊りベッドに入ったティセルは、自分がいま、フレーセが泣いて止めたあの外海にいることを、ふと思い出してしまった。

王港を出たときと違って、何の儀式もなくロフテン島を離れてしまったから、感慨に浸る間もなかった。だが、ここはもう未知の海域なのだ。何があってもおかしくはない。見たことのない怪物や不吉な災難が船を襲う恐れがある。

いや、それは七日前に実際に起こったことだ。ヤイトンの鱗猫《うろこねこ》――あんなものがまた襲ってきたら、今度こそ船は沈められてしまうだろう。

……ぎぎーい、ぎぎーい、と船が規則正しく揺れている。両側の壁に打ち付けた釘《くぎ》から、頭と足を吊られている箱型ベッドにも、ゆらゆらとその振動が伝わる。船の上では決して揺れは止まらず、物音がなくなることもない。ランプを消した部屋は真っ暗で、ティセルは天井で何かがうごめいているような気になった。

――いや、いないから。何もいない。いるわけない。

しかし人声がする。ひそひそと、けらけらと。秘密めかしたささやき声や、押し殺した笑いが、どこからともなく聞こえてくる。

ごろんと寝返りを打って、ティセルは枕を頭にかぶる。気のせいだ。軍艦の規則は厳格だ。当直のおしゃべりは禁止されているし、非直の者はみんなハンモックの中で、ジャムの言い方を借りれば「熟成中の腸詰めみたいに」よく眠っているはず。誰もしゃべってなんかいない。縄のこすれる音に決まってる。

必死に自分に言い聞かせていると、木と木のきしみが体の中をゆっくりと満たしていき、じきにティセルは眠りに落ちた。

翌朝、ティセルは早起きすると、普段着のチュニックとスパッツに剣と小盾《こだて》だけを帯びて露天甲板へ出た。当直の准士官に挨拶《あいさつ》してから、そこら辺を歩き回って舵《かじ》の近くの階段下の、ちょっと広い場所に陣取り、剣を抜く。すでに起きて見張りや大工仕事を始めていた朝番の水兵たちが、おっという顔で見守るが、しいて無視する。そして気をつけ構えの姿勢から、ひとり稽古《げいこ》を始めた。

振って振って突く。振って振って突く。振って避《よ》けて突く。

振って振って突く。振って跳んで蹴《け》る。振って受けて受けて、

「りゃーっ！」

気合を入れながら小盾を構えて肩から突撃した。艦の右舷《うげん》から左舷まで、十数歩の距離をずだだだーっと一気に駆け抜ける。

手すりにドンとぶつかったところで、振り向いてもう一度最初から。振って叫んで突撃して、振り向いてもう一度最初から。

三回目あたりから没頭できるようになり、力がこもってきた。四回目と五回目で楽しくなって、見えない敵をぶっ飛ばすつもりで突撃した。振り向いて六回目に入ろうとしたら目の前にジャムがいたので危うく真っ二つにするところだった。

「わあっ⁉」

「うひゃ⁉」

あわてて剣を引いたティセルの前で、ジャムも驚いて跳びすさる。だがすぐに満面の笑みを浮かべて、寄ってきた。

「朝から何してんの？　誰かとケンカしたくなった？」

「ケンカなんかじゃないわ、練武よ。これまでずっと船のお客さんだったから、私も仕事らしいことをしようと思って」

それは嘘《うそ》ではなかったが、本当のところは、何かおかしなものが出たときに、戦えないと嫌だからだった。そんなことに気づいたはずもないが、ジャムはうんうんとうなずいて言った。

「いいことだと思うよ。すごくいいことだ。長い航海、何か仕事していないとなまっちゃうからね。特にティセルは当直も何もないし」

「私の当直はあなたを見てることだからなあ……」

「見ててくれる？　今から大事な用があるんだけど」

そう言ってジャムが指差したのは、艦首方向の甲板下だった。ティセルは何気なく聞いた。

「何があるの？」

「朝みんなが行くところ」

ちょっと考えてから、ティセルは抜いたままだった剣を彼の頭にかざして、にっこりと笑った。ジャムもにっこりと笑い返してから、野良猫のような勢いで走って逃げていった。

「ほんとにもう」

やや顔を赤らめながら、ティセルは剣を収める。士官には「携帯陶器」と名づけられた道具が貸与されており、当番兵がそれを始末してくれていたが、考えてみれば水兵たちまでそんな上品めかした道具を使っているはずがなかった。行ったことも行きたくもないが、艦首にそれ用の場所があるのだろう。

さてもうひと頑張りするか、と気を取り直して三往復ほど突きこみをやって、ひと休みしながらふと横手を見ると、舵輪《だりん》の奥にある艦長区画の戸口で、オウムを連れたアルセーノが阿呆《あほう》のように口を開けて見ていた。

カンカーン、カンカーン……。

背後で当直准士官が時鐘を鳴らし、まもなく朝日が帆を赤く染めた。

単なる気まぐれでやったことではあったが、この朝の練武で、ティセルは久しぶりに自分が何者であるか思い出したような気がした。船に乗ってからは勝手がわからず、ずっと艦尾の士官居住区でぼんやり過ごしていたが、思えば陸にいたころは毎日のように剣を握って稽古をしていたのだから、それを怠れば調子が狂って当然だった。

この日から、ティセルは朝晩の練武を日課とするようになった。

ロフテン島で折れた後檣は、結局、事故から四日目に立て直された。その手順は、倒れた柱にからみついた艤装をすべて外し、主檣の帆桁を起重機にしていったん横たえ、折れ口をきれいに削って形を整え、それから帆柱穴に残っている根元部分を引き抜いて、改めて帆柱を吊り上げ、穴にはめこむというもので、船中のロープと滑車を総動員するような、複雑で煩雑な作業となった。水兵が二人ほど、船が揺れたときに大木のような帆柱に手を押しつぶされたり、吊り上げ作業中に二段帆桁から落っこちて腕を折ったりしたが、それだけの難作業だったので、堂々たる帆柱が新たに立ったときには、死人が出なくてよかったと皆が言いあった。

それでもまだ、その帆柱に帆をかけるには至らず、立てた帆柱に静索をかけてしっかりと固定し、帆桁を吊って帆を張れるようになったのは、さらに二日たってからのことだった。

事故から六日目の夕方——アンヴェイル号はようやくすべての帆桁を取り戻した。水兵たちが檣上に上がり、修繕された帆を次々と張り広げると、昼夜を問わず吹き続ける東風がそこにもやってきて、渦を巻いて溜《た》まった。ピンと締め渡されたロープの数々がひゅうひゅうとうなりを上げ、以前にも増して力を得たアンヴェイル号は、ゆらりと一段深く傾きながら、ざあざあと波を切って心地よさげに快走し始めた。

ジャムが楽しそうに言った。

「さあ、これでようやく島に行けるな!」

「ちゃんとウルハ島に向かっているのかしら」

ティセルが言うと、ジャムは屈託なく答えた。

「島ならなんでもいいよ!」

確かに食べ物が手に入るならウルハ島にこだわらなくてもいいだろうけど——それ

にしてもなんでもいいってことはないじゃない、とティセルは思った。

ウルハ島が見えたのは、その翌日だった。朝早くに前檣見張りが陸地初認の声を上げ、アルセーノが満足げにうなずいた。しかしもっと満足そうな人物がいた。

博物隊長イェニイは下層甲板の医務室から這《は》い出してくると、そこらじゅうの人間を捕まえて単眼鏡を渡し、島をよく見ろと言いつけた。ティセルも巻きこまれて、腕をつかんで艦首へ連れていかれた。イェニイはそのまま一角獣の角のように突き出した長い斜檣へ出て行こうとしたので、ティセルはとっさに手近の静索にしがみついて首を振りまくった。

「やっ、だめ、私それダメなんで、ごめんなさい勘弁して」

「ダメ？　何がだめなのかしら、すぐそこに真実が待ってるのに」

「私、泳げないんです！」

「騎士のくせにだらしないわね！　じゃあここで待っていて」

ティセルを艦首に残すと、イェニイは片手一本で索をつかんだだけで、斜檣の上へふらふらと出ていってしまった。真下は青い海原だ。もし足を滑らせたら波間に落っこちて、アンヴェイル号の長い竜骨でごりごりと轢《ひ》かれてしまうだろう。見ているだけで膝《ひざ》が笑い出して、ティセルはへたりこんでしまった。

「あのう、そこまでして何を見るんですか⁉」

「何をですって？　決まってるじゃない。見たことのないものをよ！　未知の島、人跡未踏の島なのよ。きっと新種や珍種であふれかえっているわ。虫や、鳥や、ひょっとしたら獣たちでね！」

そう言うとイェニイはアンヴェイル号のもっとも先端で、さっそうと単眼鏡を構えた。ティセルは腹の底から思った。

——学士って理解できない……。

やがてアンヴェイル号は、探し求めた恋人の腕に飛びこむようにして、ウルハ島の風下側へ回りこんだ。帆がたたまれ、錨が下ろされた。

その島——ウルハ島はとても豊かな島に見えた。ちょうど風下側を包みこむような湾があって、波打ち際には砂浜が広がり、よく茂った森と澄んだ青い小川が見えた。きらびやかな宝石のように青い鳥が舞い、枝から枝へと青い毛皮の獣が飛び移っている。それをひと目見たとたん、イェニイが艦首斜檣から艦尾楼まで一気に駆け戻って、アルセーノを抱きしめんばかりにすり寄った。

「艦長、許可を。上陸許可を！　あんな青い動物は諸島環には存在しません。ぜ・ん・ぶ新種ですっ！　行って捕まえましょう！」

「は、はあ。いま上陸隊を出すところですから……」

ただちに露天甲板のボートが海面に吊り降ろされた。ジャムが乗ると言い出したので自動的にティセルも行く羽目になったが、突然、大変なことに気がついた。

以前、船に乗ったときは岸壁から渡し板で乗りこんだ。だがいま降りるときは、みんな身軽に舷側の梯子《はしご》を降りて、ボートに跳び移っているのだ。

ティセルも真似《まね》をして梯子を降りてみたが、最後のひと跳びがどうしてもできなかった。小さな艇と大きな本艦は、それぞれ勝手な周期でゆらりゆらりと上下しており、近寄ったと思えば手が届かないほど離れて、ぜんぜん安定しなかった。

「騎士さま、早く！」

「わ、わかってるわよ！　いま、いま、乗るから……！」

威勢よく言い返したものの、言葉に反して指が梯子から離れない。開いては閉じる艇と艦の間の隙間が、青い怪物の大口のように見える。そこにはまってしまったら……。

ティセルが凍りついていると、誰かが後ろから腋に手を入れて、ぐっと体を持ち上げた。

「いよっと」

「きゃっ⁉」

驚くまもなく、ひょいとボートの中に降ろされる。振り向くと、眼鏡をかけ灰色の髪をした、実直そうな、年嵩《としかさ》の小柄な水兵が、艦とボートの間に両足をつっぱって見下ろしていた。ティセルは名前を尋ねようとした。

「ありがとう……ええと？」

「パッと移ってください。トロトロ動かれると迷惑なので」

出鼻をくじかれて、ティセルは残りの言葉が出なくなった。

だが、ボートが浜へ動き出すと、みなとともにオールを漕《こ》ぎながら、ジャムが小声でささやいた。

「気にするなよ、テス。ガオン掌砲長はああいう言い方しかできないんだ。ほんとはいい人だから」

「ガオン掌砲長、ね……」

新米水兵たちといっしょに黙々とオールを漕いでいる彼を、ティセルはちらりと見て目を逸らした。

やがてボートは砂浜に乗り上げて停止した。まっさきに、体の右と左に胴乱を五つも六つもぶら下げたイェニイが、二人ほどの部下とともに飛び降りて、森へ走っていった。そのあとを、本来なら最初に上陸して警戒線を敷くはずの海兵たちが、あわてて追いかけた。

「わあ、きれいな砂……」

船べりから足を下ろしたティセルは、まったく揺れないその感触に戸惑って、よろけてしまった。ジャムもよろけたが、よろけながらも嬉《うれ》しそうに砂浜を走って、自分からすっ転んだ。

そんなことをしている間に、三艘《そう》あるボートが本艦との間を何度も往復して、乗組員の半分を浜へ連れてきた。何がいるかわからないので、みな手斧《ておの》や長銃で武装している。アルセーノも、左腕を失ったウーシュ海尉がようやく回復したので、彼に艦を任せて浜へ上がってきた。艦の修復が終わり、無事に島へ到着できたためか、意気揚々として訓示を垂れる。

「さて諸君、われわれはロフテン島を越えて七日のあいだ航海を続け、予定通りこのウルハ島に到着した。これはきっと、足りないものをここで手に入れてさらに進めという、嵐《らん》神《じん》のおぼしめしに間違いない。見たところ鳥も獣も豊富なようだ。ぞんぶんに獲物を捕まえて船倉をいっぱいにしてくれ！」

ボートの舳《へ》先《さき》に立って自信満々でそんなことを言っていると、いつのまにか森から戻ってきたイェニイが、間延びした声を上げた。

「あのう、艦長」

「なんですか？　イェニイ」

「どうもこの島の動植物は在来種か、せいぜいただの亜種のようです。諸島環の生き物が棲《す》み着いて、ほんの少し変化しただけみたい」

そう言ってイェニイは左手につかんだシダが何かの草本と、右手につかんだ平べったく大きな甲虫を持ち上げて示した。どちらも、夏の空を映しこんだように真っ青だった。

「ご覧のように草も獣も青色です。川を覗いたら魚も青でした。それどころか水も川床も青なんです。きっとこの島に特有の鉱物を体内に取りこみ、こんな色になったのでしょう。それを除けば普通のテフキシダとコザラカブトです」

「それは――ええ――残念なことです。何か新種が見つかれば、本国に持ち帰って、陛下と学士院のお歴々を喜ばせて差し上げられたでしょうにね。しかしそういう機会は今後もあると思いますよ。ところで、食べるのに適当な生き物は見つかりましたか？」

「だめです」

「はい？」

「だめです。食べられません」

アルセーノが笑顔を引きつらせ、水兵たちがざわざわと騒いだ。イェニイは喜んでいるような、悲しんでいるような複雑な顔で言った。

「この青は硫酸銅の青だと思われます。先ほど申しあげた生き物たちの『ほんの少しの変化』とは、硫酸銅を取りこめるように適応していることです。これはこれで大変珍しい適応です。——でも、硫酸銅は人間にとって毒なんです。そのう、少なくともこの島に住みついて適応しない限りは」

「……適応しようと思ったら、どれぐらいかかるんですか。二、三十日ですみますか？」

「二、三十世代ぐらいでしょうか」

アルセーノは黙りこんだ。水兵たちがぶつぶつと不満の声を上げた。

ガオン掌砲長が装塡《そうてん》済みの銃を空に向けて、引き金を引いた。

3

アンヴェイル号は水一滴得ることがないままウルハ島を離れ、再び舳先を回した。北尽星キオニアを右後方において、西南西を目指す。吹き続ける東風が、感情のない忠実な召使のように、艦を優しく推し進めた。

帆船は向かい風と正面からぶつかることはできない。できるのはジグザグに航行して、少しずつ風上へ切り上がることだけだ。それは乗員の多大な努力を要するため、何日も続けられるものではない。だから直接ロフテン島に戻ることはできない。

風上へ間切るのでなく、はるか北へ上るという選択肢もある。そうすれば、今つかんでいる東風とはまったく逆向きの偏西風が吹き出し、艦を東へ連れていってくれるだろう。だがそれはとてつもない大回りになるから、帰国するにしろロフテン島へ戻るにしろ、何十日もの無駄になる。

そこまでしても、ロフテン島で補給ができるという保証はない。というより、おそらく少ししかできないだろう。それぐらいならと、アルセーノは前進を選んだのだった。

航海そのものは順調に進んだ。後檣《こうしょう》が直ってからというもの、アンヴェイル号は前より調子がよくなったほどで、左から右へと穏やかに揺れながら、波から波へと細身の艦体を躍らせて、軽快に走っていった。天候はずっと晴れで、暑くも寒くもない快適な日々が続き、決まりきった日常が繰り返された。

夜明けの鐘の音と起床。床磨きと帆の張り増しと食事。索具の締め直しと昼食。大砲の手入れと夕食。そして就寝の鐘の音とハンモック吊り。鞭打ちと昼寝の休日。——昨日の完璧《かんぺき》な複製のような今日、今日の焼き直しのような明日。それが水兵たちの暮らしだった。

ティセルも艦上の日々に慣れていった。朝直の水兵と同じく日の出前に起き出し、働く彼らの間で剣を振る。昼はジャムかアルセーノにくっついて艦内を巡察する。夕方は折半直でのんびりしている水兵たちの横でまた剣を振って、晩は士官と食事をして床についた。

アルセーノも老スパーも艦上での女騎士のふるまいについて適当な前例を知らず、ティセルがいいならそれでいい、と言って賛成してくれた。

しばしば予告なしで発令される戦闘訓練にも、やがて慣れた。特徴的な長い号笛と太鼓の音を耳にしたら、ただちにジャムを探し出して艦尾楼へ引きずっていき、そこで抜き身を下げて陣取る、というのがティセルのお定まりの行動になった。

ただひとつ、ティセルが永遠になじめそうもないのは、操帆作業だった。艦が向きを変えるときや速度を増減させるときには、水兵たちが目もくらむような高い帆柱へ登っていき、何十枚もある帆を張り替え、帆桁を回転させる。それらをすべて、人力で無数のロープを引いて行うのだ。

言ってみればそれは狭い艦上で無理やり開催される大競技会であり、ティセルは何度見ても、誰がどんな目的でなんの指示を出しているのか、どの帆が不要になってどの帆が新たに船を加速し始めたのか、見当もつかないのだった。

ともあれ、ティセルが理解しようがしまいが、艦はそう定められて生まれたかのように、来る日も来る日も帆を膨らませて、大きな水球のような海原をかき分けていった。毎日毎日、一アクリート、また一アクリートと……。

アクリートという単位は、とティセルは師ディグローから教わったことがある。博覧王メギオスが定めたものだ。彼がそうしようと思ったときに、五歳の幼い息子がいた。そこで、息子の背丈を一アロットとし、千アロットをアクリートと制定した。そして諸島環全域にそれを布告した。

今でも諸島環のすべての国が同じ距離単位を使っているのは、そのおかげなのだという。

「王港から、もうどれぐらい？」

「今朝の測定で、三千二百アクリートというところです」

アルセーノの言葉を聞いて、ティセルは三百二十万人の五歳児が艦尾から延々とかなたまで横たわっている光景を思い浮かべ――そんなことは想像もできないと気づいて、頭《かぶり》を振るのだった。

実際、故郷を離れて一カ月に達しようかというこのころには、ティセルは少なからず気が塞《ふさ》ぐようになっていた。練武や散歩の気晴らしを見つけたといっても、しょせんは狭い艦内でのことであり、寝るとき目覚めるときに見るのはいつも、手を伸ばして一回転することもできない狭い自室だった。心を開いて話せる相手がおらず、すべてを忘れて遊びにいける場所もない。周りにいるのは必ずしも信用できない男たちと、害意はないが親しくもなれない女たちばかりときている。よく眠れず、食欲も落ちてしまった。そして生来の責任感の強さから、そんな自分がふがいなくてさらにやつれた。

三十五日目、さらにやつれるようなことが起こった。

「申し訳ありません、ティセル。まともな食べ物が底を尽きました。これからは水兵と同じものになります」

そう言うアルセーノの食卓には、今までの焼きたてのふっくらしたフコの実ではなく、防湿剤の炭の匂いのするかさかさしたフコと、材料が傷んでいることをごまかすための毒消しがたっぷり入っているらしい、薬くさい肉野菜スープが出た。アルセーノはそれを本当に気にしているようで、ティセルがあまり食べずにスプーンを置くと、おろおろした様子で言った。

「ああ、やっぱりお口に合わないようだな……グレシア、菓子用の練り粉が残っていなかったか？」

「申し訳ありません、すべて艦長のおために使い切りました」

グレシアが澄ました顔で答えた。

いっぽう、こんな状況でも平然としているのがジャムだった。彼はいきなり質が落ちた食事にも文句ひとつ言わなかった。むしろ今まで以上にグレシアを褒《ほ》めちぎった。

「やっぱり船旅はこれだよな。ご馳走《ちそう》ばっかり食ってると海に出た気がしないよ。まあグレシアみたいなかわいい子が作ってくれるんだから、なんだってご馳走だけどな！　ほんとグレシアが来てくれてよかったよ！」

「恐縮です。お口をお拭《ふ》きください」

グレシアが澄ました顔で答えた。

ティセルは感心するとかあきれるとかよりも先に、いつでもどこでも元気な彼が憎らしくなった。

その晩、霞《かすみ》がかかったような頭と、重石《おもし》が詰まったような胸を抱えて、ティセルがのろのろと床に入ると、じきにまた幻聴が聞こえてきた。熾火《おきび》のような怒りをたたえた、ぼそぼそという低い話し声と、苛立《いらだ》たしさを抑えた甲高い笑い声、そしてめんめんと何かを訴えるようなささやき。いやだ、とティセルは頭を抱える。もう嫌だ、こんなところ。揺れるベッドも狭い部屋も、一人ぼっちの孤独もこの声も、何もかもいやだ。

うちに帰りたい。

まんじりともせずにひと晩を過ごし、朝方目覚めると、できの悪い木の人形になったように全身が痛んだ。うんざりしながら着替えていると、ドアの外に足音がして、紙を貼《は》りつけた鍵穴《かぎあな》のあたりがコンコンと叩《たた》かれた。

「ティセル、もうじき次のザリヤ島が見えるって。……ふぁぁ」

「本当⁉」

穿《は》きかけのスパッツを一気に引き上げて、ティセルはドアを開けた。大あくびをしていたジャムが扉にぶつかって後ろへ転んだので、助け起こしてやった。

「今度はちゃんとした島よね？」

――ちゃんとした島だった。それどころか天国のような島に見えた。その島には遠目にもわかるほどたわわに果樹を実らせた木々が生い茂り、大きな鳥たちが山ほど卵を隠していそうな巣を樹冠に作っていた。木々の間には、新鮮な肉が取れそうなよく太った四本足の獣が、群れになってのそのそと歩き回っていた。

だが、海岸から一アクリートほど離れたところをかみそりのように鋭く屏風《びょうぶ》のように切れ目のない環礁が、延々と遮《さえぎ》っていた。アンヴェイル号は苦労して島を一周したが、本艦はおろかボート一艘入れる隙間も見つけることができなかった。ならば環礁の上からボートだけでも運びこんでやろうと接近すると、潮に濡《ぬ》れた岩の上に、するどい牙《きば》を備えたぬらぬらした蛇のようなものがうようよと動き回っているのが見えた。海鳥がそこに舞い降りると、蛇たちはすかさず先を争って襲いかかり、がつがつと食らい尽くしてしまった。

「あれじゃあきっと、上陸したとたんに……」

ティセルがぶるっと身を震わせて言うと、イェニイが興味津々といった顔でうなずいた。

「骨一本も残るかどうか怪しいわね。そうか！　だからあの島は移入種に襲われず、平和に栄えているんだわ」

平和に栄えているザリヤ島を襲わなければ、アンヴェイル号は危機に瀕《ひん》する。アルセーノが決死隊を募った。だが志願する人間はいなかった。それどころか水兵たちは陰気に顔を背けたままぶつぶつ言った。誰が言ったのかわからないが、ティセルの耳にはこんな声まで聞こえてきた。

「もう無理なんだよ。あきらめてとっとと国に帰ろうぜ……」

いよいよ追い詰められたアルセーノは、肩に老スパーを乗せたまま、甲板上に伏せられたボートによじ登り、高々と剣を掲げて水兵たちを見下ろした。

「この臆病者《おくびょうもの》どもめ、船乗りとして恥ずかしくないのか！　ウルサール陛下のご意向を受け、未知の土地を探し至上の驚異を求める、誉れ高く、いと速きアンヴェイル号の一員であるのに、微力を尽くさず、名も残さずに死ぬ気か！」

「だって名前覚えてないでしょ」

誰かがぼそっと言い、何人もの水兵が吹き出した。ボート上のアルセーノがキッと目を向ける。ヴァスラフ海兵隊長が部下に目配せした。

アルセーノが言った。

「いま言った者は誰だ。もう一度言ってみろ」

普段の航海の最中なら、これでみんなが口を閉ざしただろう。艦長の権威は至上のものであり、武力を持つ海兵隊員たちがその足元を固めている。港でかき集められた平の水兵たちが逆らうことは許されない。

だがこのときは、様子が違った。アルセーノににらまれた集団の中から、数人の男たちが肩をいからせてぶらぶらと前に出てきたのだ。それだけでも不穏なことだが、先頭にいる男がさらに問題だった。

「名前、覚えていらっしゃらないでしょ、艦長殿」

灰色の髪をした小柄な男――ガオン掌砲長が、眼鏡越しに暗い眼差《まなざ》しを向けて、繰り返したのだ。

掌砲長は士官より一段落ちる准士官扱いであり、水兵の中から選ばれる。アンヴェイル号では、軍艦の下層階級の元締めのような存在だ。元締めであるだけに責任は重く、本来なら幹部を軽んじるような発言は許されない。だがガオンは禁を冒すつもりのようだった。

「ガオン、おまえ……」

アルセーノが怒りに青ざめた顔でにらむ。ガオンはベストのポケットに手を突っこんだまま低い口調で言う。

「ドレンシェガーとやり合って嵐神に召された水兵十三名、覚えていないでしょ。全員の名を言えますか、艦長殿」

アルセーノは口ごもり、肩のオウムに目を向ける。オウムがひそひそと耳打ちし、アルセーノはガオンに向き直る。

「おまえのそんな問いに答える必要はない」

「大事なことなんですがね。おれたちは海軍と陛下に名を預け、海軍と陛下はその名に対して給料と遺族年金を遣わしてくださる。そういう契約です。港に残してきた女やおふくろや餓鬼どもは、いと尊き陛下に面倒を見ていただく。そしておれたちは海へ出て、軍艦の檣冠《しょうかん》と船底の間を昇ったり降りたりし、時には少しばかりはりきって九メノンのでかぶつの尻を叩き、敵艦を沈める。そのはずだった。それが」

眼鏡をきらりと光らせて、ガオンは肩越しに顎をしゃくり、背後の島を示す。

「どういうわけかこの艦はキノコの採れるロフテン島を越え、世界の果てへ踏み出した。あまつさえ、煮ても焼いても食えねえ青い鳥と青い魚の島や、骨までしゃぶりそうなたちの悪い紐《ひも》の化け物の島へおれたちを連れてきた。こんなのは契約のうちに入ってない。このことについて、艦長殿、あんたになんとかしてほしいと思ってるんですよ、おれたちは」

ガオンが言葉を切ると、背後の水兵たちがいっせいに何度もうなずいた。

そのとたん、艦尾楼で野太い怒声が上がった。

「きさまら、艦長殿に対してその態度はなんだ！　ただちに解散せねば懲罰だぞ！」

それはヴァスラフ海兵隊長の声で、彼とウーシュ副長が剣を抜いて水兵たちを見下ろしていた。砲列甲板から整然と現れた海兵隊員たちが、艦尾楼の階段を昇っていき、高みからガオンたちに銃を突きつけた。

水兵は無言で幹部と海兵をにらみつける。ごそり、と真鍮《しんちゅう》の棍棒のような帆留めピンを手すりから抜き取ったり、私物のナイフを取り出して、指先でくるくる回したりしはじめた。水兵の武器は海兵隊に劣るが、人数は四倍以上だ。

険悪な空気に怯《おび》えたように、バタバタと帆の端が波打った。艦そのものもゆっくりとうねり出していた。

そのとき、ティセルはイェニイとともに艦首におり、艦中央部で起こったこの騒動を、手をつかねて眺めていた。まさかこんなことになるとは思わなかった。世界の果てに怯えているのは自分だけで、熟練した船乗りたちはへっちゃらなんだろうと勝手に思いこんでいたのだ。

ところがそうではなかった。水兵たちもまったく同じような不満を溜めこんでいたようだ。彼らの気持ちはとてもよくわかったが、自分がどうしたらいいかは皆目わからなかった。まさか水兵の肩を持って艦長を責めるわけにもいかない。緊張して、隣のイェニイに小声で聞いてみた。

「フィッチラフさん、どうしましょう」

「えっ、いえ、私こういうのはあんまり、はは、どうすればいいかしらね」

イェニイは指でこめかみをぽりぽりかきながらそんなことを言ったが、その顔にはうっすらと脂汗が浮かび、口元が引きつっていた。

「行って、止めたらどうでしょうか。まさかあの人たちも女に乱暴はしないと思うんですけど」

「や、そんなことないと思うわよ？　やめやめ、関《かか》わっちゃだめだって」

むやみとパタパタ手を振って、イェニイは海のほうを向いてしまった。あからさまな現実逃避だ。そんなあ、とティセルは言いたくなった。年上だから頼りになると思ったのに。この人、頭はいいけど、修羅場はてんでダメみたいだ。

自分も同じように動揺して逃げたくなってきたので、ティセルは腰の剣に手をかけて深呼吸を繰り返した。怖がってどうする、騎士の出番はこういうときだ。ドレンシェガーの攻撃を食らったときに比べれば、ぜんぜんたいしたことじゃない。

そういえば、ジャムはどこだろう？　にらみ合い集団の中にはいないみたいだけど――。

露天甲板を見回したティセルは、以前のことを思い出して頭上を見た。すると、主檣のはるかな高みの、クモの巣のように張り巡らされた静索と動索の奥に、もじゃもじゃ赤毛の少年の姿がちらりと見えた。二段見張り台よりもっと上、三段に重ね継ぎされている帆柱の最高部、檣冠のあたりだ。

こんなときに、いったい何を？

「水が少ないんだ、水が」「増配、増配！」

艦中央ではそんな声が上がり、険悪さが増している。騒ぎを聞きつけたのか、中央貨物ハッチから非番のはずの水兵までぞろぞろと現れた。露天甲板は双方の男たちでいっぱいだ。ティセルは気が気でない。

そのときだった。

「甲板——甲板！」

頭上高くからジャムの声が降ってきた。次の叫びは、感情のみなをぎょっとさせた。

「左舷後方、嵐雲だ！　嵐が来るぞ！」

みんなが一斉にそちらを見た。すると南東の水平線に、どっしりとした濃密な灰色の雲堤が湧き起こり、ゆっくりこちらへ近づいているようだった。

気がつけば帆のばたつきはますます強まり、甲板を揺らすうねりもそれとわかるほど強くなっていた。嵐が近いのは間違いないようだ。

水兵たちが動揺し、ひそひそとささやきを交わす。アルセーノが迷いながら甲板を見回す。と、藁色《わらいろ》のオウム自身が甲高い声で言った。

「嵐、嵐じゃ！　総員、嵐に備えろ！　帆をたため、大砲を縛れ！」

それがきっかけとなった。——ガオンがスッと顔を背け、ハッチから砲列甲板へ降りていき、取り巻きたちも従った。するとひと塊だった水兵たちが核をなくして、ざわざわとしゃべり合った。そこへピイーと掌帆手登檣《しょうはんしゅとうしょう》の号笛が降ってきた。水兵たちは夢から覚めたように、身についた習慣にしたがって、班ごとにわかれてマストへ登っていった。

不穏な空気は跡形もなく消えた。イェニイはそそくさと下甲板へ降りていき、ティセルはほっと胸を撫《な》でおろす。そこへ、斜檣索を伝ってジャムがするすると降りてきた。

ティセルは彼に駆け寄って言った。

「ジャム！　よかったわ、あなたが嵐のこと言ってくれて。もう少しで大変なことになりそうだった」

「アルがもうちょっとしっかりしてくれればよかったよね」

「しっかりって。あなたは、艦長の味方なんだ」

「なんだよ、味方じゃいけない？」

紐でぶら下げた真鍮の号笛をもてあそびながら、ジャムがティセルを見る。ティセルは首を振る。

「いけないってことは全然ないわ。ただ、ガオンの言うこともわかる気がするから。——ジャムは外海が怖くないの？」

「ぜんぜん？」

ジャムは肩をすくめてぱちぱちと瞬きしてみせた。強がりにしても見事なとぼけ方だったので、ティセルは感心した。

「そうもきっぱり言えるのはすごいわね。――でも、ちょっと想像して。私は海になんか全然出たことがなくて、うちにいる家族のためにこの船に乗ったんだから。その点では、水兵たちといっしょ。海は怖いし、生きて帰りたいのよ」

するとジャムは何度も深くうなずいて言った。

「いや、おれだって帰りたい気持ちはわかるよ。だからアルにしっかりしてほしいんじゃないか。あいつが頼りになれば、おれも気を回さずにすむんだよ」

「気を回す？　あなたがいつ気を回したりしたのよ」

ティセルが言うと、ジャムは「ん？」といたずらっぽい顔で号笛をぶら下げてみせた。

ティセルは、「あ」と声を漏らす。

「あなた、まさか、争いを止めるために、それを……？」

「嵐が近いのはほんとだよ」

ヒュン、と号笛を一度回して、ジャムは例のぼろっちい物入れ《パウチ》に号笛を収めた。本来、士官しか持っていないはずの道具だが、私物なのか、それとも持ちこんだのか。

ジャムはさらに声を潜めて言った。

「でも、こんなもの持ち出さなくていいように、今まで説得してたんだよ」

「説得？　いつ？」

「真夜中に。船倉の秘密会議で」

「秘密会議……ってそれジャム！」

ティセルは思わず叫びそうになった。しーしーし！　と焦った顔でジャムが人差し指を立てる。ティセルも声を潜めて、言い返した。

「消灯後に集会するのは厳罰って聞いたわよ？」

「厳罰だよ。だから目立たないように船倉でやるんだよ。って言っても普段は賭《か》け事やる程度なんだけど、ここ何日かは反乱の話が出るようになってさ、おれ抑えるのにすごい苦労を……」

「な・ん・で金鈴《きんれい》道化のあなたがそんなことしてるの⁉　あなた王様と同じ身分なのよ？」

アルセーノが聞いたら卒倒しそうな話に、ティセルは驚いて問い詰めたが、ジャムの答えはあっけらかんとしたものだった。

「なんでって、気楽だから」

さては夜中にずっと聞こえていた気味の悪い話し声は、こいつらの声だったのか、と今さらながらティセルは気づいた。これからは夜うなされずにすみそうだ。もっとも、知りたくもない別の問題を知らされてしまったわけだが……。

「……本当に、もうちょっと自重したほうがいいと思うわ、あなた」

ティセルは頭を振って言った。考えとく、とジャムはまるで本気でなさそうな顔で言った。

それから、北西の空に目をやった。

「で、嵐がくるんだよ。それも、けっこうすごいのが。テスは今のうちに何か食べといたほうがいいね」

「そんなに酔いそう？　大丈夫だと思うけど」

妙な話だが、ティセルは船が苦手なくせに、なぜか船酔いにはまったくかからなかった。王港を出てからしばらく、新米水兵たちが胃の中身を戻してぐったりしているのを尻目に、ごく普通に毎食しっかり食べて、体力を維持していた。体術に長けているためかな、と自分では思っていた。

ジャムは首を振って言った。

「もの食べるどころじゃなくなりそうだから。――っつーか、食べ物がなくなるかも？」

「……そうなの？」

ジャムがうなずく。

六時間後、生まれてこの方一度たりとも自分が本物の嵐に遭っていなかったことを、ティセルは思い知った。

「それ」は最初、艦内の騒ぎでしかなかった。「それ」が来ると聞いた船乗りたちは、いつにも増してせわしなく、苛立たしげに支度を進めていった。前檣の一枚を除いて帆がすべてたたまれ、砲門や明かり取りの窓が閉ざされて釘を打たれ、大砲やボートなど動きそうなものすべてに、これでもかとばかりに厳重にロープがかけられた。

「それ」が来ると聞くと、召使のグレシアが艦長区画のキッチンに陣取って、焼ける食材と煮られる食材を片っぱしから火にかけていき、片っぱしからアルセーノやティセルたちに食べさせた。みんなが腹いっぱいになると、鍋《なべ》という鍋、壺《つぼ》という壺に余りを詰めこんで縛った。ティセルがちらりと覗いた砲列甲板では、水兵たちが仕事のかたわらに手づかみで料理を食べていたので、キャセロールばあさんも同じことをしたのだろう。

グレシアはその作業を、艦の揺れがだんだんひどくなっても強情に続けようとし、ぐらぐら煮立った大鍋がひっくり返りそうになって、間一髪アルセーノに助けられると、ようやくあきらめて火を消した。

グレシアに大やけどをさせるところだった船の揺れは、何時間もかけてじわじわと振幅を増し、艦内のティセルがそれと気づいてからも、なおも増していった。ティセルは、自分のいる通路が上り坂になったり下り坂になったり、あるいは左右の壁が自分に向かってぐらりぐらりとお辞儀をすることに、今日までの航海である程度慣れていた。敵の打ちこみを待ちかまえるみたいに、腰を落として足を床に貼りつけ、揺れが腹から上へ伝わるのを逃がせばいいのだ。その要領で、強まる揺れに耐えるつもりでいた。

そうしていると、「それ」が音を伴うことに気づいた。絶えず続いている木々のうめき声を貫いて、普段は露天甲板にいるときしか聞こえない、ひゅうひゅうという甲高いうなりが、分厚い甲板の下の艦内にまで届いていた。

のみならず、索具の立てる甲高い音の底から、いつしか亡霊のうなりのような低い低い吠《ほ》え声が湧き起こってきた。その音はティセルが今まで聞いたことがないもので、耳というよりも肌から体全体に染みこみ、骨と肉を揺さぶって、たとえようもない不安をかき立てた。

艦尾窓を板で塞がれて薄暗くなった艦長室で、床に釘づけにした机と椅子に無理やりしがみつきながら、ティセルは尋ねた。

「ジャム、あれはなに？　ぼおおおおおっ……ていう」

「海で死んだ人たちの声だよ」

「やめてよ！　そういうの」

ティセルがなかば本気で怒ると、ジャムはくすくすと笑った。アルセーノがグレシアに手伝わせて防水外套《がいとう》をまといながら、陰気に説明した。

「帆桁と帆柱を風が巻く音ですよ。あるいは艦体そのものを。これが聞こえたら、本物の暴風雨ってことです」

「暴風雨に本物と偽物があるんですか」

ティセルが尋ねたとき、露天甲板からぐしょ濡れのウーシュ副長がやってきて、主檣の左静索が切れかかっていることを告げた。アルセーノは老スパーに尋ねて対処法を聞くと、叫びながら出ていった。

「予備綱を手当てして静索を組み継ぐ。檣上員呼集！」

「わは、おもしろそ」

他人事のように喜んでジャムがくっついていってしまったので、ティセルもあわててその後を追った。艦長室を出て、廊下を行き、露天甲板への扉をくぐる。

「待ってジャム、外は雨なんじゃ――うわぷ！」

そのとたんに、海水の泡の混じった強風、というよりも空気を含んだ波そのものがドッと叩きつけ、ティセルは室内に押し戻されそうになった。あわてて手すりにつかまり、外へ這い出して扉を閉める。そこには舵輪があり、いつもなら一人の操舵手がかかったるそうに舵を取っているのだが、今は四人もが取りついてぴりぴりした様子でがっしりと舵を押さえている。その向こうは中央甲板だが、雨としぶきと泡の混じった白い霞が横殴りに吹き荒れて、十歩先も見えない。と、両舷を乗り越えた大波がもう一発ドッとあふれてきて、ティセルの前髪から下着の中まで水びたしにした。

「ああもう、まだ替えを洗ってないのに……ジャム、ジャーム！」

思わず毒づいてから、あたりのものにつかまって、中央甲板から風上らしき右舷に出たティセルは、艦の周囲を見回して、啞然《あぜん》とした。

――ちょっとこの……なに？

坂がある、と最初に思った。灰色にしぶくなだらかな上り坂がそびえており、それがなんだかわからなかったので一瞬、怖いという感情すら湧かなかった。それは見る前でゆっくりとこちらへ近づき、見上げんばかりの丘になった。艦がぎぎい、と鳴きながら丘の裾野《すその》を横切ろうとした。すると丘はその頂上からざわざわと泡立ち始め、ティセルのいる右舷に向かって、大きな口が閉じるようになだれ落ちてきた。

どざざざん！　と圧倒的な量の海水にぶち当たられて、ティセルは川の中の砂粒みたいにぐるぐる転がりながら押し戻された。ごつんと舵輪にぶつかって、舵手に寄ってたかって服をつかまれて、かろうじて止まる。その周りを海水はぐしゃぐしゃに洗い流してなぎ払うと、用はすんだとばかりに左舷側からざざざざと落ちていった。

しかしそれで終わりではなかった。行く手にはまたしても大きな丘が盛り上がり、艦は再びぶちかましてもらおうとするかのように、その丘に向かって疾走しているのだった。

「がぼば、なんなのよこれ！」

「テス、ティセル！」

艦尾楼から階段の手すりを滑ってジャムが降りてきて、ティセルの腕に自分の腕をしっかりとからませた。大はしゃぎしているような顔で言う。

「波が来る瞬間に突っ立って見てるなんて勇気があるね！　そういうことする水兵はたいてい一発でいなくなるんだけどね！」

「知らないわよそんなこと！　じゃどうすればいいっての？」

「とりあえず命綱を巻こう。運が悪くても骨折ぐらいですむ」

風に負けじと怒鳴っているジャムは、よく見れば恐怖のあまり笑っているようだった。

そんなに危なかったのか、とティセルはぞっとした。

ジャムに綱を巻いてもらって艦尾楼に昇ったティセルは、叩きつける雨しぶきの白い幕越しに、とうとう「それ」――嵐の姿を見た。

ほんの半日前にはどこまでも広がる青い平原だった海が、今では灰色の荒れ果てた丘陵地と化していた。右にも左にも冗談みたいな大きさの波がゆっくりと盛り上がり、ぶつかり合っては崩れて、不気味な真っ黒い盆地を作り出していた。アンヴェイル号はその巨大な動きの中で、なんとか大波の直撃だけは避けようと、右に揺れ左に揺れながら盆地から盆地へと縫い進んでいた。けれども三回に一回は波間をとらえそこねて、崩れる波頭を頭からかぶっているのだった。

主檣脇《わき》ではアルセーノに指揮された五十人からの水兵が、懸命に静索を補修しているが、その大がかりな作業でさえ、周囲がこれだけ荒れ狂っていると、なんだか蟻《あり》が集まってちょろちょろと獲物でも運んでいるような、つまらない光景にしか見えなかった。

見上げれば、まだ日暮れ時でもないのに、灰の溜まったバケツをかき回したみたいな濁った黒灰色の雲が、空いちめんを覆っていた。強弱を伴って、というより強強強弱強ぐらいの調子で降りすさぶ雨は、どう見ても、ただの自然現象というよりも、ここら一帯五百アクリート四方を支配する何かものすごく意地の悪い化け物が、調子に乗ってやってきた頭の軽い生き物たちの下手くそな工作に過ぎない木製の入れ物を、水流だけでぶち破って沈めてしまおうとふざけているように思われた。

ぐうん、と艦が持ち上がった。ティセルは体が重くなって足を踏ん張る。周りの見晴らしが恐ろしいほどよくなる。波のてっぺんまで運ばれてしまったのだ。

と思ったら、ふっと重さがなくなった。艦が前のめりになり、波の腹を滑り降りる。滑るというよりほとんど落下だ。深い深い暗い谷が迫る。お尻のあたりがむずむずするような体の浮き上がる感じがして、ティセルは手すりに力いっぱいしがみつく。

「きゃあああああ！」

「ひゃああああ！」

隣のジャムがやけに嬉しそうに叫び、なんでそんな嬉しそうなんだこの子、とティセルが思った瞬間、艦は次の波の腹に突っこんだ。斜檣の先から艦尾楼の大舷灯まであますところなく水につかり、事実上、数秒間潜水した。かろうじて海面に浮上できたのはまだ嵐神が飽きていなかったからか。排水口という排水口から滝のように潮をこぼすアンヴェイル号の艦尾楼で、ジャムがニコニコしながら言った。

「これが本物の暴風雨」

「わかったから、中に戻ろう！」

自覚のないままべったりと抱きついて、ティセルは半泣きで叫んだ。

しかし、ジャムにさえ予想外なことだったが、これはまだ嵐の皮切りにしか過ぎなかったのだ。

暴風と大波はひと晩じゅうアンヴェイル号を翻弄《ほんろう》した。艦の構造材に隙間ができ、船倉に人が泳げるほどの水が溜まり、排水するために二十人がかりでポンプ作業が続けられた。

やがて夜が明けたが、多少外が明るくなっただけで、風も波もいっこうに収まらなかった。

昼過ぎに前檣の帆が吹っ飛んだ。この帆は、進むための帆というよりも、艦を風に従わせて、横風で転覆することを防ぐものだったので、それが飛んでしまうと、アンヴェイル号は横っ腹にまともに風を受け、建造以来一度も経験したことのない大傾斜に襲われた。砲列甲板では、こらえそこねた水兵が何人も片舷へ転がり落ちて悲鳴を上げ、その頭上ではモラ牛五頭分もの重さの大砲がすべて宙吊りの状態になり、ギジギシと不気味なきしみを上げた。弾薬庫でも医務室でも瓶《びん》と缶《かん》が転がって手のつけようのない有様になり、艦長室では大机の釘が抜けて左舷側へ落っこちてしまい、窓ガラスを粉々にして、外のよろい戸に支えられてかろうじて止まった。ジャムは艦内のどこかへ行ってしまい、ティセルとグレシアは抱き合って固まっているしかなかった。

「現在傾斜、百分の八十八！　このままでは転覆します！」

「スパー、老スパー！　どうすればいい？」

相手がもし人だったら抱きつきそうな顔でアルセーノが尋ね、オウムは混乱した様子でぐるぐる首を振り、それでも何とか答えを出した。

「左舷副錨《ふくびょう》を切り離せ！　艦首を軽くして、風に当てるんじゃ！」

それがこの嵐の中での、老スパーの最後の言葉になった。なぜなら彼はアルセーノに乞《こ》われていっしょに露天甲板に出たとたん、横殴りの風を食らって吹き飛ばされてしまったからだ。

アルセーノは水兵を呼び集めてなんとか錨を切り離し、さらに間に合わせの帆を一枚だけ艦首斜檣に掲げることに成功したが、艦長室に帰ってくると泣き出して、以降の指揮を放棄した。

大砲二門分の重さがある錨を捨てたアンヴェイル号は、いくぶん頭を上げて自ら波へ向かっていくようになり、傾斜も半分ぐらいまで回復して、当座の転覆の危機をまぬかれた。老スパーの指示が正しかったことが証明されたわけだが、あいにくそれでもまだ危機は終わらなかった。

二日目の日が暮れ、長い長い夜が過ぎ、また朝が来たが、それでもなお嵐は収まらなかった。風はいよいよたけり狂い、波は前二日よりも獰猛《どうもう》に艦を殴りつけた。作り溜めておいた料理が配られたが、水兵の半分は嘔吐《おうと》を続けた挙句に血を吐いていたので食物を受けつけず、残り半分も昼夜兼行のポンプ作業に駆り出されて疲れ果てていた。そのポンプは今では一度に四十人がかりで動かされていたが、それでも船倉には海水が溜まり続けていた。あまりにも浸水が多いので自発的に調べた水兵が、昨日の大傾斜で水樽が転がって、半分以上割れてしまっていることを見つけた。

自分たちが死に物狂いで外へ捨てている水の大半が、命に等しいほど大事な真水だとわかって、さすがに水兵たちも呆然《ぼうぜん》となった。彼らを掌握していたガオン掌砲長は、報告を受けるとひと声、嵐神を呪《のろ》ったあと、ハンモックに入って出てこなくなった。

三日目の夕方を迎えるころには、アンヴェイル号はほとんど船の形をした棺桶《かんおけ》のようなものになりつつあった。漂流の最中に七人が波にさらわれたり、物にぶつかって死んだりしており、さらに日没前、主檣の真ん中、二段マストから上がなくなっていることにジャムが気づいた。こんなものがなくなったら真っ先に誰かが気づいてしかるべきだったが、誰も、主檣が見えている舵手さえも気づかなかったというのは、アンヴェイル号の人間たちがどれほどぼろぼろになって、まともな精神を失いかけているかということを、よく表していた。

海に弱い新米水兵や若い准士官たちは、下層甲板の隅に転がって時おり胃液を吐くだけの丸太のような姿をさらしており、ウーシュ副長もヴァスラフ海兵隊長も負傷して、舵とポンプ作業の監督をするのが精いっぱいだった。

ティセルもげっそりして死にそうになっていた。艦内のあらゆる場所と同じように、ティセルの部屋も、固定していないものばかりか、固定してあったはずの衣装箱まで部屋中を転がりまわるような状態で、壊れそうなものはすべて壊れてしまった。グレシアが衰弱して倒れたので、ティセルは彼女に多少はマシな箱型ベッドを譲ってやり、幹部の食事の世話を自ら買って出たが、三日前に作り置いたフコの実とペーストをバケツから手づかみで渡すようなことしかできず、しかも渡したものの半分ぐらいは嘔吐されて床にぶちまけられてしまう始末だった。

ジャムは、まだ元気だった。彼はいかなる場合でも眠れるようで、艦長室の傾いた側の隅に毛布を集めて巣を作っていた。自分の部屋をグレシアに貸してしまったために行き場を探していたティセルは、万やむを得ずジャムの巣へ来て隣に陣取った。ジャムはさすがに万歳こそしなかったが、例によって喜んでティセルの手を取った。

「やあ、ティセル。これからは仲良くしてくれるんだね？」

「嵐の間だけよ！」

牙を剝いて答えてから、どっと疲れが出てティセルは倒れこんだ。

「っていっても、これいつまで続くの？」

「さあねえ、嵐神のご機嫌次第だからなあ」

ティセルが黙ったまま、もはや抵抗する気力もなく艦の揺れに合わせてごろんごろんと転がっていたが、やがてジャムのそばに戻ると、ぽつりと聞いた。

「……ふね、もつと思う？」

聞いたとたん、泣きたくなってきた。胸が騒いでこらえられなくなったので、芋虫《いもむし》のように這いずってジャムの腕を取った。

「ねえ、もつの？　この船大丈夫？　沈まない？　こんな、みんなみんな弱って死にそうになって、床をまっすぐ起こすこともできないのに、元に戻せるの？　ちゃんとレステルシーに帰れる？」

これまでずっと、自分に言い聞かせてきた。この船は国王陛下に嘉《よみ》された素晴らしい船で、たくさんの船乗りががんばっていて、だいいち木でできているんだから、絶対沈まない、と。

本当は、そんなわけがない。どんな船だって木でできているし、それでも沈む。当たり前だ。今こうして、床も服も肌もべたべたした潮まみれになって、何日も顔も洗えずろくなものも食べられず、周りの全部のものごと振り回されて体じゅうあざと打ち身だらけになって、なおかつ、自分だけでなく何百人もの大人たちが、うめいたり泣いたりしているのを朝も夜も聞かされていると、このまま無事にうちへ帰れるなんて考えのほうが、おかしくてありえないことのように思えてきた。

「私たち、このまま死ぬの……？」

いきなり、フレーセの泣き顔が頭に浮かんだ。死んじゃう、と叫んでいた。

「うぐっ、うっ、うあああああ！」

ティセルは、子供みたいに泣き出した。溜まりに溜まった不安と不満と疲れと怖さが爆発した。顔を上向けてジャムの手をつかんで、噴水みたいに思い切り泣いた。

すると、ぐいっと引っぱられて、抱きしめられてしまった。

ぽんぽん、と背中を叩かれる。ティセルの体に腕を回したジャムが、肩に顎を乗せた。

「だいじょうぶ、だいじょうぶだから。テスは死なない。ぜったい死なない」

そう言われてもいったん泣き出してしまったのに簡単に収まるわけがない。ティセルはなおもわんわん泣いた。その間ずっと、ジャムはティセルの背中を穏やかに撫でながら、だいじょうぶだいじょうぶと繰り返していた。

思う存分泣いて気持ちが落ち着くと、ティセルはちょっと恥ずかしくなってきた。男の子の髪の、草いきれみたいな匂いが気になる。ジャムに見られないように手で顔を拭きながら尋ねた。

「本当にだいじょうぶ？　どうして死なないって言えるの？」

するとジャムはティセルを押し離して、いつもよりも静かな笑顔で断言した。

「だってテスはかわいい女の子だからね」

「……はあ」

「こんなかわいい子が死ぬわきゃないよ」

ティセルは相手の顔をまじまじと見た。少年が金色の瞳を細めている。頭では、何言ってんだろうこいつと思ったが、どういうわけかその穏やかな笑顔を見ていると、ひょっとしてこの子はただ者ではなくて、何かとてつもない秘密にもとづく自信からこんなことを言ってるのかもしれない、という気持ちがしてきた。

「……船、助かるのね？」

「うん」

「助からなかったら、どうする気？」

「そんときゃ裸で逆立ちしてそのへん三べん回るよ！」

「見たくないわよそんなの！」

ぐいん、とティセルはジャムの頭を突き離した。ごすん、と音を立てて、ジャムは艦長室の壁を飾る見事な飾り羽目板に、額をぶつけて動きを止める。「あっ……ジャム？」

やりすぎたかな、とおそるおそるティセルが声をかけると、ジャムがゆっくりと手を差し上げ、人差し指をチョイと向けた。

「その意気。その意気だよ、ティセル！」

ティセルは、ほっとして肩を落とした。

「もう、びっくりさせないでよ……」

もう一度、今度はぶつけないように突いてやろうとした、そのとき――

どすん、と音がした。ジャムがぶつかったのではない。艦の前方、下のほうからの音だ。アンヴェイル号のありとあらゆる材木がごろごろと嫌な震動を伝えてきた。こんな風に艦が揺れる理由はひとつしかない。錨よりも帆柱よりも大事な部分、艦底を一直線に支える竜骨が何かにぶつかっているのだ。続いてもっと鈍く大きな震動が、ズズズンと艦を揺さぶった。

そして静止が訪れた。

ティセルとジャムは息を詰める。風の悲鳴は聞こえている。亡霊のような不気味なうなりも。しかし木材のきしみは消えてしまった。天井から下がったカンテラがゆらゆらと揺れ、漏ってきた雨粒がピチョン、ピチョンと落ちているが、動きといえばそれだけだ。

「止まっ……た？」

ジャムがのそのそと這い起きて、斜めになった床を登り、戸口を出ていった。ティセルもその後に続く。廊下へ入ってきたヴァスラフ隊長とはち合わせした。ヴァスラフはそのままジャムを避けて奥へ急ぐ。ティセルたちは、外へ出る。まったく揺れていない床の堅い感触がとても奇妙だ。

驚いたことに外は明るかった。凪はまだ強いが雲が消え、夜空が現れていた。真っ黒な枯れ木のようにそそり立つ帆柱と帆桁の上に、磨いたガラスの破片のような星々が輝いている。そして――中天よりやや西に傾いて、宵魚《よいうお》の顔が見えた。

宵魚ランギ。この世界を作ったとされる、不思議な巨大魚。毎夕、しっぽから現れて、後ろ向きに天空を横切り、夜明けとともに見えなくなるその盲目の魚が、伸ばした腕の先の手のひらほどの大きさで、ぼんやりと白く光っている。

舵手がいない。みんな左舷へ行って、艦の横手を眺めている。ティセルたちもそちらへ行く。そして、目を疑った。

「陸……？」

ランギの光を吸い取るような、真っ黒な岩の大地が、はるか遠くまで続いていた。

4

嵐のあとの、にごりひとつない深い水槽みたいな青空の下で、下着一丁になったジャムが逆立ちで丘を越えていく。ティセルは空の樽に腰かけて、なんだかなあ、と顎に手をついて見送る。

昨夜、沈没寸前で座礁したアンヴェイル号の人々は、一度は歓喜した。しかし夜明けとともにその喜びもしぼんでしまった。

夜の間は広大に思えた岩の島も、朝日のもとでは南北わずか一アクリートほどの岩礁でしかないことが判明した。海図には載っておらず、最高点は今ジャムが越えつつある十アロット程度の丘で、ティセルはさっきそこへ登って、島に一本の木もないことを確認した。あるのはただ、気泡質のごつごつした岩と、そこらじゅうをぺたぺた歩き回っているヒレのあるおかしな鳥たちだけだ。人がいないのはもちろんのこと、宝はないし、岩に溜まった雨水を除けば、川や湧き水もなかった。

こんな状態では、たとえ水と食料が満載の状態であっても、意気の上がろうはずがない。ましてやアンヴェイル号の倉庫の実態は、水も食料もほぼ空っぽであり、乗組員の士気はどん底まで落ち、絶望しきっていた。

だが、ティセルは――存外いい気分だった。陸地に着いたのは嬉しかったし、日が差して衣服と髪がいくぶん乾いたからということもあったが、それだけでこんな、さばさばした気分になるわけがない。

ジャムがまだまだ元気にしている、多分それが、理由だった。彼の前で派手に泣いてしまったので、みんなよりひと足早く、落ちこむのをすませてしまったような感じだ。とはいえ、現実的にはまだ希望は何もない。だからひとまず、様子を見ていた。

そのジャムが再び丘に現れて、逆立ちしたままえっちらおっちら降りてきた。ティセルのそばまで来ると、体のばねを利かせてひょいと二本足立ちに戻る。ティセルはおざなりに三度ほど拍手をしてから、かたわらにとっておいたジョッキを突き出した。どうでもいいような顔をしつつ、内心では、よくもまあ逆立ちであんなに、と感心していた。

「はい、お水。飲むでしょ？」

「うわー、ありがと！　テスは気が利くね！」

「それ一杯しかないからね。大事に――」まで言ったところでジャムがひと息に水を飲み干してしまったので、ティセルは小さくため息をついた。

「あなた、先の見通しがあるんだかないんだか」

「ん？　もちろんあるよ」

「じゃ言ってみてよ。これからどうするのか。どうやったらレステルシーに帰れるのか」

「帰るの？」

「当たり前でしょ！　こんな凪になって、どうやってヌソスまで行くのよ！」

ティセルは背後で傾いて座礁している帆のないアンヴェイル号を指差す。その甲板上や波打ち際では、水兵たちが一人の例外もなく放心して座ったり寝転んだりしている。周りをうろつく変な鳥を気にかける者もほとんどいない。

ジャムはきょとんとした顔で、言った。

「そりゃこのまんまじゃヌソスには行けないよ」

「そうでしょう」

「でもこのまんまじゃ、レステルシーにも帰れないよね」

「何が言いたいの？」

「どうせ船を出すなら、予定通りヌソスまで行こうよ。嵐に流されてけっこう進んだから、もうそんなに遠くないと思うんだ」

ティセルは穴が開くほどジャムの顔を見つめた。ジャムは邪心のかけらもないような顔で瞬きしている。

それがかえって、気になった。

気になったというよりも、ティセルはそこに根本的な疑問があることに気づいた。ジャムの両肩に手をかけて、真剣に尋ねる。

「ジェイミー、あなた――聞くわよ、本当の目的は何？」

今までただの通訳だと思っていたし、金毛氈への欲望や未知の外陸への好奇心などが乗船の理由なのだとも思った。

だが、違う。そんな理由で、これほど行きたがるはずがない。

「本当の理由があるんじゃない？　それを教えてよ。さもなければ――」

「さもなければ？」

ティセルは腰に手をかける。眠るとき以外は肌身離さないようにしている師匠の剣がそこにある。

「……あなたのこと、好きじゃなくなるわよ」

「え？　じゃあ今は？　今は好きなの？」

思った通りジャムは食いついてきたが、今回ばかりはそれが狙《ねら》いだった。ティセルは頬《ほお》の熱さと息のしにくさを我慢して、じっと彼の顔を見つめた。

「今は秘密よ」

「秘密かー！」

「秘密を明かすかどうかはあなた次第。で、どうなの。あなたは私に、本当に信用してほしいの？」

するとジャムは――出会ったとき以来、朝から晩までふざけ通しの金鈴道化は、初めて眉根を寄せて難しい顔になった。

「テスは……」

「うん」

「ウルサールとおれ、どっちが好き？」

ティセルは返答に詰まった。これは、意外な質問だった。

好きとか嫌いって問題じゃないでしょう、ウルサール陛下はあんたとは比べ物にならない英雄なんだから――という言葉が喉《のど》まで出かかった。しかし危うく呑みこんだ。ジャムの様子からしてこれは本気の質問だ。否定したら彼に信用してもらえないし、彼を信用することもできなくなりそうだ。

だから、こう答えた。

「そ……そうね、あなたのほうが親しみは持てるかな。年も近いし、うん」

「それ、おれのほうが好きってこと？」

直球しかないのかこいつはと顔をしかめそうになるのをこらえて、ティセルは首を縦に、爪《つめ》二枚分の厚さほど、動かした。

「まあどちらかと言えば、今に限って言えば、気持ちのうえでは——そんな感じ?」

「ティセル!」

ジャムはまたしても抱きついてきた。うぐぐと歯を食いしばってこらえ、ティセルは甘い声をなんとか搾《しぼ》り出してみた。

「ねえ、だから教えてよ。あなたのほんとの目的を——」

「おれはさ、外陸の人間なんだよ」

「……え?」

「ティキ人の先祖はずっと昔に外陸から来たんだ。それでラングラフに住み着いて、幸せにやってた。けど、最近になって渚《なぎさ》戦争が始まった。戦争でみんなやられちゃったから——おれ、仲間と会いたくなったんだ。外陸のどこかにいるはずの、ティキ人の仲間に」

「……そっか」

思いがけない告白を聞いて、ティセルは胸が少し痛くなった。この子も、戦争の犠牲者だったのだ。自分と同じで。

「私の父さんもレステルシー防衛戦で死んだのよ。そっか、あなたもオノキア人にやられたんだ。……それじゃあ、あの船に負けるわけにはいかないよね」

「ううん、母さんをやったのはオノキア軍じゃないよ」

「そうなんだ？　でも、ラングラフ軍といっしょに戦ったのなら、あなたたちだって立派な王国の人間――」

不吉すぎる想像がようやくティセルのおしゃべりに追いついて、その口を「ん」の途中で凍りつかせた。

――オノキア軍じゃ、ない？

だとすると、彼は誰のことを言っているのか。あの戦争でオノキア人以外の誰が剣を振るったというのか。

彼はなぜ真剣な顔で、ラングラフ国王が好きかどうかを聞いたのか。

腹の底からひやりとしたものが湧いて、気味の悪い汗がにじんだ。どう言葉を続けたらいいのか皆目わからなくなった。彼は金鈴道化だ。国王の寝室にも入れる立場だ。もしそれが、まがまがしい目的のために彼が成し遂げた、命がけの潜入だったのなら？

――私、いやなこと知っちゃったのかなあ。

ティセルがそう思ったとたん、ジャムが顔をしかめてこちらの体をくんくんかぎ回り、言った。

「テス、冷や汗かいてる。何か怖いことでも思い出した？」

「いえ、別にそんなことは」

「あっ、もしかして……おれがウルサールの命を狙ってると思ったの？」

体がさらにこわばった。返事もできずに固まるティセルをしげしげと見つめると、ジャムはいきなり、にはっと白い歯を見せた。

「やだなー、そんなわけないじゃないか！　そんな危ないこと考えてる外陸民を、あの小知恵の回るウルサールがそばに置くと思う？」

「そ、そうなんだ。違うんだ――」

「まあ実はちょっと考えてたんだけどね。見抜かれちゃったからあきらめた」

今度こそティセルは言葉をなくした。口をぱくぱくさせて、赤毛の少年を見つめる。

「あ……い……」

「ん？」

「い……言ったの？　狙うって？」

「いや、まあ狙うっていうか、殴らせろぐらい？　だってあいつの父さんがうちの村をめちゃくちゃにして、人をさらってっちゃったんだから」

「それ、で……陛下は？　なんて、おっしゃったの？」

「謝ってたよ。それであいつは、おれを道化にしたんだよ。行く当てがないならばそばにいろって」

「それって、陛下はいったいどういうおつもりなの？　あなたをからかって楽しんでいるの？」

思考と舌の動きがだいぶ戻ってきて、ティセルは聞いた。ジャムは首をひねった。

「もちろんからかってるんだと思うよ。でも、船に乗りたいって言ったのはおれだし、その頼みを聞いてくれたんだから、やっぱりおれに悪いって気持ちもあるんじゃないかな？」

「からかったり、願いをかなえたり？　いったい、どんな方なのよ」

「そのまんまのやつだよ。ほんとに身分の高い人間って、そういう適当なところがあるからね」

「そんなに身分の高い人間を知ってるの？」

「ウルサールんとこにたくさん来たもの」

正直に言って、国王とこの少年の関係は、ティセルには理解しかねた。ただ、気まぐれで他人を許したり罰したりするような貴族の性質は、自分もハルシウム到爵《とうしゃく》という大貴族に仕えていただけに、いくらか実感できた。

「じゃあ、今はもう、おそれ多いことを考えたりしてはいないのね？」

「してないよ。ただほら、おれ本当は金毛氈とかどうでもいいから、それ言ったらティセルが怒るんじゃないかと思って、聞いたんだよ。ウルサールの命令のほうが大事かどうか、って」

「そういう意味だったの」

ティセルはどっと疲れて、まだ抱きついていたジャムをよいしょと押し離した。

「わかったわ。故郷の人たちを探したい――それがあなたの理由なのね？」

「そうだよ。納得してくれた？」

「ええ」

すっかり聞いてしまったティセルの胸に湧いたのは、悔しさだった。

ジャムの動機はよく理解できる。そんなことを聞いてしまったら……怖いから帰りたいなんて言っている自分が、情けなくなるじゃないか。

「テス」

「なによ」

「行こうよ。ね？」

ジャムが水樽のティセルの周りをぶらぶらと歩きながら、いたずらっぽく笑った。

ティセルは右から左へ回るジャムをしばらく目で追い、言った。

「わかったわ。で、どうするの？　先の見通しがあるって言ったわよね」

「うん、大体ね。まず最初に指揮を回復して……」

ジャムの説明を、ティセルはうなずきながら聞いた。

二人が最初に向かったのは、アンヴェイル号の艦長区画だった。まだよろい戸が打ちつけられたままで、ランタンだけに照らされたそこに、艦長であるはずの少年が閉じこもっていた。

「アル、アルセーノ！　艦長！　出てきてもらえない？」

ティセルが一度呼びかけただけでは返事がなかった。次いでジャムが声をかけると、突然、叫び声がした。

「やめてくれ、もうほっといてくれ！　僕に艦長なんか無理なんだよ！　ボロウズもシューリンガーもドゥランも殺しちまったし、マストは倒すし船は難破させるし……笑ってくれよ、能なしの若造なんだよ！」

それは今まで一度も聞いたことのないような悲痛な声だった。ティセルは驚き、いったん部屋から離れてジャムと相談した。

「やっぱりこたえていたのね。ずっと強がっていたけど」

「あいつ、ものすごい見栄っぱりだからなあ」

「落ちつくまで待たないとだめかしら」

「そうもいかない、今すぐ取りかからないとみんなが飢え死にしちゃうよ。かといって艦長なしでは軍艦なんて回るもんじゃないし」

「いっそあなたが指揮したら？」

「おれ？　おれなんか無理だよ。それぐらいならテスのほうがいいね」

屈託なく笑うとジャムは真顔に戻って言った。

「まあ今はアルにやってもらうのが一番いい。なんとか立ち直ってもらおう」

そう言うとジャムは次にティセルの部屋に向かい、そこにいたグレシアに事情を説明した。アンヴェイル号はガタガタだが、まだ復活の見込みはある。そのためにはアルセーノの指導力がどうしても必要だ、と。

するとグレシアは意外なことを言った。

「ジェイミーさま、できればもう、あの方をそっとしておいてくださいませ。アルセーノさまはとてもお優しい方なんです。本当なら艦長なんていうきびしいお仕事の勤まる方ではないんです。父上のエランダル家からアンヴェイル号を出すことになったとき、お父上のエランダル敢爵《かんしゃく》さまに挑発されたので、アルセーノさまは売り言葉に買い言葉でお乗りになったんです。決してもともと艦長をおやりになりたかったのではないんです。ですから、老スパーがいなければ、あの方はなんにもできません。後のことはウーシュさまか、それともこちらのティセルさまにお任せして、アルセーノさまには無理強いをしないでさしあげてくださいませ」

清楚で忠実な侍女は目に涙を浮かべてそう言った。ああやっぱりあの人はお坊ちゃんなんだ、とティセルは半分同情し、半分あきれてしまったが、ジャムの答えは違った。

「グレシア、それは勝手な話だよ。親子ゲンカの勢いで乗っちゃったから責任はないなんて、そんなことは通らないよ。だって、二百五十人からの人間がそのために集められたんだし、そのうち何十人かは死んでしまったんだからね。嫌だろうがなんだろうが、アルには艦長を務めてもらわなきゃならない。すくなくとも、みんなが飢え死にの心配のない陸に着くまでは」

ジャムらしからぬ厳しい意見にティセルは目を丸くし、グレシアはうつむいた。しかしその次に、ジャムはグレシアの肩に手を置いて言った。

「それにグレシア、きみはひとつ勘違いをしてるよ」

「なんでしょうか？」

「アルセーノはぜんぜん、無能なんかじゃないってことさ。末っ子の四男坊にだって、船乗りヘラルディーノ家の血は立派に流れてる」

グレシアは戸惑った顔で「そうおっしゃっても……」とつぶやいた。が、ジャムはなおもグレシアを説得して、起き上がらせた。

「老スパーがいなくってもアルはこの船を走らせられる。船を起こして海に出す方法は、おれたちで考えるよ。だからきみは、とにかくアルを励まして、もういっぺん『アンヴェイル号』の旗を揚げさせてほしい。今ここには、木と帆と大砲が残っているだけで、軍艦アンヴェイル号というものは消えかけちゃっているからね」

「でもジェイミーさま、そんなこと私にはできません。私はただの召使です」

「なに言ってんのさ？　きみほどアルを大事に思ってる女の子はいないじゃないか。そんな子がやらなかったら、誰がアルを励ますっていうんだ」

ジャムが言うと、グレシアは白い耳たぶに血の気をのぼらせて、ぎこちなくうなずいた。

ああ、とティセルはなんとなく目を逸らした。

グレシアが意を決して艦長室へ向かうと、ティセルは前から気になっていたことをジャムに尋ねた。

「あなたって、やけにヘラルディーノ家と関係が深いみたいだけど、どういうなれそめなの？」

「渚戦争の最中からいろいろあったんだよ。また今度話してあげる」

ジャムが次に向かったのは下層甲板の医務室だった。そこでは、嵐の最中ぶっ通しでけが人を診ていたイェニイが、男顔まけのいびきをかいて眠りこんでいたが、ジャムは彼女を無理やり起こして、水と食料について話をした。

それがすむと、ウーシュ副長とヴァスラフ隊長を探した。ヴァスラフ隊長は今のところ海兵隊員三十数名をまとめ直すのに精いっぱいだったが、ジャムの話にはすんなり同意してくれた。いっぽう副長は少数の仲間とともに艦首の予備帆庫にいて、新しい帆の準備を始めようとしていた。

「協力ですか？　もちろん、かまいませんよ。いえ、艦長のご指示がありませんし、水兵のほとんどがあんな様子ですから、さしあたり少人数でもできる作業から手をつけようと思いまして」

どこまでも実直かつ野心のない様子で、ひょろりとした優男《やさおとこ》のウーシュは目を細めてそう言った。従順なのはいいんだけど、この人にもうちょっと頼りがいがあればなあ、とテイセルは内心でため息をついた。

そうこうしていると、グレシアが海兵の護衛つきでやってきた。彼女はまだ不安そうな顔のままだったが、それでも、アルセーノが話をする気になってくれたとジャムに告げた。

「よしよし、上出来だよ、グレシア。あとはおれにまかせて」

そう言うと、ジャムは艦長寝室へ入っていった。

ティセルはあえて、外で待った。グレシアが着替えてやってきて、気がかりそうに尋ねた。

「騎士さまは、お話しにならないんですか」

「あなたが行ったあとで私が行く意味はないんじゃない？　つまり――彼はもう十分に慰められただろうし」

きょとんと瞬きしてから、グレシアはかすかに笑ったようだった。

「ありがとうございます」

深々と頭を下げる。お礼を言われたってことはやっぱりそうなんだろうな、とくすぐったい気分で、ティセルは小さくうなずき返した。

密室でどんなやり取りがあったのかは、わからない。二、三度怒鳴りあう声も聞こえた。だがじきにそれも静まった。

そして半時間ほど過ぎたころ、個室の扉が音高く開かれた。出てきたアルセーノの姿を見て、ティセルとグレシアは思わず声を上げた。

「艦長！」

「ん」

小さくうなずいたアルセーノの顔には、まだ涙の跡が残っていた。だが彼は髪をきっちりと縛って、高い羽根飾りのついた金縁の三角帽を抱え、重厚な金ボタンの上着とスカーフを身につけて、ズボンとブーツで足元を固め、ラングラフ軍人として一分の隙もない装いを整えていた。

待っていた二人に目を向けて、硬い顔で言う。

「心配をかけた。今まで悪かった。これより再び本艦の指揮を執る」

「アルセーノさま……」

グレシアがつぶやいて彼を見つめる。服装そのものは以前から何度も見ているものなのに、このときはなぜか特別な姿に見えた。ティセルも目を奪われてしまいそうになり、あわてて、少し目を逸らした。

後ろから出てきたジャムが、アルセーノの背中をぽんと叩いて言った。

「さあて、やる気になったところで、初仕事頼むよ」

「何から手をつける？　帆柱の修復か、漏水の修理か」

ジャムは首を振って、顔を引き締めた。

「直談判《じかだんぱん》」

5

総員呼集の号笛が、岩の上で吹き鳴らされる。澄んだ音が、鳥しかいない島の上と、厚い木の渡り板の奥へ通っていく。

それを聞いて、そこらに散らばっていた水兵も、艦内にいた水兵も、みなぞろぞろと島の上に集まってきた。岩棚の上には笛を握ったジャムと、アルセーノが立っている。

ただ、アルセーノ以外の幹部と准士官と整列した海兵隊員、そしてティセルは、アルセーノから少し離れたところで二人を見守っていた。

水兵たちは、これがただの呼集ではないと感づいたのだろう。海兵のほうをちらちらとうかがいつつ、彼らが銃を構えていないのを知って、わざと横柄な態度でうろついたり、無礼にも艦長の前でぐったりとしゃがみこんだりした。彼らの気持ちはティセルたちにもうすうす感じ取れた。アンヴェイル号の窮状が行くところまで行ってしまったので、絶望してやる気を失ってしまったのが全体の半分。どうせ死ぬならとやぶれかぶれになろうとしているのが、残り半分だろう。

やがて二百人の男たちの中から、待たれていた男が現れた。それを見て、アルセーノが言った。

「来たな、ガオン」

「やあ、艦長。もう泣くのはおやめになったんですか」

皮肉な物言いに、水兵がドッと笑った。だがアルセーノは微動だにしなかった。頭上の三角帽を風がなぶるに任せたまま、超然と立っている。

がんばれ、とティセルは胸の中でつぶやく。アンヴェイル号のよろい戸を外した窓のひとつには、ぽつんと黒いお仕着せ姿も見えていた。

アルセーノはガオンを見下ろしていたが、いきなりおかしなことを言った。

「すまなかったな、ガオン」

「私は悪い艦長だった。よく考えずにドレンシェガーに挑んで多くの死者を出し、静索のゆるみを見逃してマストを倒し、食料供給の見通しを誤ってみなを飢えにさらした。そして最後はこの有様だ。自分の未熟を痛感した。まだまだ修行が足りなかった。おまえたちにそむかれるのも当然だ。ここに謝罪しよう」

水兵たちが驚きと疑問の声を上げた。じきにそれは不安のざわめきになった。

「おい、艦長がおれたちに謝ったぞ」

「何言ってやがる、そんなわけが……あれあれ」

「ほんとに頭を下げておられるな。おかしなこった」

「なんでまたあんなことを。貴族や艦長ってのは、生まれつき高貴で勇敢で賢いお人らなんだろ」

「口先だけの連中も多いじゃねえか。あと欲ボケに色ボケにいばり屋に食いしんぼう」

「うちの艦長はそこまで悪くなかったろ。ただ単に、ちょっと若すぎるだけで」

「まあそのせいでけっこう死んだがな」

「死んだな」「ああ」「ちびのラスカも喉のいいアイルズも死んだ」

「死にすぎて怖くなったんじゃねえか」

「自信をなくしちゃったのか」

「貴族が自信をなくすもんかい、あいつらの服の中身は自信でできあがってんだぞ」

「……はあ」

「でもあれはそういうことじゃないのか」

「そう見えるな」「勘弁してくれ、こんなところで逃げ出そうってのか」

「なんて無責任な人だ」

ランググラフ王国は国王を頂点とする身分制度のはっきりしたところだ。貴族や艦長は絶大な権力を振るう代わりに、重大な義務を負っている。水兵たちはそれを当たり前だと思っているので、アルセーノの言動を責任逃れだと受け取ったようだった。

「そのように謝られましても」

ガオンが迷惑そうに眉をひそめる。彼は平の水兵と違ってあるていど野心があるようだが、それだけに、低姿勢に出られるとやりにくいのだろう。

だがアルセーノはさらに奇妙なことを言い出した。

「おまえたちを守ったり、助言しようとしなかった士官と海兵たちは、ランググラフ軍人の風上にも置けない、冷酷な者たちだ。だから私は彼らをすべて解任し、この島に追放することにした。これはすでに命令書つきで発令してある」

「なんですって？」

「さらにだな、私はこう考えた。ひょっとしたら私よりも艦長に適任の者がいるのかもしれない。その者なら、ひょっとしたら素晴らしい手際でアンヴェイル号をよみがえらせてくれるかもしれない。私はそれを確かめてみようと思う。ガオン」

アルセーノは帽子をひょいと脱いで、岩棚の上から放った。それはスポッと小柄なガオンの頭にかぶさる。

「私は一日の上陸休暇を取る。今から二十四時間、おまえが臨時艦長だ」

「はあ!?」

「陛下のアンヴェイル号を大切に守ってくれ。みんなもよく見ておけ！　この男に艦長が勤まるかどうかを！」

そう言うとアルセーノは岩棚を降り、幹部たちのところへ行ってしまった。

一人、岩棚に残ったジャムが、面食らって固まっているガオンのそばに降りて、わざとらしく敬礼した。

「ガオン臨時艦長、ご命令を！　水の調達と食料の確保、艦の修理と位置の確定、まず何からやりますか？」

「ああー、ええと……」

ガオンがうろたえて左右を見回し、はっと思い出したように仲間を振り返った。

「お、おまえら！　勝利だ。おれたちは勝ったんだぞ！　喜べ、万歳！　ばんざーい！」

「ば、ばんざーい……」「ばんざーい？」

水兵たちは顔を見合わせながら、間の抜けた万歳をする。国王と艦長の権威から突然解き放たれるという、わけのわからない事態に、頭がついていかないのだ。

——ほんとにうまくいくのかしら、これ。

ティセルは心配を顔に出さないように苦労しつつ、水兵たちを見守った。

それからの騒ぎは見物だった。とりあえず万歳だけはしたものの、そのあと何をするかという展望など水兵たちには何もなかった。それでもガオンを中心に、集まりはした。ガオンは面食らいつつも、腹心の取り巻き連中を指名して、臨時の副長、甲板長、掌帆長などに任じた。水兵たちはそれぞれ臨時士官に指揮されて、鳥を捕まえたり、岩の穴に溜まった雨水を集めたりし始めた。

だが、すぐ壁にぶち当たった。

「臨時艦長、水樽がありませんぜ！」

「なきゃあ艦から取ってこい。船倉にいくらでもあるだろうが」

「臨時艦長、クレーンを動かしてくださいよ」

「甲板長、ちゃんと指揮してこい。巻上機を回すんだ、やったことあるだろう！」

「臨時艦長、鳥集めましたけど、どうすればいいんで」

「羽根むしって煮ろ！　すんだら塩漬けだ！」

「臨時艦長、おれいつまでやればいいっすか？」

「ぼんくらめ、当直も覚えてないのか！」

「時鐘が鳴らないんですよ」

水兵たちは、一人ひとりはそれなりに経験を積んだ海の男だったが、命令されて動くことに慣れきっていた。いっぽう彼らが直面しているのは、決まりきった日常から大きく離れた非常事態だったため、艦の余力を少しの無駄もなく使う大きな計画を必要とした。だが、そんな計画を立てたことがある者は、水兵の中に一人もいなかった。掌砲長ガオンですら、水兵どもの尻を叩いて片舷十三門の大砲を撃ちまくらせることは得意でも、これだけ複雑で立体的な行動の指揮を執ったことはなかった。

普段の当番である准士官がいないため、時鐘が鳴らないことも、混乱を引き起こした。軍艦の仕事割り当てはすべて、半時間ごとに鳴る時鐘を基準としているので、それが鳴らなければ、誰がいつどこにいるべきなのかを指定するのが、ひどく難しくなるのだった。

夕暮れどきに、業を煮やしたガオンが幹部連のところへやってきた。

「おい、あんたら！　せめて時鐘ぐらい鳴らしてくれたらどうだ！　軍人は船を動かす業務があるはずだろう！」

そんな暴言は普段なら懲罰ものだ。海兵隊員がいきりたって銃を構えようとするが、アルセーノがそれを抑えて言った。

「ガオン、この者たちは、外陸民だ」

「なんだって？」

「解任したと言っただろう。彼らはこの島の住民になったんだ。ラングラフ王国民ではないから、ラングラフ軍の規則には縛られない。もちろん艦長の私は、代理に過ぎないおまえの要請に従う義理はない」

「この……畜生……」

ガオンが顔を真っ赤にして歯嚙《はが》みしたが、賢明にもそれ以上の行動には出なかった。銃はすべて海兵隊員が持ち出している。水兵たちが大砲を使おうにも、本艦が動かない状況では目標に向けられない。だから武力では自分たちのほうが不利なのだ。

仕方なく、ガオンは手ぶらで戻っていった。じきに鐘の音が聞こえ始めたところからすると、時鐘番を立てたようだが、その間隔はひどくいい加減で頼りなかった。実は時鐘の元になる艦内時計も砂時計も、アルセーノが隠してしまったのだった。

全体の工程をまったく考えないまま与えられた仕事を、水兵たちはひと晩中続けていった。ティセルたちは少し離れた岩の上で寄り集まって、ずっとそれを見ていた。

「グレシアは大丈夫かしら」

「彼女はキャスに任せました」

岩棚に何やら書類を広げて、ランタン片手にぶつぶつつぶやいていたアルセーノが答えた。

「キャスの機嫌を損ねると食事を抜かれるから、水兵どもはあの女に逆らえません。大丈夫ですよ」

「連れて来てあげればよかったのに」

「女をそばに置いていては連中の説得なんかできませんよ」

「私は？」

「あなたは私の召使ではありませんし」

アルセーノが集中しているようなので、ティセルは口を閉ざした。

翌朝、水兵たちの動きは目に見えて鈍っていた。水や鳥を集める程度の作業は進んでいるようだが、それ以外の連中は居眠りしたり、ぐったりと座りこんだりしている。どう見ても当直がうまく回っていない。昼近くには全員が起きてきたが、誰も彼もがうんざりしているのは明白だった。

「さて……そろそろ行きますか」

アルセーノと、ひと晩中あちこちをちょろちょろとしていたジャムが、いっしょに岩棚に向かった。

号笛が吹かれ、水兵たちが集まった。アルセーノは岩棚ではなく、その前の広場に立って水兵たちを同じ高さで迎える。似合わない艦長の軍帽を抱えてきたガオンが、憎々しげに帽子を差し出した。

「時間です。お返ししますよ。ご覧の通りの有様だ。さぞかしいい気味でしょうな」

「別に笑う気はないし、そんなつもりでもなかった。昨夜の私は、純粋に反省していたんだ」

そう言うと、アルセーノは軍帽を受け取らずに、水兵たちに向き直った。

そして信じられないようなことを始めた。

「聞こえたら一人ずつ返事をしろ。熟練水兵ホレス！　同メリット！　同ルエル！　同レキ！」

片はしから水兵の名前を呼び始めたのだ。それも、名簿を見ずに。

最初は水兵たちもざわめいたが、アルセーノが淀《よど》みなく何十人もの名前を挙げていくにつれて静まり返り、返事をした。呼び出しは延々と続いた。

およそ三十分も続けてから、かすれ声でアルセーノは締めくくった。

「船匠手《せんしょうしゅ》ゴール！　同エンキ！　同クリュトー！　臨時艦長ガオン！」

「……はい」

最後にガオンがしぶしぶといった感じで答えた。

見事に全員の名が挙げられた。一人残らずだ。

水兵が、どういうことなのかと固唾《かたず》を呑んで見守る前で、アルセーノはいかめしい顔をして、ガオンに言った。

「おまえは言ったな、名前を覚えてないだろうと」

「……はあ」

不意にいたずらっぽい笑顔になって、アルセーノは彼の顔を覗きこんだ。

「じゃ、おまえはどうだ」

ガオンは面食らったようにのけぞり、それから苦い顔になって、ゆっくりと首を横へ振った。

彼が差し出した帽子を、アルセーノはようやく受け取り、頭にのせた。そして声を張り上げた。

「アンヴェイル号の男たち！　ここまでよく頑張ってきてくれた。正午の天測によれば、金毛氈の待つヌソスの地まではあとおよそ二千六百アクリートだ。この行程を渡るためにわれわれはまず二段主檣およびすべての帆桁を修復し、クレーンを完全に使用できるようにしてから、諸道具を海岸に運び、雨水と鳥の肉を樽に詰める。並行して水漏れの修復と帆の縫い直しを行い、食料の搭載に先立って錨を用い本艦離礁作業を行う！　現時刻を午後直の一点鐘とし、現時刻をもってダール・ウーシュ以下四十五名の外陸民を、乗組員名簿に士官と准士官および海兵隊員として再登録！　ホレス以下ガオンまでの兵は所定の上長に従い、ただちに作業当直に入れ。以上だ、何か質問は？」

少しの淀みもなく自信に満ちた命令に、水兵たちの目の色が変わった。背筋を伸ばし、ドタ靴や破れ靴のかかとを合わせる。

もとより彼らは身分の違いを最初から受け入れている。年下の少年に風上に立たれるのも海軍では日常茶飯事だ。命令されるのが嫌なわけではない。

ただ、正しい命令がほしかったのだ。

一人の水兵が手を挙げて、あのう、と声を上げた。アルセーノは目を向ける。

「どうした、クリュトー」

「すいません、艦長。この島の名前を教えてくだせえ。名前がねえと、女に土産《みやげ》話をするとき不便なんで」

そうだそうだ、と水兵たちがうなずく。アルセーノはちょっと眉をひそめて、首をかしげた。あっまずい、即答できないかもしれない、とティセルは危ぶむ。

だがアルセーノはすぐににやりと笑って、こう言った。

「おまえたちに素晴らしい一日を与えてくれた男にちなんで。――ガオン島と名づける」

水兵たちが爆笑し、帽子を空へ放《ほう》り投げた。島に自分の名前をつけられるのは名誉なことなので、当のガオンも笑うしかないといった顔をしている。

そのとき、誰かが空を指差して叫んだ。

「おい、あそこ！　あれを見ろ！」

青空の一角に、ぽつんと小さな点が現れた。みるみるうちにそれは大きくなり、藁色のオウムの姿になった。

アルセーノが、はっと目を見張って叫んだ。

「スパー！　老スパー！」

ひと息に飛んできたオウムが、胸にぶつかる。アルセーノはそれを抱きしめ、なんとその場にしゃがんで泣き出してしまった。

「スパー、スパー！　お帰り！　よく無事で……」

「アルセーノ、痛い！」

十日前なら、笑われただろう。

今は話が別だった。

「おれたちのアルセーノ艦長と強運のスパー爺さんに、万歳三唱！」

「ばんざい、ばんざい、ばんざーい！」

何につけ大声を出すことが好きな船乗りたちにしても、これは飛びきりの大歓声だった。

「うおー、スパー戻ってきた！　戻ってきたよ！」

「うん、そうね」

水兵たちに囲まれたアルセーノを指差して、ジャムがティセルの肩を揺さぶる。ティセルも、喜びとともにそれを見つめている。

アルセーノが言ったこととやったことは、ジャムとウーシュとその他の幹部たちが、よってたかって練り上げて、覚えさせたことだった。アルセーノひとりの功績ではないし、天測云々《うんぬん》も実のところはほとんど推測だ。

ただ、それをひとりで、こわもての男たちを前に演じきったのは、正真正銘彼の功績だ。

本当にすごい、とティセルは思う。

だがそれ以上に――何もかもが失われる寸前、人と人とを語り合わせて、ここまで事態を持っていってしまった人間のほうが、すごいと思ってしまうのだ。

――これが、陛下がジャムに期待した、本当の力なのかもしれない。

ティセルは今までにない胸の震えを覚えながら、小猿のように喜んでいる赤毛の少年の横顔を見つめた。

第3章　黄毛の人々

1

「おーい、甲板！　右舷《うげん》二点に陸影！」

そのときアンヴェイル号は夕食時の折半当直の真っ最中にあたり、乗組員の半数以上が、ガオン島で調達した島の塩漬けや、ゾルゲンダール島の根菜のスープをぼそぼそとすくったり、ダブネル島やセウンセラ礁で汲《く》み上げたカビ臭い真水をちびちび飲んだりしていたが、全員一分以内に甲板に駆け出した。

「あっち、ほら、あれ、あれ！」

灰色のざわざわした雲が重く垂れこめて、大きな波がごろんごろんと艦を揺さぶっており、静穏でも爽快でもない海況だった。というのは、つい一日前にも嵐が艦を襲っており、まだその暴風圏から完全に抜けたとは言いがたかったからだ。だが前檣《ぜんしょう》見張り台の掌帆手《しょうはんしゅ》が狂ったように指差す方向には、暮れゆく日の名残《なごり》であるまぶしい白橙《だいだい》色の空が開けており、小さな窓のようなその空の下端を、くっきりした緑と茶の稜線《りょうせん》が切り取っていた。

緑、があった。上陸しそこねたザリヤ島を過ぎてからというもの、いくつもの無人島や暗礁に出合いながらも、一度として目にすることのなかった色だ。

「木だ！」「木だぞ！　果物があるぞ！」

それと知ると、四カ月近い航海に疲れ切っていたはずの水兵たちが、爆発的な歓声を上げ、躍り上がって喜んだ。

アルセーノとティセルとウーシュと、その他の生き延びた士官たちは、艦首に鈴なりになって陸地に単眼鏡を向け、食い入るように眺めていた。

山があり、木が生えている。それだけでなく、薄い緑が枠で囲われているところもあった。枠の中では細かな点がたくさん動いている。海岸付近には粒の小さい砂利をまいたようなごちゃごちゃしたものも見えた。

ティセルは望遠鏡を覗《のぞ》いたまま、呆然《ぼうぜん》とつぶやいた。

「家だ」

「家ですね」

「それに牧場も」

「牧場か、農園でしょうね」

隣のアルセーノも、細い震え声で言う。

「人がいる。それも大勢。あれは……村です。外陸の」

望遠鏡を下ろし、ティセルは隣を見た。アルセーノも同じようにした。その表情はいつまでたっても空白で、彼がこの奇跡をどれだけ驚くべきことだと考えているのか、よくわかった。

「着いてしまった」

「――アルセーノ！」

ティセルは腕を引いて、力いっぱい彼の背中をぶっ叩《たた》いた。

「着いたわ。着いたじゃない！　ヌソスよ！　あなたやり遂げたのよ、おめでとう！」

見る間にアルセーノの顔がくしゃくしゃと歪《ゆが》み、ガオン島以来水兵の間でささやかれるようになった「泣き虫アル」の本領が発揮されようとしたが、その瞬間、前檣の上にいたジャムが老スパーとともにつるべ桶《おけ》のように勢いよく降りてきて、両腕を広げてがばーと抱きついたので、二人はまとめて甲板に押し倒されてしまった。

「陸だあああああああああ！」

「陸だ！　陸だ！」

「そうよ陸よ！　陸ったら陸よ！　私たちやっと降りられるのよ！」

ようやく、ようやくこの揺れて不安定でいつ沈むかわからない船を離れて、沈まない大地に降りられるんだ。そして、この子も昔別れた自分の一族に会えるかもしれないんだ
――と思ったティセルだが、抱きついたジャムが胸の谷間にぐいぐい顔を突っこんでくるので、迅速《じんそく》に防衛態勢へ切り替えた。

「ジャムこらあなたすぐそれか！　陸に着いて嬉《うれ》しくないの？」

「嬉しいよ、嬉しいからさあ、いいじゃん、ねえいいじゃん！」

「いいわけがないっ！」

なんとか押し離そうともがいていると、檣上からまた見張りの声がした。

「おーい甲板！　左舷一点に小船！　見たことのねえ変な形です！」

「なに、船？　総員、総員戦闘っ！　こらっジャム、戦闘っ、配置だ馬鹿！」

「まあまあ、アルもうちょっと、まあまあ」

「何がまあまあだ！　放せこらっ、これではそのっ、ティセルの、つまり」

ジャムの腕によって、アルセーノまでティセルに密着している。脱出に協力してくれればいいのに、やけに動きが鈍い。

「いやああ潰《つぶ》れる！　潰れるって言ってるでしょ放せこのいやらしい赤モップ！」

「総員ー、戦闘配置ー」

ウーシュ副長の飄然《ひょうぜん》とした命令が艦を流れる。


博物戦艦アンヴェイル号はとうとう、左右の端が見えない大きな陸地へ到達した。王港レステルシーを出てから百二十四日目、海図に載っていた最後の島であるザリヤ島を過ぎてから八十八日目のことである。象限儀による緯度測定と、時差計測による経度測定によれば、王港からの大圏距離は実に七千四百アクリートに達していた。補給のための回り道や、風がなくなって漂流した距離を加えれば、その道のりは一万アクリートを超えたかもしれない。

新しい陸地を前にして小船を見つけたアンヴェイル号は、これを拿捕《だほ》して情報を得るために、戦闘態勢をとって追跡を開始した。大砲を撃ち、前方へ回りこんで威嚇《いかく》する。相手はほんのちっぽけな漁船で、すぐにあきらめて櫂《かい》を上げた。アンヴェイル号は大ボートを降ろし、捕虜をとるための海兵隊員を送りこんだ。

いったいどんな種族が乗っているのか、手足は何本で目鼻はいくつなのか。砲列甲板の水兵たちは配給の酒を賭《か》け金代わりにして、羽が生えて空を飛ぶやつだろうとか、鱗《うろこ》があって泳ぎ回るやつに決まってるだなどと、おのおの勝手な想像を並べ立てたが、いざボートが相手を捕まえて戻ってくると、正解は一人もいなかった。

「猫……か？」

「いや、犬……」

「やっぱり人なんじゃねえか？」

水兵たちが見守る前で舷側の梯子《はしご》を昇ってきたのは、諸島環の人間によく似た姿の、しかし微妙に異なる人々だった。二足二腕で、直立しており、白いゆったりした服を着けて腰で縛っている。そこまではどうということはないが、露出した膝《ひざ》から下と肩から先は、金色の柔らかそうな毛に覆われていた。

顔も同様に一面が毛で覆われ、鼻筋が突き出し、顎《あご》が細く、額が狭い。そして頭部全体を覆うような豊かなたてがみをそなえ、人間の耳よりずっと上のほうに、ぴくぴくとよく動く、ふっさりとして先のとがった耳房を飛び出させていた。

「黄色い毛の人々……間違いない、ヌソス人だわ」

イェニイ博物隊長が感に堪えないという声で言った。

連行したのは全部で四人。その四人ともがおそらく男で、アンヴェイル号でもっとも大柄なヴァスラフ隊長に迫るほど立派な体格をしている。しなやかに歩き、揺れる船上でも少しもふらつかない。戦うことになれば、きっと手ごわい相手になるだろう。

ティセルはそれを見て、表情を引き締めた。すでに武装して帯剣甲冑《かっちゅう》の姿になっている。いよいよ、ジャムの護衛として乗りこんだ自分の出番かもしれない。

ただ、体格はともかく気持ちの余裕はないようで、彼らは見知らぬラングラフ人にとらわれてひどく驚いており、怯《おび》えてすらいるようだった。

水兵と海兵がぎっしりと周りを取り囲む中で、正装して士官を引き連れたアルセーノが彼らに接見し、緊張した面持ちで声をかけた。

「ラングラフ王国海軍の博物戦艦アンヴェイル号艦長、アルセーノ・ヘラルディーノです。あなた方のお名前と、この島の名前、それからあなた方の国王陛下のいる場所をお聞きしたい」

ジャムがその言葉をふんふんと聞き取り、先頭の金の毛の人に向かって何か話しかけた。するとそいつはびくりと身を震わせて、二言三言何かを口走った。ラングラフ人の誰《だれ》も聞いたことのない奇妙な言葉だったが、ジャムは何度かやり取りして、振り向いた。

「こいつはレスス村のエンダス。船おさに雇われているだけで自分は何もわからないってさ。年寄りの母ちゃんがいるから放してくれって。

おう……と水兵たちが感嘆の声を漏らす。ジャムの特技を初めて知った者もいるのだろう。実際、こういう場合はとても頼もしく見える。

「船おさは誰だ？」

アルセーノの声を聞いて、ジャムが黄毛の人々に近づき、奥の一人の腕を引いた。

「こいつだってさ。レスのミトリウス——」

するとそいつはいきなり大口を開け、ぐおう、と度肝を抜くような大声で叫んでから、ジャムを突き飛ばしてアルセーノに飛びかかった。たくましい腕の先に、鋭いかぎ爪《づめ》が光る。

アルセーノが息を呑《の》み、海兵が銃の引き金を引こうとした。だがそれより早くティセルは横からアルセーノを突き飛ばして、男の前に滑りこんでいた。男がジャムと対峙《たいじ》したときから、こうなる可能性を考えていたので、まるで事前に打ち合わせでもしたみたいに、滑らかに背負ってつかむことができた。

「やあっ！」

気合一声、全体重をかけて引き崩す。勢いこんでいた男は面白いほどきれいに前へ回った。半回転して肩から床へどしん！　と落ちる。その上につんのめりかけて、おっとっと、とティセルは踏みとどまった。

「撃たないで、押さえて！」

ぽかんと見ていた水兵たちが、わっと群がって男を取り押さえた。

振り向いても彼はいなかったが、見上げるとすぐそばのボート台の上で笑っていた。残り三名の外陸人は、目を丸くしたり耳を伏せたりして、すっかり逃げ腰になっていた。

危機は去ったようだ。ティセルは、ふうと安堵《あんど》の息をついた。

ティセルに突き飛ばされて倒れていたアルセーノが、立ち上がって金縁の帽子を直すと、つかつかとティセルの前にやってきて両手を取った。その目に熱っぽい光が宿っている。

「助かりました、ティセル。貴女《あなた》はやはり素晴らしい人です」

「いえ、任務でやっただけだから忘れてちょうだい。それより、彼が動きたそうよ」

最近ではアルセーノのあしらい方がだいぶわかってきた。変に遠慮せず、すぱっと断ってしまえばいいのだ。そのようにすると、ご謙遜《けんそん》を、とにっこり笑ってからアルセーノは男のほうへ向き直った。謙遜とかそういうことじゃないんだけど、とティセルは思った。

男は六人がかりで床に押さえられている。アルセーノは彼を見下ろして言った。

「さて、改めて聞こう。今の軽率な行いのせいでだいぶやりやすくなったぞ。――博物戦艦アンヴェイル号艦長、ヘラルディーノだ。おまえたちの名前と、この島の名前、そして王の居場所を言え」

緊張がとけたせいか、ずいぶんと居丈高《いたけだか》だ。これではどう見ても悪党なので、ティセルはジャムに耳打ちして言い方を変えさせた。うなずいたジャムが男の前にしゃがみこんで、ニコニコしながらなれなれしく話しかけた。男はおとなしく話を聞いて、今度は神妙に返事をした。とたんにジャムが噴き出した。

「あっはっは、いや、違うから、そうじゃないから」

「ジェイミー、なんと言っている？」

するとジャムはアルセーノの耳に顔を寄せて、ひそひそと何か言った。ティセルはすぐ隣にいたのでそれを漏れ聞いた。

「男より強い女がいて、女より弱い船おさがいるとは、おかしな船に捕まったもんだってさ」

「いっ、今のはたまたまよ！」

「そうだ、たまたま助けられただけだ！」

思わずティセルはアルセーノと声をそろえて反論してしまった。

黄毛の男は処刑されると思って決死の反撃に出たらしく、命をとらないとジャムが伝えると、おとなしくなった。

ちょうどそのころに日が暮れた。海図もない風下の陸岸へ夜間に近づくのは、わざわざ座礁しに行くようなもので、帆船にとって自殺行為に等しい。水兵は一刻も早く上陸したがったが、アルセーノが説得して、ひとまず船を沖へ戻した。

ひと晩じゅう風上へ間切り続ける態勢を作ったあとで、改めて艦長室で尋問を行った。

黄毛の男は漁船の船おさでミトリウスと名乗った。レスでもっとも腕利きの漁師であり、同じ年頃の男の中で船と三人の雇い人を持っているのは自分だけだと言い、美しくて毛づくろいのうまい女を探しているとも言った。しかしそれはこちらの聞きたいことではない。アルセーノがジャムを介して、苛立《いらだ》ちながら尋ねた。

「レススというのはこの島のことか」

「島? この付近に島はない。レススというのはおれたちの村のことだ」

「島ではないのか? ではおまえたちの陸はどれぐらいの大きさがあるんだ」

「そんなことも知らんのか。北の端から南の端まで歩いてまる二日かかるほど大きいぞ!」

「島じゃないか」

「島というのは、アラケスやスレンボルスのようなちっぽけな陸のことを言うんだ!」

「よその島のことはどうでもいい。ここはヌソスなのか?」

「ヌソス? もちろんだ。ヌソスではなければどこだと言うんだ」

「それを聞いて安心した。ではヌソス全体の王はどこにいる」

「ヌソス全体か。それならガラリクスのアンキへオスだな。やつは自分のことを執政官などと言ってる」

「自称なのか? おまえたちは認めていないのか?」

「一対一で戦ったことがないというだけだ! 一対一なら、あんなやつ!」

「一対一になれない、つまりそのアンキへオスは大きな権力と兵力を持っているんだな?」

「……」

「図星か」

「……うるさい。あいつに勝てないのはおれだけじゃない」

「アンキへオスのほかに有力な貴族はいるか？」

「貴族というのがなんなのか知らんが、アンキへオスほど大勢の人間を雇っている船おさはいない」

「確認するが、ガラリクスというのは村の名前だな？」

「そうだ。レススの十倍はあるぞ。悔しいがな」

「船おさがいるということは、港町だな。そこまで船で行ったことはあるか」

「話を聞いてなかったのか？　行ったことがあるから知っているんじゃないか」

「けっこう、それだけ聞けば十分だ」

　アルセーノが話を打ち切ると、ミトリウスは遅まきながら、ハッとした顔になって言った。

「おい、まさかおまえら、ガラリクスへ行くつもりなのか？　何しにだ、馬鹿なことを考えてないだろうな？」

「ジェイミー、ひとまずそこまででいい。さて、状況を整理しよう」

　通訳を打ち切らせると、アルセーノは士官を大机に集めて言った。

「われわれが今いるのはヌソス島のレスス村だということがわかった。レスス村は夕方見たところでは人口五百名ほどの小村らしい。島の大きさは徒歩二日で縦断できるというから、南北六十アクリート程度。つまり我らがラングラフ王国のオルムザント島のわずか十な？」

分の一だ。国力はたいしたことはないと見ていいだろう。その王はアンキヘオスといい、王港はガラリクス村。規模はレススの十倍。その他《ほか》に有力な豪族なし。こんなところかな？」

するとこ老スパーがかぎ爪で首の後ろをかきながら言った。

「アラケスやスレンボルスという島もあるそうじゃな」

「そう聞いたね。しかしミトリウスに馬鹿にされるぐらいだから、脅威ではないと思う。他に何か指摘は？　なければわれわれはガラリクスへ向かうべきだと考える」

ティセルは黙っていた。他の士官たちもうなずく。が、イェニイだけは気がかりそうに言った。

「レスス村で水と食料を徴発したほうがよくありませんか。ガラリクスへ行ってしまうと、そこで何が起こるかわかりません」

するとアルセーノは小さくうなずいてから言った。

「もっともな提案です、イェニイ。しかしわれわれはまだ目的地に着いたわけではないんです。本艦は現在、人員も船そのものもとても調子よく動いている。幸いにして水と食料も——味に目をつぶれば——まだひと月程度は持ちます。このまま目的地に向かうのが一番いい。いっぽうで、もしいま水兵を陸に上げたら、戻ってこない者が出るでしょう。たとえばあなた——どうですか、イェニイ。もしレスス村の牧場に行けたら、必ず帰ると言い切れますか」

イェニイはちょっと首をかしげてから、苦笑してうなずいた。

「無理ですね。十日は張りつきっぱなしになると思います。未知の有用な家畜がいるんですもの」

「そういうことです。では」

と言葉を切って、アルセーノは命じた。

「本艦は明朝、日の出とともにガラリクスへ出発する。見張りを強化し、警戒を怠るな！」

一同は前髪をつまんで敬礼した。

ガラリクス、という言葉が聞こえたのか、放置されていたミトリウスが何か言った。ジヤムがそれを聞きつけ、律儀《りちぎ》に通訳した。

「おまえたちはいったい、どこの島の連中だ？」

「キオの至天錐《してんすい》を望むこの世の中心、諸島環の人間だ。外陸民」

アルセーノがそう言ってから、にやりと笑みを浮かべた。

「われわれは文明人だから、おまえも傷ひとつつけずに解放してやる。ただし、ガラリクスまで本艦はどこにも入港しないから、そのつもりでな」

翌朝、出発に先立って、まずミトリウスの三人の子分が、ひと晩つないであった漁船に乗せて解放された。どうも彼らは雇い主をそれほど敬愛していなかったようで、一目散に村へ帰ってしまった。おかしいのは、それを知ったミトリウスがひどく落胆してしまったことだ。わけを聞くと、こんな事態ではミトリウスは死んだものとみなされるので、三人は船を叩き売ってよそへ行ってしまうだろうとのことだった。

財産と子分を失ったミトリウスは、落ちこんだまま水先案内の役を承知した。

それよりも心配なのか、水兵たちの反抗だった。陸地を目の前にしながらまだ航海するというのだから、反乱が起きてもおかしくない。しかしジャムが説得すると、彼らは意外にも素直に命令を受け入れた。

彼がなんと言ったのか、ティセルは気になって聞いた。ジャムは例によってなんの屈託もなしに、こう言ってのけた。

「レススみたいな小さな村にはろくな女の子がいないって言ったんだ。それよりもこれから行く大きな町のほうが、楽しい思いができるってね」

確かに的を射た説得ではあった。だがティセルは彼の耳を思い切り引っぱってやった。

アンヴェイル号は北西へ向かい、昼過ぎには島の北端を回った。南西へ向かって航海を続け、夕方に多島海に入った。大砲を撃ったら弾が飛び越えてしまいそうな、岩礁に毛が生えた程度の小さな島が多数散らばる海域を、測深しながら慎重に進んでいき、宵魚《よいうお》ランギの尾が見え始める日没時、左舷前方三点に多数のともしびを見出《みいだ》した。

乾いた白い丘に囲まれた、果樹の多い小ぢんまりとした町を前にして、解放をすっかりあきらめた体のミトリウスが言った。

「ガラリクスだ」

桟橋《さんばし》を並べた船着場から多数の小船が漕《こ》ぎ出してくる。

丘の上では、風車か信号塔のような丸太組みの奇妙な仕掛けがはためいていた。

2

「これはなんだ」

「さじ」

「これはなんだ」

「テーブル」

「これはなんだ。これ、背中の板」

「椅子《いす》。背もたれ」

「これはなんだ」

「剣。それから手の届かないものは『これ』じゃなくて『それ』」

「それはなんだ」

「太陽。それから二歩以上離れたものは『それ』じゃなくて『あれ』」

「難しい。意地悪。やめて」

「いやなら帰れば？　ついてきたいって言ったのはミトリウスでしょ」

ティセルは木組みのテーブルに片ひじをついて、ほっぺたをぶにょりと支えたままで、不機嫌そうに言った。テーブルの向かいに座った獰猛《どうもう》なヌソス人の男は、不満そうにぐるぐると喉《のど》を鳴らしたが、まだ忍耐力が残っていたらしく、じきに毛に覆われた手で頭上を指した。

「あれはなんだ」

「空」

ティセルはガラリクスの町の露店と飲食店と宿屋が混ざったような店で、連れのミトリウスにラングラフ語を教えていた。といってもそれはミトリウスが教えてくれと粘ったからであり、さらにいえばティセルが不本意ながら開店休業状態になってしまったからであって、ものごとが順調にいっているためでは、まったくなかった。

アンヴェイル号がこの町に到着したのは、六日前のことである。

ガラリクスの町からは人々が漕ぎ船でやってきた。アンヴェイル号は交戦も覚悟して戦闘態勢をとっていた。しかしヌソス人たちは何ひとつ武器を持っていなかったばかりか、ティセルたちが顔を見せると感動して大げさにひれ伏し、アルセーノが名乗りを上げるとこんな返事をした。

「白い布の船の神さま！　白い布の船の神さま！　よくぞいらっしゃいました！」

ラングラフ人にとって神さまといったら嵐神《らんじん》キオのことだが、ヌソス人にとってはそうではなかったらしい。とにかく、アンヴェイル号の乗組員は彼らの目にとても尊い客人だと映ったらしく、拍子抜けするほど友好的に迎えられて、上陸することになった。

アルセーノは用心してウーシュ、イェニイ、ガオンに後事を十分に託し、ジャムとティセルを連れて海兵隊の精鋭二十名と陸に上がった。そしてヌソス人に導かれるまま、日干し煉瓦《れんが》の家が建つ町並みを抜けて、ヌソスの王である、執政官アンキヘオスと面会したのである。

『ユヴィ記』によればヌソス人はとても友好的な人々だったという。それは現代でも変わっていなかった。アンキヘオスはアルセーノたちの来訪をとても喜び、ゆっくりと疲れを癒《い》やすように勧めた。肝心の金毛氈《きんもうせん》については、あいにく心当たりがないが、語り部たちに問い合わせるとともに、近隣の島々へ船を派遣して（「ヌソス」とは百六十もの有人島からなる、多島海全体のことだった）、各地の支族長に尋ねる、と約束してくれた。アルセーノは礼を述べて、この日のために大事に保管しておいたラングラフ国王ウルサールからの贈り物や、濁りがなく香りのいい銘酒を進呈し、艦へ戻った。

そして乗組員たちはとうとう、待望の上陸許可を半舷ずつ与えられて、揺れない地面と腐っていない食べ物と妄想でない女たちの待つ町へ、意気揚々と繰り出していったのである。

実にまったく、これまでのとてつもない労苦が報われるような、素晴らしい成り行きだった。

それから六日たった今、ティセルは不機嫌である。

「なあ、これは？」

「土よ」

ミトリウスがそばにいるのが不機嫌の理由のひとつである。彼は艦がガラリクスに着くと同時に釈放されたのだが、なぜかその場で雇ってくれと言い出した。もともとレスを出てひと旗揚げたかったのだとか、ラングラフ人が約束を守ったことでかえって感動したのだとかいろいろ言ったが、本当のところはどうもティセルに興味を持ったらしい。ジャムとアルセーノの存在だけでも許容量を超え気味のティセルとしては、気の重いところだ。しかしそれだけでこんなに不機嫌にはならない。

彼女がいるのは、ヌソス王の命によってアンヴェイル号乗組員の貸し切りになった店だ。この店は町の真ん中あたりにあって、ばら色の日干し煉瓦を積んで木の屋根をかけた、平屋の家並みのただ中にある。表は小屋がけした露店の立ち並ぶ市場で、顔じゅう金の毛だらけのヌソス人が雑然と行きかっている。商店では取引が活発だ。人々の手元では鉄や石に模様を彫りこんだ貨幣が取り交わされ、しばしばキラリと金色のものが光る。

その雑踏の中を、武骨な体軀《たいく》の諸島環人が歩いてきた。きれいに刈り込んだ白髪《しらが》交じりの茶色い髪や、きちんと整えた口ひげを見るまでもなく、その堂々としたそぶりでヴァスラフ海兵隊長だとわかる。彼はティセルたちと同じ店へ入ってきて、テーブルのティセルに謹厳な会釈をしてから、奥の別のテーブルへ向かって、連れと腰掛けた。

続いて海兵や水兵が何人も店を訪れ、同じようにきっちり挨拶《あいさつ》して同じようにティセルたちから離れた席に着いた。しまいには掌砲長ガオンまで現れ、連れと奥へ向かった。そして、遅い朝食をとり始めた。

彼らは全員、そろいもそろってヌソス人の女を片腕にぶら下げていた。滑らかな長い黄色の髪を背に流し、胸元の開いた乳房が丸見えの服をまとい、流し目を使って甘えた声を出す、ひと目でそれとわかる商売女たちである。実はこれも、ヌソス王が好意で差し向けてくれた贈り物のひとつだった。

アンヴェイル号の男たちは喜んでそれを受け取った。それも、もともと軽薄な水兵たちだけならまだしも、普段は厳格なヴァスラフやガオンまでもが、当たり前のような顔で女と一夜を過ごして帰ってくるのである。それがティセルにとっては衝撃的だった。

険悪な目をしてそちらを見ていると、ミトリウスがご機嫌を取るように目を細めて言った。

「怒らないで。ティセル、素晴らしい、きれい」

「きれいかどうかで怒ってるんじゃないわよ！」

ヌソス人の女は男ほど毛深くなく、顔面や胸、二の腕や腿《もも》などにはラングラフの女と同じように滑らかな肌が覗いている。ラングラフの船乗りから見て満足できる姿であるというだけにとどまらず、女のティセルからも、ちょっと風変わりではあるが、きちんと美女に見える容姿をしていた。でもティセルは、彼女らと自分の容姿を比べて怒っているわけでは、もちろんない。

男たちの身も蓋《ふた》もない海軍流の行いが気に食わないのである。知らない女性と堂々といちゃつくってどうなのよ、と思ってしまう。いくらティセルが初心《うぶ》だと言っても、男と女がひと晩宿に入ることが何を意味するかぐらいは――まあ大体は――知っている。いちゃつくにしても、せめて自分の前でぐらいは遠慮してほしいのだった。

にやけ面をしたガオンが、言葉の壁などものともせず、女の口にさじを入れてやっているのを見ると、ティセルは顔が熱くなってまともに見ていられなくなった。

「食べて。ティセル、腹ふくれて」

ミトリウスがさっきから手を付けていない皿を差し出す。ここの店主が、白い布の船の神さまへ、とうやうやしく持ってきたもので、何かの粉を練って伸ばして切ってゆでた、ツラスという食べ物だ。諸島環におけるフコの実と同等の料理だろう、ということはわかる。

わかるのだが、それに絡められたやたらくどいテラテラした調味脂がティセルの舌に合わず、これもまた不機嫌の小さな理由になっているのだった。

そんなこんなで時間を潰していると、ティセルの待っていた人々が、ほこりっぽい土のままの道を歩いてようやく現れた。オウムを肩に乗せたアルセーノと、長銃をかついだ随伴兵たちである。昨夜は沖に錨《いかり》を下ろしたアンヴェイル号に詰め、午前のボートで港へやってきた組だ。

「アル、こっちよ！」

「やあ、テス。ジェイミーは？」

ティセルは肩をすくめた。アルセーノは軽く笑った。

例によって仰々しい正装でやってきた彼は、戸口から店の中をちょっと覗いた。たった今まで女といちゃいちゃしていたアンヴェイル号の乗組員が、いっせいに立ち上がって敬礼するのは見物だったが、別段綱紀を糺《ただ》すようなやり取りはなく、アルセーノが片手で挨拶して顔を引っこめると、再び彼らは女たちとくっついてしまった。

ティセルは店を出て、アルセーノと並んで雑踏を歩き出す。純銅《じゅんどう》色の高く結い下ろした髪がゆらゆら揺れ、後ろについたミトリウスがそれを目で追って、手を出したそうな顔をする。

「アル、今のことだけど」

「なんでしょう」

「ああいうの、なんとかならないの？　そりゃあ、男の人がきれいな女の子を好きなのはわかるし、ずっと男ばっかりの艦に乗っていて寂しかったのはわかるけど――わかるつもりだけど、それにしたって、毎日じゃない、あの人たち」

「ああー、それはですねえ、ティセル……」

いつもティセルに対しては自信に満ちた優雅な態度を見せようとするアルセーノが、珍しく眉《まゆ》を八の字にして苦笑した。

「ご婦人にお願いするのは大変心苦しいんですが、あれは、ああいうものだと思ってください。軍艦が帆を張らなければ進まず、水がなければ浮かばないように、船乗りは女がなければ生きていけません」

「わしほど年季を積めば煩悩に悩まされることもなくなるんじゃが」

オウムが首をかしげて混ぜっ返した。アルセーノが言い返す。

「おまえにだって相手がいるだろう、僕の頭の上に」

「こいつは嚙《か》み心地はいいんじゃが、わしにはちょっと寡黙《かもく》すぎてのう」

オウムは三角帽の端をつついて言った。みんな笑った。

「でも、アルは平気じゃない？」

ティセルがそう言うと、アルセーノは小粋《こいき》に片目を閉じてささやいた。

「貴女がいるからですよ、ティセル」

そういう台詞《せりふ》だけは、やたら様になる青年だった。

「……うぐ」

ティセルは口の端が曲がってしまった。不愉快だから、というのとはちょっと違った。

それを言う相手が違うだろう、と思ったのだ。

「まあ実際問題として、あまり兵どもが深みにはまるようなら、手を打たなければなりませんが。おっと」

アルセーノは言いながらティセルの腕を取って止める。目の前を、橇《そり》と呼ぶべきかどうかも定かでない、一端を腰で支えるだけの荷台を引きずって、人足たちが横切った。この町には荷車がなく、モラ牛のような役畜《えきちく》もいない。

「現在は半舷上陸制を取って、出て行った兵を毎日呼び戻し、乗員の半数を常に艦で警戒に当てています。これは、夜間に小船でやってくるこそ泥を追っ払うためだということにしていますし、現にここへ着いてから二度ほどそういうことがあったんですが、実はそれだけが理由ではありません」

「どんな理由？」

「脱走対策です。思ったよりもこの島の居心地がいいので、ぽつぽつ逃げ始めました。今朝の時点で、もう十一名も行方不明者《ゆくえふめい》が出ています」

「十一人も？　大変じゃない、探した？」

アルセーノは首を振り、周りの海兵に聞かれないように、小声で言った。

「脱走は見つかれば死刑です。だから脱走者は艦を出た瞬間から全力で逃げにかかります。手持ちの少ない人間で探したって見つかりっこありません。見逃すしかない。これが諸環の島なら、どこへ逃げたっていずれかの国家に捕まるので、水兵の側にもあきらめがあるんですが、ここでは逃げた者勝ちですからね」

「そんなことじゃ、艦の人間がいなくなってしまわない？」

「いなくなってしまいますよ。だからそろそろ本格的に艦の修理を始めようと思っています。兵どもには仕事を与えたほうが落ち着きますからね。――それにアンヴェイル号が長い航海で傷んでしまったのはほんとうですし」

アルセーノはふと、笑いを消して港のほうを眺めた。艦のことに思いを馳《は》せているのだ。この少年は、どうも、アンヴェイル号を気兼ねのいらない肉親のように感じているらしい。

口に出すことはないが、表情でそれと見分けられるように、ティセルはなった。

穏やかでとてもいい顔なのだが——すぐに彼は元の笑顔になって、こちらへ目を戻した。

「——しかし、修理に入るとしても、場所や資材が必要です。どちらにしろ、執政官アンキへオスの手を借りなければ」

ちょうどそのときだった。背後からおーいと声がして、振り向くと赤毛の少年が走ってくるところだった。ぼろい靴しか履いていないくせにむやみと俊足だ。あっというまに追いついてティセルとアルセーノの間に無理やり割って入り、額の汗をぬぐってさわやかに言った。

「ごめんごめん。パニが自分の船見せてくれるっていうからさー。つい海辺まで」

「ごめんじゃ済まないわよ。あなたがいないと話ができないのよ？」

「あはは、そんなに怒るなって。ちゃんと追いついたんだし、追いつくと思ったから先に来てたんだろ？」

図星ではある。ティセルとアルセーノは目を合わせて小さくため息をつきあった。

市街を通りすぎ、やがてアンキへオスの屋敷にたどりついた。

川沿いに四角い濠《ごう》を作って水を入れ、環濠にした邸宅である。ばら色の日干し煉瓦で円塔と壁を築いてあり、それなりにいかめしい。とはいえラングラフ王国の基準に照らせば、せいぜい三等耀爵《ようしゃく》か四等師爵《ししゃく》あたりの居宅と同格でしかなく、まぎれもない覇者の狂気を感じさせるデルラング城の規模とは比較にならない。

それでも、この屋敷が半径七千アクリート以内で最大の邸宅であるのは確実だ。ティセルたちは門衛のヌソス人の案内を受けて屋敷に入った。勝手についてきているだけのミトリウスは、表に置き去りになった。

ヌソスの家にはガラス窓がなく、しばしば壁もない。一行はしばらく客間で待たされる。開け放しの窓から果樹の多い庭園を眺めていると、やがて従者が呼びに来た。中央広間へ向かい、そこでガラリクスの執政官、アンキへオスと対面した。

ヌソス百六十島を統《す》べるアンキへオスは威厳のある五十歳ほどの男で、ティセルにはきわめて貴人らしく見えた。左右に武将や女官を何人も侍立《じりつ》させて、横長の、ベンチを思わせる木製の玉座に悠然とかけている。白い寛衣《かんい》に綾織《あやお》りの肩掛けをはおって、金のたてがみをきっちりと肩で切りそろえている。片手に骨質の杖《つえ》を持ち、金細工の冠をかぶって、背筋をぴしりと伸ばしているが、表情は穏やかで親しみやすそうだ。

ティセルたちは、左右に風よけと目隠し用の壁を何枚も立てた、細長い中央広間を進む。この壁は、初めて来たときからティセルが気になっているものだ。アンキへオスの前まで来ると、ここへ来てから覚えた礼式にのっとり、両手を爪先につけるような礼をした。オウムのスパーも礼儀正しくアルセーノの肩を降りて四人目の位置に並んだ。

「ラングラフのアルセーノ、本日はアンキへオス執政官さまにあらたな贈り物ができましたので、差し上げに参りました」

アルセーノは海兵に目配せして、木製の長い箱を差し出させた。ジャムの通訳を受けながら、アンキヘオスの従者が受け取り、それを開いて中身をアンキヘオスに見せる。アンキヘオスの顔がほころんだ。両足をどっかりと開いて気さくに身を乗り出す。

「とても美しい剣ですな。ありがたくいただいておきましょう」

「喜んでいただいて恐悦です」

アルセーノがまた一礼した。実はその剣はアルセーノの手持ちの一振りに過ぎず、特別なものではない。面会のための口実である。

本当の目的は金毛氈《きんもうせん》探しの進捗《しんちょく》状況を尋ねることだ。

「ところで、今日は執政官さまと、例の珍しいものについて親しくお話ができれば、と思ってまかり越しましたのですが」

「白い布の船の方がたにわざわざお越しいただいて、恐縮なことです。何かご不満なことがありましたかな？　お食事やお休みは十分にとられましたか？　女どものおもてなしは足りましたか？」

「いえ、私が申しあげたいのは、ヌソスに産する貴重な宝物の件で」

「宝物。そう言っていただけるのは大変に光栄ですな。我がヌソスでは天魚よりも白く輝く美しい夜光樹が生え、おとなしくてよい肉の取れるレイヨウの類《たぐい》が飼育されております。いくらでもお持ちいただいてけっこうです」

「ありがとうございます。しかしながら私たちは――おい、ジェイミー。ちゃんと伝えてくれ」

アルセーノがちらりと横目でにらむと、ジャムがアンキへオスに親しげな顔を向けたまままささやき返した。

「やってるよ。全部伝えてる」

「でもさっぱり通じてないみたいだぞ」

二人で言い交わしていると、目隠し壁の陰から女官らしい若い女がやってきてアンキへオスに耳打ちした。執政官は驚いた顔で言った。

「白い布の船の方がた、南の農場で火事が起こったという報告がありました。まことに申し訳ないのですが、お話をしながら、火消しの指示を出してもよろしいでしょうか？」

「火事？　そういうことなら、私たちにかまわずご自身でお出ましになってください」

「おお、よろしいのですか？　ありがとうございます。では、失礼させていただきます」

アンキへオスはにっこりと笑みを浮かべると、礼をして広間から出ていった。ティセルはアルセーノと顔を見合わせる。

「行っちゃった」

「待ちますか？」

「無駄ではないかな」

老スパーがバタバタと飛び上がって、アルセーノの肩に止まりなおした。

「戻らんと思うよ」

「……僕もそんな気がする」

一行は中座する無礼を武将にわびて、屋敷を出た。

表ではミトリウスが手持ち無沙汰に待っており、一行が戻ってくると当然のように合流した。彼は興味津々の様子で話しかけてきたが、ティセルはそれを無視してアルセーノに言った。

「さっきのあれ、はぐらかされちゃったわよね」

「そんな感じでしたね。なぜでしょう、調査が進まないので答えたくなかったのかな」

ティセルは屋敷の南の方角を眺めたが、火事らしい煙はあがっていなかった。

「ねえアルセーノ、私、思うんだけど」

「なんでしょう」

「変じゃない？」

ティセルは声をひそめてささやきかけた。

「見知らぬ国から船で来た人間に、なんでこんなに親切にしてくれるの？　タダで飲み食いさせて、宿に泊めて、お――女の人まであてがうって、普通のことなの？　話がうますぎない？　諸島環でそういう国、ある？」

「僕の知る限りでは、ないと思いますが……相手が神の使いだったら、どうでしょうね。嵐神キオや彗晶族《すいしょう》が現れたら、諸島環でも同じことをするかもしれない」

「いやなこと言わないでよ。そんなのが来たらおもてなしするどころじゃないじゃない。命がけで逃げなくちゃ」

ティセルは顔をしかめた。それらは諸島環の伝説にある、とびきり邪悪な者たちのことだ。

嵐神キオとその下僕である彗晶族キオニカンは、かつて巨大な塔とともに天空より海に落下して、周囲の海にとてつもない大嵐を巻き起こし、多くの船と町を波の底に沈めた。その姿は人に似ているとも、雲のようで、砂のようで、星のようだったとも言われており、よくわからない。諸王の軍勢と艦隊はみな討ち滅ぼされた。だが、世界が滅んでしまうという間際に、博覧王メギオスが現れて逆転勝利をもたらした。

千年以上昔のことだとされる。そんなことがまた起こるわけないよね、と諸島環のほとんどの人は思っているし、ティセルもそう思っている。しかしそれは、そう思いこもうとしているだけなのかもしれない。実在すら疑われるメギオスの時代から今に至るまで、彗晶族が人の国に攻めてきたことは一度もないが、彼らがこの地に降り立ったという証拠は、今でも確かに残っているのだ。

それが、キオの至天錐だ。

諸島環の真ん中にそびえる、空より高い不吉で奇妙な塔……。

でもそれは、いま外陸にいるティセルには関係のないことだ。軽く頭《かぶり》を振って、この場に考えを戻した。

「私が変だと思うのは……いい、アル。あの人たちが全然怖がってないってことなのよ！」

一行はまた町中のにぎやかな通りに入りつつある。行きかう人々は黄毛のヌソス人たちだが、こちらを見る目にはほとんど関心もないように思える。

「私たちが黄色い毛の人たちを見ても平気なのは、諸島環で慣れているからよね。諸島環には黒い肌の人や羽の生えた人もいるし、赤い髪、青い髪、黒い髪、いろんな人がいるもの。でも、ヌソスって黄色い毛の人たちばっかりよね？　私たちを見て、なんで驚かないの？」

「外見をあまり気にかけない連中なんではないかの？」

老スパーが言うと、ティセルは小さく首を振って言い返した。

「そんなことはないと思うわ。レスス村のミトリウスたちは最初、怖がっていたもの。この人たちだって外見を気にするはず。するはずなのに、していない。そこが変なのよ。そう思わない？」

「そうかのう……」

「それだけじゃないわよ。逆の意味でも変なのよ。最初にアンヴェイル号を迎えに来た人たちは、こっちが驚くぐらい大歓迎してくれたわよね。でも、あれはその後どうなったの？　なんでここの周りの人たちは、歓迎どころか見向きもしてくれないの？　最初に一回ワーッと歓迎したから、もういいだろうって取りやめたわけ？　そんなのおかしいわよね。そうじゃないと思う。きっとこの人たちは、別に私たちを恐れても歓迎してもいないのよ。最初にそんなそぶりをしたのは、ひょっとしたら演技だったんじゃないかしら。ねえ、ジャムはどう思う？」

ティセルは同意を求めようと振り向いたが、ジャムはいつの間にかミトリウスと談笑しており、こっちの話を聞いていなかった。

アルセーノに目を戻すと、彼は首をかしげていた。

「でもそれはおかしいですよ。演技だとするなら、事前の準備があったはずです。けれども彼らは、われわれがガラリクスに入港するかしないかのうちに、歓迎にやってきたんですよ。準備や打ち合わせをする時間があったと思いますか？」

「それは……ない、と思うけど」

「準備なしで来訪者を神さま扱いして執政官のところへ連れて行く風習が、元からあったんですかね？」

「……あったら、変よね」

ティセルが言葉に詰まると、アルセーノは追い打ちをかけるように言った。

「仮にアンキへオスに何か隠し事があるとして――隠し事自体は、僕もあると思いますが――それが悪事だとは考えにくいんじゃありませんか？　というのは、彼が金毛氈のことを秘密にしたいなら、単純に知らんぷりをすればいいわけです。そんなものは知らない、存在しない、なくなってしまったと言われれば、こちらとしても探しようがない。それなのに、彼は探してみようと言ってくれた。彼が金毛氈を探してくれているのは確かだと思いますよ」

「じゃあ、何を隠していると思うの？」

ティセルが聞くと、アルセーノは自信たっぷりに答えた。

「きっと金毛氈の中でも最高の品を探しているんですよ！」

「はあ？」

「だって客人にみすぼらしいものを渡したら恥ずかしいじゃありませんか。逆の立場で考えてみますよ。大事なお客さまがヘラルディーノ家を訪れた際、濁って酸っぱくなった砂《す》濾酒《こしざけ》しか蔵になかったら……これはうろたえますよ。時間を引き延ばしますね！　そして必ず最上等のものを取り寄せて客に出そうとするでしょう」

「それがあなたのお父さんのやり方だったの？」

ティセルが言うと、アルセーノはハッとした顔になり、いまいましそうに眉をひそめた。

「父は関係ありません。これはあくまで、僕個人のたどりついた意見です」

「まあエランダルでも同じことを言うたかもな」

「こいつ！」

アルセーノが伸ばした手をさっと避《よ》けて、老スパーは道ばたの家の軒に飛び移ってしまった。アルセーノは腹を立てて、降りて来い、と叫び始めた。

ヘラルディーノ家の親子関係は複雑なようだが、当面の問題とは関係ない。アルセーノの推測が正しいとは思えず、ティセルは首を振って考え続けた。

するとそのとき、いつものようにジャムが唐突に口を挟んだ。

「ミトリウスが金毛氈のある場所、知ってるってさ」

「なにい？」「なんですって？」

アルセーノとティセルは思いきり意表を突かれて振り向いた。ジャムが背後のミトリウスの胸板を拳《こぶし》で叩いて、笑う。

「こいつが、いったいおまえたちは何をしているんだって聞くから、教えてやったら、知ってるって」

「ミトリウス、なんで今まで話してくれなかったの？」

ティセルが聞くと、武骨な黄毛の男は頭の上の耳をぴくぴくと動かして、とぼけた様子で言った。

「キンモーセン、説明、なかった」

「言われてみればガラリクスの場所しか聞きませんでした」

「そういえば私も、金毛氈という言葉は教えてなかったわ」

ティセルはがっくりと力が抜けてしまった。すぐ隣にいる相手が知っていただなんて、この六日間はなんだったのか。

「で、それはどこなの？」

ミトリウスがジャムに話し、ジャムが聞き返した。いくらか煩雑なやり取りがあったあとで、ジャムが振り向いた。

「金毛氈は『ヌソス島』にあるって言ってる」

「それはここのことじゃないの？」

「ここは『ヌソス群島』にある『ガラリクス島』なんだよ。おれたちが勘違いしてたんだ。本物の『ヌソス島』は別にあって、そここそが、この群島でもっとも古い歴史のある島なんだって。そんで、その島にきれいな金の絨毯《じゅうたん》があるってことは、ここらの人間なら三つの子供でも知ってるんだってさ」

「なんだって……そんな簡単なことだったのか」

今度はアルセーノのほうが、より脱力した様子で膝に手をついた。

「ということは乗組員の誰かが、相手の女に寝物語にでも聞けば、たちまち答えが得られていたってことか」

「喜ぶべきじゃな。報告がないということは、誰ひとり任務の内容を明かさなかったということじゃからして」

「まあ、それはそうだけど」

ちゃっかり戻ってきた老スパーがそう言い、アルセーノはうなずいた。

それから顔を上げ、三角帽を小脇《こわき》にかかえて頭をかいた。

「ということは、アンキヘ・オスはヌソス島から金毛氈を取り寄せようとして手間取っているわけだ」

「場所がわかってしまったんだから、直接取りに行けば？」

ティセルは言ったが、アルセーノは首を振った。

「それは相手の金庫に手を突っこんで、直接宝石をつまみ取るようなものでしょう。向こうが出すと言っているのだから、そうしてくれるまで待つのが礼儀というものです」

　貴族根性というのか、アルセーノには現実を都合よく受け取ろうとする傾向があるようだ。そういえばレステルシーを出て間もないころ、彼が似たような思いこみで艦に被害を与えたことがあった（あれからなんて遠くへ来たんだろう！）。あのことを彼に思い出させるべきだろうか？　実はティセルは、アンキへオスの謁見《えっけん》の間で、たぶん他の者が気づかなかっただろうことに気づいていた。

「アルセーノ、実はさっきアンキへオスの屋敷で――」

　そのときだった。

「ジャムジャムジャムジャムジャムジャムーっ！」

　雑踏を縫って走ってきた小柄な影が、ティセルたちの一行に突っこんで、波間から飛び出した生きのいい魚のように、ジャムの腹へ抱きついた。「おうふっ！」と嬉しそうにうめいて、ジャムは後ろへ尻もちをつく。

　その影はジャムの腰に向かい合わせにまたがって、うるさいほど嵩《かさ》のある黄毛を派手に後ろへかきあげた。現れたのはまだ幼さを残す少女の顔だ。目はティセルより大きく、唇はティセルよりぽってりと厚く、鼻はティセルより低いが、かえって無邪気な感じでかわいらしい。着ているものは他のヌソス人同様、腰で紐《ひも》を結ぶだけの簡素な寛衣と足の甲で縛るサンダル、それだけだ。というのは何を表すのかといえば、ある程度以上の肉づきがあれば体の輪郭がもろに出る、ということである。

そして、その娘の胸や腰まわりには、ティセルがちょっとはしたないんじゃないかと思ってしまうほど、十分な丸みがついていた。

ジャムがここ数日、護衛役のはずのティセルを振り切っていちゃついている、アンキへオス言うところの「おもてなし役」のパニという少女である。

「っだよー痛いなー、パニ。お尻打っちゃったじゃないか」

なんとかかんとか、とパニは笑顔で答えて、ジャムの股間《こかん》にもろに手を差しこんだ。

——こっちが無事ならだいじょーぶ！

ティセルはなぜか、未知であるはずのその言語を一字一句たがわず理解することができた。その能力がいずれかの神の恩寵《おんちょう》によるものなら、それは暴戻《ぼうれい》なる嵐神キオのおかげだったに違いない。

「じゃむ？」

気がつけば名剣サープリスをジャムの首に当てていた。自分でもびっくりした。こんなに自然体で抜剣できたのは初めてだ。ミトリウスがゴクンと息を呑んだ音が聞こえた。

ジャムは心なしか青白い顔色でゆっくりと振り向いて、まだかろうじて笑顔に分類されうるような表情で答えた。

「え、何これテス。冷たいんだけど」

「したの？」

「してない」

即答した。何を？　とすら尋ねない。答えなければまずいと察したらしい。

「してない。ほんと。服ぬいでない」

彼がこんなに焦って答えたのはほとんど初めてだ。しかしティセルはいささかも優しい気持ちになれなかった。

「離れたら？」

「うん。離れる。離れる」

喉以外のどこかからひねり出しているような、ひどく不自然な声で言って、よっこいしょ、とジャムはパニを横の地面へ置きなおした。するとパニは子供っぽい眉を不満そうにきゅっとひそめ、ティセルをにらんで何か言った。

「なんて言ったの？」

「この子はジャムのお嫁さんなの？　って」

ジャムの通訳を聞いたとたん、ティセルはただでさえ頭にのぼっていた血が、頭頂を越えてどこか知覚できない高みまで噴出してしまったような気がした。滑らかすぎる動きで剣を右肩上に振りかぶる。この瞬間だけは誰のどこを斬《き》っても許されるような気がしていた。

血の気の引いた顔でジャムが叫ぶ。

「ああ、やばーっ‼」

かと思うとパニの体を荷袋かなんぞかのように脇に抱えて、ものすごい勢いで駆け出した。わずかに遅れてティセルの剣が空気を裂いたが、二人のうちどちらを斬ろうとしたのか自分でもわからない。

我に返れば、パニを連れたジャムが異国の雑踏の向こうに消えるところだった。

「ジャムーッ！　こらーッ！　このいやらしい女好きの赤モップ、戻ったら覚悟しなさいよーッ！」

絶叫に驚いて路地の鳥が舞い上がった。

はぁはぁと息を荒らげながら剣を収め、振り向くと、ものすごく優雅に微笑《ほほえ》んだアルセーノがいて、ティセルの両肩に手を置いた。

「僕なら、決してあんな不潔な真似《まね》はしません」

「はあ……いえ……どうも……」

「なんならあいつを乗員名簿から抹消しますよ。もう通訳の用も大体足りたことですし」

それはいいかもしれないと思ったが、そうしたらしたで、ジャムがかえって喜んでしまうような気がして、ティセルは首を横に振った。

「女を作れば艦から降りられる、なんて前例を作るのはよくないでしょ」

「それは、おっしゃる通りですが」

気障《きざ》ったらしい笑顔を消すと、いくらか真情のこもった眼差《まなざ》しで、アルセーノはティセルを見つめた。

「今のは、不潔だから怒られたんですよね？」

「それ以外のなんだって言うの」

「いえ。もっともなお怒りだと思いますよ」ほんとなんだって言うのよ、と胸の中でティセルはつぶやいた。

気を取り直して、言う。

「とにかく私は、できるだけ早く出港したほうがいいと思う」

「お気持ちはわかりますが」

「そういうことじゃなくて！　ああ、もう」

この流れでこれ以上言っても、嫉妬《しっと》しているようにしか聞こえないだろう。ティセルはとてつもなく腹が立った。

――ぜんぶあいつのせいだわ。あいつの女好きが悪い。私だろうがグレシアだろうが、その他大勢だろうが誰でもいいんだから！　まったくあんにゃろう！

などとぷりぷり怒っていると、横からさらにうっとうしいのが声をかけてきた。

「ティセル、ティセル」

「何よもう！」

「おう、いや、剣だめ。剣」

わりと本気で怯えるような仕草を見せてから、ミトリウスはふさふさした毛に覆われた手で自分を指差した。

「ティセル、買う、おれ」

「な・ん・で・す・っ・て？」

「剣だめ。剣。だめだめだめ。——いやらしい、ちがう。商売。雇い人。おれ、説明、キンモーセン、あなたたち。おれ、説明、キンモーセン。あなたたち、ありがとう、しろ？」

「……教えてやったんだから感謝のしるしに雇えってこと？」

「そう、そう」

ミトリウスはほっとしたように軽く手を叩いた。大きな図体をしているくせに、すっかりティセルに恐れ入ったらしい。

ティセルはどうでもよくなってうなずいた。

「ああもう、好きにすれば。アル、ミトリウスをアンヴェイル号の水兵にしてやって。名簿に加える、って言うの？」

「歓迎です。脱走兵はまだ増えそうですからね」

「私はこれからミトリウスと、ちょっとアンキへオスのことを調べてみる。あの人、絶対何かたくらんでると思うから。ジャムの護衛は休むけど、いいわよね？」

「何の問題もありません。彼自身が拒否したんですから。日誌にもそう記入しておきます」

アルセーノが嬉しそうにうなずいた。

——拒否、か。

ティセルはなんだかやけに疲れて、肩を落とした。

3

それからさらに四日後の深夜――

人目を避けてガラリクスの町中を歩く、風変わりなヌソス人の男女がいた。男のほうは頭から背中を覆う豊かな黄毛がやや薄くなっていて、少し頼りない姿である。女のほうはふさふさした髪を背に流し、手や膝下にも柔らかな毛皮をさやさやとなびかせているが、普通のヌソスの女に比べてややほっそりして、脂肪ではなく筋肉の存在を感じさせるような体つきをしている。

二人は天魚の淡い白光に照らされた道を歩いていき、川沿いにある倉庫にたどりついた。暗闇《くらやみ》から音もなく二人の水兵が現れて険しい目を向ける。するとヌソスの女が頭に手をかけた。

「アンヴェイルのグンドラフとミトリウス」

女はかつらを脱ぎ、頭を振って赤金色の髪を散らした。変装を解いたティセルを見て、水兵たちが顔をやわらげ、丁重に中へ通した。

そこは秘密の連絡所だ。中ではアルセーノと二十名ほどの兵士が待っていた。執政官アンキへオスに提供された場所ではなく、ミトリウスが伝手《つて》をたどって借りた建物である。

アルセーノの顔を見て、ティセルは言った。

「老スパーはちゃんと着いた？」

「はい、確かに。彼は本艦で休んでいますよ。だいぶ貴女にこき使われたと言っていました」

「ごめんね。ヌソス人でも入れないところがいろいろあって、彼に頼むしかなかったから。で、ちゃんと兵士を連れてきてくれたってことは、信じてもらえたのね？」

「こちらでもいろいろなことがわかりました。先日は信じて差し上げなくて悪かったですね」

アルセーノは顔に緊張の色を浮かべている。それほどの事態だった。ティセルは軽く手を振っていなす。

「わかってもらえたならいいから」

彼女はこの四日、ほとんど艦にも戻らずガラリクスの町を調べてまわっていたのだった。

若い海兵の差し出す温かい蠟茶《ろうちゃ》を口にして、ほっとひと息つくと、ようやく笑みを浮かべようとした。

「じゃあ情報交換といきたい、と思うんだけど……」

空の荷袋が積み上げられた倉庫の片隅を見て、ティセルは口を尖《とが》らせた。

「ジャム。それはなに？」

「寝ちゃって」

腰を下ろしたジャムが、悪びれもせず頭をかく。その膝に頰《ほお》をのせて、なんとパニがすやすやと心地よさそうに寝息を立てていた。拳をふたつ、くるんと丸めて、膝をそろえて胸元に寄せ、憎らしいほどかわいい寝相だ。寛衣の裾がやたら短くて、すべすべした太腿が半分がた見えている。ひとこと言ってやりたくなる。

「外へ出してよ、その子」

「そんなことしたらかわいそうだよ。こんな時間に何事だって思われるし」

「ジャム、わかってる？　アンヴェイル号の存亡にかかわる重大な話なのよ？」

「わかってるよー、おれだってちゃんといろいろ調べたよ」

「いちゃついたりほっつき歩いてばっかりだったくせに、何を調べたっていうのよ！」

「えー、ヌソスの子の気持ちいいところとか？　あ、ごめん冗談。耳だから、変なところじゃないから」

寝ているパニの三角の耳をぷにぷにとつまんだジャムは、顔を上げてティセルの仕草に気づくと、あわてて言い訳を始めた。

ティセルは抜きかけていた剣をゆっくりと鞘《さや》に戻して、アルセーノに向き直った。

「情報交換といきましょうか」

「そ、そうですね」

こほんと空咳《からぜき》をして、アルセーノは言った。

「こちらでわかったのは、どうもこの辺りの海事状況がひどく不穏であるらしいということです。港のアンヴェイル号の周りに、地元のヌソス群島の商船や客船が停泊しているんですが、どれもみな武器を積み、予備のボートや浮きを乗せていました。気になったので、部下に手土産《みやげ》を持たせて儀礼訪問をさせてみたところ、言葉は通じないながら、戦いに気をつけろとしきりに注意されましたよ。その戦いというのが、どういうものだと思いますか」

「ガラリクス対ヌソス、ね」

「ご明察、さすがは貴女ですね」

アルセーノは満足げにうなずいた。

「僕たちはヌソス群島を統一された王国だと思っていましたが、どうもそうではなくて、執政官アンキヘオスに逆らう一派ないし一族があるらしいんです。それも多少仲が悪いという程度ではなく、内戦状態と言ってもいいほど険悪らしい。これではヌソスの金毛氈を調達するどころではないわけです」

「実際に戦いがあったの?」

「あったみたいですね。死人も少なからず出たとか。そして、情勢がわかったのでもうひとつの疑問にも答えが出ました。つまり、アンキヘオスがなぜわれわれを歓迎したのか、ということです。彼は戦力を補強したいんです。港にある船はどれも三十人乗り程度の小船ばかりで艤装《ぎそう》も幼稚でした。ろくに風上にも切り上がれないでしょう。武装は諸島環では百年も前に廃《すた》れてしまったものばかり。アンヴェイル号をひと目見て、彼はほしくなったのだと思います。その証拠に——何度かアンヴェイル号にちょっかいを出してきたこそ泥の小船。あれが今夜は、火矢をかけてきました」

「大丈夫だったの？」

ティセルは、ぎょっとして聞いた。帆船は可燃物の巨大な塊だ。アルセーノは片目を閉じた。

「補助帆一枚焼いただけで消し止めましたよ。犯人には逃げられましたが」

「逃げられちゃったの？」

「暗かったので。しかし、アンキへオスの悪意ははっきりしました。われわれを甘い餌《えさ》で釣ろうとしたけれど、半舷上陸をかたく守ってなかなか留守にしないので、焼き討ちで追い出そうとしたんでしょう」

そうかな、とティセルは小さな違和感を抱く。餌で釣るのと火をかけるのとでは、乱暴さの度合いが違う。ふたつはつながっているんだろうか。

「僕はあれで確信しました。出来るだけ速やかにここを離れるべきです。そう思っていたところに、貴方《あなた》の伝言を携えてスパーが帰ってきたので、兵を連れてきたわけですが、ティセル、あなたの発見というのは？」

ティセルはちらりとジャムのほうを振り向いて、パニが眠り続けているのを確かめた。

「……私が調べたのはヌソス人の態度よ。いったい彼らは私たちを本気で神さまと思っているのか、それとも演技をしているだけなのか、ミトリウスに聞いたら、いちおうヌソスに白い帆の船の神さまの伝承はあるみたい。ずーっと昔に東の方角からやってきたって……」

「へえ、それは興味深いですね」

「でもそれメギオスでしょ、つまり！」

ティセルはひと言で片づけてのけた。あ、なるほど、とアルセーノがうなずく。

「メギオスが来て伝説を残した。それは事実みたい。でもそれをありがたがって拝むような風習は、ミトリウスも知らないんだって。町中でも微妙に避けられて詳しい話が聞けなかった。それで変装してあちこち聞きこんだわ」

「おれの毛、なくなった」

ミトリウスが憮然《ぶぜん》として、ティセルのかつらにするために切った後ろ頭をかき回す。そのうち生えてくるわよと言ってから、ティセルは声をひそめた。

「変装しても川向こうには行けなかったし、神さま扱いの理由はわからなかったけれど、もっとすごい秘密がわかったわ。――いまアンキヘオスのところには、ヌソス島の貴人が捕まっているのよ！」

「ほう」

アルセーノが身を乗り出す。パニがもぞもぞと動き、あっ足がしびれっ、とジャムが悲鳴を上げた。

「ヌソス人の髪結い処《どころ》、っていうか毛づくろい処で、兵士の男が言ってたの。連中の族長も捕まえたし、金毛氈が手に入るのも時間の問題だって――」

「ということは、ヌソス島とガラリクス島の対立は、まさに金毛氈の所有をめぐって起こっているものなんですかね？」

「らしいわね。あ、これを聞き出せたのはミトリウスのおかげだから、何かご褒美《ほうび》を上げてもらえない？」

「ちょっと——そのミトリウスのことで、よろしいですか」

と口を挟んだのは兵を率いてきたヴァスラフ隊長だ。いいぞ、とアルセーノに許可されて、黄毛の外陸人に目をやる。

「これまでの流れを考えるに、われわれはヌソス人と戦うことになるかもしれない。同胞に剣を向ける覚悟がなければ、ここで中座して艦へ戻れ。ヌソスを離れるまでは、ガオンに話して、殺し合いとは関係ない檣上《しょうじょう》の仕事に回してやる。……ジェイミーさま、お伝えてください」

ジャムが話し始めると、しまったな、とティセルは少し後悔した。ミトリウスの前で話しすぎた。よく協力してくれたけど、もう別れるわけにはいかなくなった。

ふむふむとうなずきながら聞いていたミトリウスは、がおうと大きな嘆声をひとつ上げると、アルセーノたちのほうを向いて、一語一語はっきり言った。

「親切、ありがとう。おれ、戦う」

「途中で逃げたら死刑だ。いいか？」

「海、死ぬ、普通のこと」

「よし、上出来だ。ではそれを聞いた上で、艦長。たいへん失礼ですがひとつ提案してよろしいですか」

「なんだ」

「アンキヘオスと手を組んでヌソスを攻めるという選択肢もあります」

アルセーノは意外そうな顔をした。ヴァスラフはさらに続ける。

「実質上、戦時にあたるにもかかわらず、港には多くの船が停泊していました。地元の人間が戦況に敏感なのはどこでも同じ。これはガラリクスが有利であることを示します。ヌソスについた場合、もろともに攻め落とされるか、でなくても退却を余儀なくされるかもしれません。小官としては、アンキヘオスが多少の嘘《うそ》をついていたことは水に流し、彼と腹を割った話し合いをして、戦《いくさ》を助ける代わりに応分の報酬を受け取る条約を結ぶのが、一番現実的だと考えます」

ヴァスラフは渚《なぎさ》戦争で国王直隷《ちよくれい》部隊の指揮官として武勲《ぶくん》を挙げたという、一徹者の軍人である。加えて、この場で一番年長の男でもあった。

アルセーノは、即答しなかった。口元を押さえて考えこむ。右肩をちらりと見たのは、そこにいない助言者を求めたものか。

オウムの代わりにアルセーノが声をかけたのは、年の近い少年だった。

「ジェイミー。どう思う」

「おれはそういうの苦手だなあ。ヌソスとガラリクスの仲立ちをして、仲直りさせるってのはどう?」

「それができれば一番いいな」

アルセーノは、ちらりと苦笑を浮かべた。が、すぐにまた唇を結んで考えこんだ。

その間に、ジャムがティセルに目を向けた。

「テスは？」

「私は……難しいな。気持ちとしては争いを止めたいけれど、もう人が死んでるっていうから、たぶん無理でしょうね。ヌソス島のものはヌソス島の人のものだと思うから、ガラリクスの手伝いはしたくない。どっちにしろ、一度ヌソスへ行って向こうの言い分を聞きたい」

アルセーノが、ぱちぱちと瞬《まばた》きをして、ゆっくりうなずいた。

「よいお答えです。本当に貴女は、女性とは思えない」

「女を何だと思っているの？」

「たいていの女性はそこまで頭が回りませんよ。たとえばグレシアのように」

またティセルは言い返したくなったが、いま話すことではない気がして、ぐっと呑みこんだ。――でも、いっぺんじっくり話し合わないといけないだろうな。

さらにしばらく考えこんでから、アルセーノはひとつうなずいて口を開いた。

「では僕の考えを言おう。戦略面でのヴァスラフの合理性は認める。ジェイミーとティセルの理想論もよし。だが、アンヴェイル号はウルサール国王陛下の勅命《ちょくめい》を受けた艦であり、おのずから、王国の徳と権威を辺土に知らしめる任をも負っている。よって、この地に不正があらば、入念な調査と公正な判断を下した上、実力をもって成敗しなければならない。ゆえに——」

アルセーノはティセルを見て、小さく笑った。

「囚《とら》われているというヌソスの貴人を助け出して逃がした上で、アンキヘオスの嘘の理由を問いただすというのはどうでしょう?」

「——悪くはないわね、それ」

ティセルはうなずいた。こういうところは頼りになるのにな、と思いつつ。

「ただ、問題はその貴人の居処ですね。それがわからなければ助けようがない。スパーが回復するのを待って、空から調べてもらうべきか——」

「あ、おれわかる」

またしてもジャムが片手を上げたので、一同は目を剝《む》いた。

ティセルはうろんそうに目を細めて彼をにらみつける。

「あなたさあ、そういうの、最初に言ってもらえないかしら」

「だって、言おうとしたらテスが無視しちゃったんじゃないか! ちゃんと調べたって言ったのに!」

「それは……あなたが遊んでるようにしか見えなかったからでしょ! で、何を調べたの?」

ティセルがそう言うと、ジャムは膝の上のパニの頭を軽く叩いた。するとヌソス人の少女はひょいと身を起こして、こちらに手をついて頭を下げた。驚いたことに、つたないラングラフ語で言う。

「ヌソスの女族長、グリーネの、娘パニ、だよ」

顔を上げて、にっこりと嬉しそうに微笑む。

その顎《あご》の下をこちょこちょやって喜ばせてから、ジャムは得意満面の笑みを浮かべた。

「パニは母さんがアンキへオスに捕まっちゃったんで、ヌソスから助けにきたんだ。おれたちが来る前から、田舎《いなか》出の女の子のふりをして入りこんで、連れ出す方法を探してたって」

ティセルたちは、ずいぶん長いあいだ開いた口が塞《ふさ》がらなかった。

やがてティセルがようよう言った。

「ちょっと……ジャムあなた、それいつ知ったの？」

「ん？　アンキへオスんちで紹介されてすぐ。あいつ壁の後ろにわんさか兵士を置いてたじゃない。だから悪いやつなのかってこの子に聞いたら、すごい勢いで悪い悪い言って教えてくれたから、意気投合」

「そういう」

ティセルはおもむろに立ち上がり、大股に歩いてジャムの前まで行って、両手の拳の硬いところでこめかみをぐりぐりしてやった。

「ことは、早く言えってばっ！」

「いたいいたいいたい、テスだって兵士に気づいてたみたいだから、言わなくていいと思ったんだよ！」

ジャムが泣く。

パニによれば、ヌソス島は一族五千人ほどが住む大きな島で、昔は群島すべてを支配していたという。だが近年、アンキヘオスがガラリクスの島おさになってから事情が変わった。彼はヌソス島より大きいが未発達だったガラリクス島を大いに発展させた。そして群島の執政官を名乗るようになった。

彼のやり方は強引なもので、それに逆らって没落したり、追放された者が数多く出た。それを憂えたのが、パニの母であり、女ながらに周辺諸島で大いに人望のある、ヌソス島の族長グリーネだった。彼女はアンキヘオスの危険なやり方を見過ごすことができず、島の男たちを率いて戦いを挑んだ。

しかしアンキヘオスの罠《わな》にはまって、囚われてしまったのだ。

それが三カ月ほど前のことだった。

話を聞いたティセルは、気になって尋ねた。

「そのアンキヘオスの強引で危険なやり方って、どんなことなの？」

パニは鼻の頭にしわを寄せて、ジャムに通訳させながら答えた。

「よくわかんないけれど、人間をおかしくする術よ。金《きん》をたくさん用意して見せびらかしてから、模様を彫った鉄や石の玉を配るの。そうすると、術にはまった者は、その鉄や石を金だと信じこんでほしがるようになる。鉄の玉のためなら夜中まであくせく働いたり、群島の外のアラケスやスレンボルスへ品物を運んだりするのも嫌がらない。そのせいで群島のみんなが、せせこましい、あくせくした人間になっちゃった」

「へえ、そんな術を使うの……」とうなずいたティセルの横で、「あー」とアルセーノが間の抜けた声を上げた。見れば彼は苦笑しているようだった。

「どうしたの？　アル」

「金本位制を発明したんですよ」

「何それ？」

「経済概念のひとつで……いや、いま説明するのはやめておきましょう。でも、この町が栄えている理由はそれでわかりました。アンキへオスが来てから、少なくともガラリクスの豊かさは増したんじゃないかな？　パニ」

アルセーノに顔を覗きこまれると、パニは「んんっ？」と眉根を寄せて考えるような顔をしたが、やがてしぶしぶ、という感じでうなずいた。

「パニはよくわからないけれど、町の年寄りは、暮らしがよくなったって言ってる」

「ね。アンキへオスは政《まつりごと》に一定の能力があるようですね」

「じゃあ、アンキへオスは悪い人じゃないってこと？」

ティセルは困惑した。騎士としては敵味方がはっきりしてくれないとやりにくい。だが、心配の必要はなかった。アルセーノがあっさりと言ったのだ。

「善人か悪人かどうかはともかく、我々と利害が対立するのは確かです。だって金本位制を続けるにはさらに金が必要ですからね」

「ああ、そっか」

「アンキへオスは、できれば金毛氈を渡したくないと思っているはずです。それを踏まえて行動しましょう」

「最上等のものを取り寄せているんじゃなくて、残念だったわね」

ティセルがつい口を滑らせると、アルセーノがじろりと嫌な目で見た。あわててティセルはつけ加えた。

「いえ、私もあの時は反対しなかったしね、うん」

ここでアルセーノにへそを曲げられたらいろいろと困る。ティセルはなんとか笑ってごまかした。

ともあれ方針はすでに決していた。グリーネを救出して自由にした上で、アンキへオスに嘘の理由を問いただす。誠実な返答があれば改めて友誼《ゆうぎ》を結び、そうでなければ決別するのだ。

そのグリーネの居場所は、ジャムとパニが知っていた。アルセーノは翌朝の風向きを考えに入れて、即時の出発を決めた。倉庫を出てボートに乗り、夜陰に乗じて川をさかのぼった。

　たどりついたのは、濠《ごう》に囲まれたアンキヘオスの屋敷より少し上流にある農園だった。土手にボートを停めて歩哨《ほしょう》を残し、畑の中をゆく。見たことのない穀物の細い穂が、薄い銀色の光に照らされて、さやさやと風に揺れている。ジャムが言う。

「世界の果てまで来ても、宵魚はついてきてくれるんだね」

「こういう場合は暗いほうがいいんだけどね。――ジャム、もっとかがんで」

　低い声に応じて、ジャムがすっと頭を下げた。

　ティセルは指先にまで神経を張りつめて周囲に目を配っていた。同行の集団は短剣と棍《こん》棒《ぼう》と手銃で武装した、海兵と水兵の混成部隊だ。場数を踏んだ男たちで、ほとんど音を立てない。ただアルセーノとパニだけが荒い息を立てている。戦場というには静かすぎるが、師のディグローにずっと聞かされてきた実戦の場に、ティセルはいま初めていた。

　農園と屋敷の間は環濠が切れて、歩いて屋敷に入れるようになっていた。しかし篝火《かがりび》が焚《た》かれて数人の衛兵が車座に座っている。さすがに一国を治める執政官の屋敷だけあって警戒は甘くない。

　ティセルは前に出ようとしたが、ジャムに袖《そで》を引かれた。険しい目を向ける。

「今はふざけないでほしいな」

「テス、飛び道具ないでしょ」

　例の、アンヴェイル号のマストの上で使っていた、小さな袋を縫いつけた細紐を手にぶら下げて、ジャムが言った。

「まあ任せて」

ヴァスラフが目配せして、水兵を右と左へ分けた。片方は暗い畑でゴォーッ、ゴォーッとモラ牛の声真似をする。見張りの連中が驚き、一人を残して様子を見に出てくる。そいつらが暗闇に達したところでまとめて殴り倒す。篝火のそばで心細そうに立っていた最後の一人に向かって、別方向から四人が同時に石を飛ばした。うち二つが頭に当たって、彼を昏倒《こんとう》させた。

わずかに三十を数える間もないできごとだった。

石当て組が拳を固めて喜びながら戻ってくる。ジャムもその一人だった。

「いっちょあがり」

「は、速い……っていうかずるいわね」

突っこんで殴り倒すことしか考えていなかったティセルは、感心するというよりも、手際のよさに呑まれて顔を引きつらせた。今のは騎士道もくそもない、大人の仕事だった。

「だって海軍の上陸任務っつったら、堂々とした決戦よりも、こういうことのほうが多いからねー」

「行くぞ。ジェイミー、案内しろ」

アルセーノが立ち上がって言った。

一行は屋敷に入り、家屋の奥へと進んでいく。深夜を過ぎているので屋内に人気はない。

しかし、じきに明かりの下で番人が座っている廊下にたどりついた。手前の角でパニがひそひそとささやき、ジャムがうなずく。

「あそこだって。また石当てでやる？」

「無理ですな、真正面です。叫ばれるのがオチでしょう」

「よし。全員、手銃の用意。ここからは大っぴらに行く。番人を撃って鍵《かぎ》を奪い、人質を助けてボートに乗せ、直接本艦へ戻る」

水兵たちがベルトに差していた単発の短銃を抜き、火口《ほくち》を回して火縄に点火した。火薬の匂いが漂う。

その匂いに、黄毛の番人が鼻をひくつかせた瞬間、アルセーノが命じた。

「行け」

二人の水兵が角から出て、発砲した。火薬の爆発音がこだまし、硝煙が立ちこめる。その煙を突いて走ると、番人は胸から血を流して事切れていた。ジャムとパニが先頭切って奥へ走っていき、その間に水兵が番人の体を探る。

「鍵がありません！」

「よく探せ！　紐で体にかけていないか？」

ティセルはジャムたちについていった。煉瓦《れんが》積みの狭い通路の左右に扉がいくつもある。独特の獣臭さで牢屋《ろうや》だとわかる。パニが片っぱしから扉を叩いていくと、やがて返事があった。

「ここだ！」

うだ。

水兵が舌打ちして番人の服をはいでいく。遠くに叫び声と足音が湧いた。気づかれたよ

「畜生、どこなんだ……」

「鍵はまだ？」

と、ジャムがすっとんきょうな声を上げた。

「あっはは、なんだこれ。鍵なんかかかってないよ！」

扉はすべて、外からかんぬきがかけてあるだけだった。かかっていないというより、この島には鍵という道具が存在しないのかもしれない。ティセルが剣の柄《つか》で叩くとかんぬきはあっさり外れた。ジャムが扉を開けて、牢に顔を突っこんだ。

「グリーネ、助けに来たよ――うわっ⁉」

そのジャムがいきなり牢内に引きずり込まれたのでティセルは驚いた。剣を収めて身がまえながら入っていくと、一人の女がジャムの首根っこをかかえこんでいた。

年のころ四十になるかならないかで、伸び放題の金の体毛がくしゃくしゃに乱れ、元は白かったらしい衣服もうす汚れて黄ばんで、顔はだいぶやつれている。だが目はぎらぎらと輝き、口元にはふてぶてしい笑みを浮かべており、何より、ジャムをかかえる腕にはしっかりと筋肉が浮き出ていた。誰でもいいから人質にとって逃げるつもりなのだろう。

ティセルには、ひと目で手ごわい相手だとわかった。師匠のディグローに雰囲気がよく似ているのだ。さすがは、数千人の仲間を取りまとめる族長だけはある。

しかし、そう思ったのは、つかの間だった。ティセルのそばに現れたパニが、ひと声叫んで抱きつくと、グリーネのはりつめた顔が一気にゆるんで、くしゃくしゃになってしまったのだ。

グリーネはジャムを放《ほう》り出して娘と抱き合った。本当に仲のいい親子だけがやる、あの遠慮のない抱擁を見て、ティセルはなんだかうらやましくなった。

いてて、と首をさすりながらジャムが言う。

「すごい腕力だね、この人。旦那《だんな》は大変だったろうなあ」

「そういえば旦那さんは？」

「漁の最中になくなったって聞いたね。やあ、おしゃべりしてる場合じゃない。みんな、グリーネを見つけたぞ！　行こう！」

一行は、ついでにそこら辺の牢のかんぬきを外せるだけ外してから廊下へ戻った。いくらも行かないうちに敵兵とはち合わせしたが、こちらの水兵が手銃を構えるより早く、一行の中の誰かが煉瓦を投げた。それはちょっとした砲弾のような勢いで飛んでいって、敵兵の額を叩き割った。水兵たちが感嘆の声を上げる。

「すげえ、誰だ？」「捕虜だ。いま助けた捕虜の姉さんだ！」

煉瓦を投げたのは、つい今しがたまで捕まっていたグリーネだった。どうだというように周りを見回す。ジャムが言う。

「さっすが『鉄の肩』」

「そういう仇名《あだな》なんだってさ、仲間うちで」

しかしグリーネの肩は鉄でも、足のほうはそうはいかないらしく、走ろうとしたとたんつんのめってしまった。

「無理すんなよ、足なんか萎《な》えちまってるだろうに」

水兵のホレスたちが同情の声をかけて、両側から肩を支えた。

そうしてさらに進んでいくと、また前方に敵が現れた。おかしなことに、そいつらは恐ろしく丈夫そうな黒い盾《たて》を構えていた。

「撃て！」

海兵たちが発砲する。だが弾丸はギインと鋭い音を立てて弾《はじ》かれた。アルセーノが愕然《がくぜん》として叫ぶ。

「鉄の盾だ、なぜあんなものがある？」

「発砲やめ、迂回《うかい》しろ！」

ヴァスラフが命令したとき、一行の真ん中にいたティセルが、ちょうど横道の前に差しかかっていた。ティセルは再び剣を抜きながらそちらへ走り出し、他の者が続いた。鉄の盾の連中はさすがに重すぎるのか、追ってこなかった。

ほとんど先の見えない通路が続く。やばい、とティセルは思う。先頭が怖いのではない。前を向いたまま叫ぶ。

「ジャム、いる⁉」

「いるよ、後ろ。みんな来てる」

「道がわかんない！」

「あっはっは。おれもだ」

いったい何が楽しいのかジャムは笑って背中を叩く。なんでこいつはいつもこうなの、と後ろに目をやって角を曲がって前に目を戻すと、金冠をかぶったヌソス人がいた。

「わっ？」

ばさっとぶつかってめり込みそうになり、ティセルはあわてて後ろへ下がった。よろけてジャムに受け止められる。目を開けてよく見れば、そこには執政官が火のついた龕灯《がんどう》を掲げて立っていた。

「アンキへオス！」

アンキへオスは動かず、じっとこちらを見下ろしている。黒い瞳《ひとみ》の中で龕灯の光がちらちらと揺れる。だが瞳そのものはぴくりとも動かない。不気味なほどの無表情だ。

「ええい――」

気合の叫びを吐きながら、ティセルは剣の腹をアンキへオスに叩きつけようとした。しかし執政官は信じがたい素早さで深く踏みこんできて、ティセルの手首をつかみ、ぐっと上へ持ち上げた。少女とはいえ、人ひとりを片手で吊《つ》り上げたのだから、すさまじい力だ。

「くうっ……」

腕を伸ばされる痛みが襲い、無表情な顔が迫ってきた。ティセルはぞっとする。

寒気を覚えたティセルの耳に、奇妙な言葉が流れこんだ。

「ラーフ。ダール・ラーフ・ウニーブ・キオニーク」

言葉とともにうっすらと霧のようなものが湧き、周りを囲む闇の中にゆっくりと散っていった。ラングラフ語ではないその言葉が、同時にヌソス語でもないことを、なぜかティセルは直感的に悟った。

さわさわと体の端から寒気が染みてくる。

——これは、誰？

息が詰まった。腹に力を入れて、息を吸おうとした。

するとそのとき——

「ティセル、こっち。息を止めて！」

追いついてきたジャムが、ティセルの乳房の下にぐっと腕を回して、力いっぱい引っぱった。アンキヘオスからもぎ離されて、ティセルはたたらを踏んだ。

それからジャムはティセルを抱いたまま、アンキヘオスにするどく言葉を投げかけた。

アンキヘオスがかすかに表情を動かして、何かささやく。

ジャムが厳しい顔になって、みなにも聞こえるように言った。

「やっぱりな。——みんな、こいつが敵に回った理由がわかった。黄金だけが目的じゃない。メギオス驚異が、生のままの金毛氈がほしいんだってさ」

そのときようやく、ジャムが腕の力をゆるめた。ティセルは冷たい息を肺に吸いこんで、激しく咳《せ》きこんだ。

執政官の背後から足音がしたかと思うと、槍《やり》をかざした護衛たちが現れた。アンキヘオスは素早く彼らのただ中に消え、代わりに槍ぶすまが繰り出された。狭い通路でそんなことをされたら剣ではかなわない。ティセルはジャムに突き飛ばされて避けたが、その代わりに、かたわらにいた誰かに穂先が突き刺さった。

「ぐうっ……」

「ミトリウス⁉」

ミトリウスが自分の肩を盾のようにして誰かをかばっていた。相手はパニだ。

「後ろ、下がって！　下がってーっ！」

ようやく動けるようになって、ティセルは叫んだ。一行はまた別の方向へ駆け出す。するとすぐに屋外へ出た。どうやら今まで外壁に沿って回っていたらしい。

空を見たアルセーノがすぐさま怒鳴った。

「宵魚の頭へ！　東へ走れ！」

世界のどこへ行こうと天の魚の向きは同じで、北の空にはキオニア星が輝いている。晴れてさえいれば方角を間違うことはない。大柄なヴァスラフとホレスにグリーネを預けると、ジャムは小型の犬みたいな敏捷《びんしょう》さで走っていって、門の安全を確かめた。ついて行けたのはパニだけだ。二人ともとてつもなく速くてティセルは追いつけない。

一行は駆けに駆けて、屋敷を出て畑を抜け、ボートにたどりついた。

「全員そろったか？　よし、出せ！」

点呼を取り終えた一行は浅瀬からボートを押し出し、流れに乗る。そのころようやく屋敷じゅうに明かりがついて、騒ぎが大きくなりつつあった。

と、夜空へ向かってひゅうっと小さな光の点が昇っていった。三つも四つも、立てつづけに打ち上げられる。

「合図ですな。警戒網が敷かれるでしょう」

ヴァスラフ隊長が言って、水筒の水をがぶ飲みした。

ティセルは船底にぐったりと座りこんで、はあはあと息を荒らげる。水兵たちはオールを握ってもうひと働きしている。ふと思い出して、ティセルは周りを見回した。大きな体を丸めてうめいているヌソス人を見つける。

「ミトリウス、腕を見せて」

川の水で洗って手ぬぐいで縛ってやると、ミトリウスはほっとしたように喉を鳴らした。

町中の川を下っていくボートの上で、ヴァスラフが立ち上がり、胸を膨らませて力いっぱい呼子《よぶこ》を鳴らした。

――ピーイー……。

すると町のあちこちでそれに応《こた》えて、同じような笛の音がした。

――ピーイー……。

「総員帰艦の合図です。ヌソス側に怪しまれるといけなかったので、今夜も兵を陸に上げています。でも心得ておけと言ってあるから、すぐに戻ってくるでしょう。——戻る気のある者は」

アルセーノが言ったので、ティセルは首を振った。

「戻る気がなくても呼び戻す合図はないの？　ラングラフ人はもうアンキヘオスの敵に回ってしまったわ。町に残ったら捕まるかもしれない」

「そういう便利な合図があったら、僕が教えてほしいぐらいです」

皮肉な感じに肩をすくめると、アルセーノは空を見上げた。

「まだ魚が高い。朝凪《あさなぎ》の前に本艦を出せそうです。いや、順調すぎて怖いぐらいですね」

ティセルは疑問を抱いた。アンキヘオスがメギオス驚異をほしがっているというのは、どういう意味だろう。そもそも「メギオス驚異」とは諸島環に残っている伝説だ。外陸のヌソス人がそれを知っているなんてことが、あるんだろうか？

「ねえ、ジャム——」

少し先に座っている彼に声をかけようとして、ティセルは口をつぐんだ。ジャムは別の誰かを見ていた。

パニとグリーネの親子だ。二人は涙ながらに抱き合っていた。

河口を出たボートは全力漕ぎで進む。やがてその前後に、港からやってきた別のボートも近づいてきた。声が交わされて同船仲間だと見分けられる。一団となって進むうちに、暗い海に黒ぐろとそびえるアンヴェイル号のマストが見えてきた。

ティセルの鼻を、木とタールと垢《あか》の匂いがくすぐる。上品な匂いとはとても言いがたい。だが、今は無性に懐かしい。

接舷したボートから本艦に乗り移る。黙っていても手が差し出され、こちらを引きずりあげてくれる。露天甲板に昇ると、同行のアルセーノのために艦長乗艦の呼子が鳴った。

片腕のウーシュ副長が現れて敬礼した。

「出港準備、進めています」

「よし、七点鐘に出港する。展帆《てんぱん》用意！」

がらんとしていた甲板に、男たちがボートからどんどん乗りこんできて、所定の位置につく。それは弱っていた大きな生き物の体に、血が行き渡っていくような光景だ。ジャムが猿のようにいきいきと主檣《しゅしょう》のてっぺんへ登っていく。彼は船が好きなのだ。艦長のアルセーノとはまた別の意味で好いている。

ティセルはふと思い立ち、甲板の真ん中できょろきょろしているパニとグリーネのところへ行って、手を取った。

「いらっしゃい、何か食べさせてあげるから。二人ともおなか減っているでしょう？」

パニが、ニッと人なつっこく笑った。

空になったボートが、ひとまず艦尾に係留される。帆桁《ほげた》に鈴なりになった掌帆手たちが留め紐をといていく。バサリ、バサリ、と前檣の帆が開かれる。甲板の兵が右舷に左舷に忙しく走って、動索を引く。水夫長代わりのガオン掌砲長が、艦中央の巻き上げ機のそばで怒鳴る。

「錨巻けーッ！」

巨大な花びらのような形をした巻き上げ機の周りに、水兵がずらりと取りつき、渾身《こんしん》の力をこめてそれを回す。がつん、がつんと歯車の歯の一枚分ずつドラムが回り、大人の太腿ほどもある太索を巻き上げていく。海中に垂れていた索が、ざあっと……と海面を割って持ち上がり、鉄の棒のようにピンと固く張った。含まれていた水が音を立てて垂れ落ちる。海底に突き刺さっている錨に向かって、艦はゆっくりと引き寄せられていく。

「立ち錨です！」

「よし、抜錨《ばつびょう》」

アルセーノの短い命令が、出港の合図だった。

アンヴェイル号は、長い航海に耐えて残っていた右舷大錨を、今またその喉首にゆっくりと取り戻した。艦首がぐっと低く下がり、高く張られた前檣帆が、夜の最後の陸風を含んで膨らんだ。大気の力が艦全体に行き渡り、ギイィィと長いうめきを引き出した。

アンヴェイル号は暗い海面をさらさらと白く割って、ゆるやかに進み始めた。

「艦首見張りを四人立てろ」

「了解。測深も行いましょうか？」

「そうだ、測深しろ」

「准士官、測深！」

「測深します！」

「フィッチラフ博物隊長へ伝言を、お手すきなら――お手すきだと思うが――海図の作成を頼むと」

艦は舳先《へさき》を回して港外へ向かう。そこには入港時にも悩まされた暗礁やほんの小さな島がいくつもひそんでいる。乗り上げたら一巻の終わりだ。安全を保てるように、艦首に立った測深手が長い紐のついた重りを前方に力いっぱい投げて、浅瀬を見つけ出していく。

「水深、十二アロット！」

「操舵手、左一点！」

アンヴェイル号はゆらりと左へ傾いて、優美な弧を描いたかと思うと、すぐにゆらりと右へ傾いて、逆弧を作る。黒い水の中に潜んだ危険な魔物を、的確に軽やかにかわしていく。男たちは気が遠くなるほどの距離をこの艦と渡って、もうすっかりその癖を心得た。ちょっぴり頼りない命令を出す艦長をいただきながらも、まるで危なげなく暗礁海域を抜けていった。

艦尾楼では、アルセーノとウーシュが後方の町へ望遠鏡を向けていた。

「……全然動いてないように見える」

「ですね。おかしいな。追う気がないんでしょうか」

「こっちが敵将を連れているのにか？」

ガラリクスの町からは、追っ手が出てくる様子がない。アルセーノはいぶかしげな顔で単眼鏡をたたんだ。

「嫌な予感がする……副長、巡航に入り次第、戦闘配置」

ウーシュが軽く驚いた顔でアルセーノを見てから、しっかりとうなずいた。

「わかりました。巡航に入り次第、戦闘配置」

やがて宵魚が西の空に遠ざかり、徐々に白んで消え始めた。東の空に曙光《しょこう》が差す。アンヴェイル号は町をはるか後方に置き去りにして、ガラリクス島の周囲に散らばる小島の、最後のひとつをかわそうとした。それを抜ければ、目的地までもう遮るものはなくなる。

水平線の向こうに頂上部がわずかに見えている、小高い大きな島。それがヌソス島だ、とパニが言った。

広い海にアンヴェイル号がながながと航跡を刻み始めたとき、最後の小島の向こう側から、満帆に風を含んだ船が現れた。

アンヴェイル号の人々は、驚きに声も出ずその船を見つめた。アンヴェイル号より武骨な船体。アンヴェイル号より心もち長い全長。アンヴェイル号より二門多い大砲。アンヴェイル号と違ってすべて心得て待ち構えていたための余裕。

その三檣全装帆船は、開いた砲門のすべてから火縄の薄い煙をたなびかせながら、艦尾に高々と「鉄冠を戴《いただ》く巨樹」の旗を掲げていた。

「左舷、至近にドレンシェガー！」

見張りの絶叫を、敵艦の砲声がかき消した。

アンキヘオスがこちらを見逃したのも道理だった。彼は最強の手札を最後に残していたのだ。それはアンヴェイル号にとって、長い航海の果てに待ち受けていた最悪の試練だった。

4

敵艦の最初の一斉射で、アンヴェイル号は艦尾楼前の舵輪《だりん》を破壊された。猛砲撃の中で応急舵の作製が命じられ、しばらく後でそれが右舷から海中に下ろされたが、正規の舵《かじ》を使ったような機敏な転回は望むべくもなかった。転回できなければ敵の後ろを取れない。それはひたすら逃げ続けなければならないことを意味した。

アンヴェイル号は残り少ない帆という帆を張り出して、ひたすら逃げた。わずかに足の遅いドレンシェガー号は少しずつ引き離されていったが、艦首追撃砲を間断なく撃って、あきらめることなく後をついてきた。

ガラリクス島が遠ざかり、じりじりと日が昇り、ヌソス島に近づいた。帆船同士の戦い特有の、うんざりするような間延びした展開だったが、それはこの戦いが穏やかなものであることを意味しなかった。すべての最後には、血と炎に彩られる劇的な幕切れが待っているに違いなく、その帰趨《きすう》は、追跡されている間にどれほどの準備をするかにかかっているのだ。二百人の男たちが総動員されて、帆を調節して少しでも有利な位置を取ろうとする努力、大砲を動かして少しでも艦の傾きを変えようとする努力、壊れた舵輪を直そうとする努力、莫大《ばくだい》な努力が払われた。

ティセルはアンヴェイル号の艦尾楼で、黙然と後方を眺めた。いまやすべての謎《なぞ》は明らかになったように思われた。単眼鏡を覗きっぱなしのアルセーノに言う。

「あいつがアンキヘオスに知らせたのね、私たちが来るっていうことを」

「そう考えるとすべてのつじつまが合いますね。アンキヘオスがわれわれを神さま扱いしたこと、厚遇して艦を留守にさせようとしたこと、焼き討ちしようとしたこと、屋敷に鉄の盾を用意していたことまで――ドレンシェガーのシェンギルンが入れ知恵したんでしょう。きっと何十日も前に到着して、準備していたに違いない。川向こうに滞在していたんだな」

「目的は金毛氈かしら？」

「ではないでしょうか。それ以外の物なら実力で奪ってしまえば済むことです。しかし金毛氈はヌソス島にあり、内戦を解決しなければ訪問できない。おそらくドレンシェガー一隻ではヌソスを襲撃できないと踏んで、アンキヘオスとなんらかの取引をしたんでしょうね。それこそ、われわれが昨晩検討したようなことを」

「仲直りは――」そう言いかけたティセルは、アルセーノが硬い顔で振り向いたので、ため息をついた。

「そうね。もうそんな時じゃない」

アルセーノが艦長としての能力を疑われるようになった、そもそもの発端があの艦だった。どんな意味でも彼は敵を許さないだろう。目の前で多数の仲間を殺された乗組員たちも復讐《ふくしゆう》を望んでいる。

ティセルはと言えば、一度負けた敵と相対するのだから、正直なところ怖かった。だがこの艦に乗り組んだ者として、そんな感情を表に出すわけにはいかなかったし、騎士としてもそうだった。ただ誰にも聞こえないように、つぶやいた。

「勝たなきゃいけない、か……」

前方へ目を回したとき、ティセルは奇妙な光景を見た。

そちらには、もう波打ち際まで見えるようになったヌソス島がそびえている。犬の餌皿みたいに、底が広くて、てっぺんも平らな島だ。

そちらを向いたアンヴェイル号の艦首から、黄色い煙がもくもくと上がっていた。見れば、パニが何かを燃やしている。

「ちょっと、あの子」

ティセルが艦尾楼から駆け降りて、舷側通路を通り艦首へ出るまでに、あたりの水兵も集まっていた。軍艦では厨房《ちゆうぼう》以外の場所での火気はご法度だ。寄ってたかって取り押さえたが、パニはひどく抵抗していた。

「通して。ちょっとどいて……パニ、だめよ、そんなことしたら！」

ちょうどティセルがたどりついたとき、ジャムも静索を伝って降りてきた。パニの顔を覗いて話しかける。するとパニはおとなしくこくこくとうなずいて、燃えていたものを海へ投げ捨てた。

「なんだったの？」

とティセルが聞くと、ジャムは首をかしげた。

「さあ？　もう終わるって言ってただけ」

「おまじないかしら……」

ティセルは顔を上げて、帆の周りをくるくると渦巻いて流れる煙を見つめた。

やがて昼過ぎ、アンヴェイル号はヌソス島に近づいた。岩場が多く、高い波の立っている島だ。単眼鏡を下ろしたアルセーノが唇をかむ。そろそろ決断しなければならない。

ドレンシェガー号は風上にあって、重武装で、小回りが可能で、しかも、艦の補修をすべて済ませているようだった。対するアンヴェイル号は、航海後の補修をろくに済ませておらず、ほとんど転回できず、向かい風の砲撃になる。著しく不利だ。

肩に老スパーを乗せて、アルセーノは前方の島を見つめ、後方の敵艦を見つめる。艦全体が息を呑んでその命令を待っている。彼はウーシュ副長に聞く。

「舵輪の修理は？」

「先ほど、舵輪だけでなく舵柄《だへい》にまでひびが入っていることがわかりました。クレーンで舵を吊って舵柄を取り替えなければ、直りません」

それは、敵艦に的確な砲撃を加えることがまず不可能であるという報告だ。

「そうか……」とつぶやいたアルセーノは、やがて前方を指差した。

「あそこに、鳥の首みたいな岩があるな」

ヌソス島の南岸から一アクリートほど離れた海面に、ひょっこりと岩が突き出していた。

ウーシュ副長がうなずく。

「ええ」

「岩と島の間は浅瀬だと思う。どうだ」

「私も、そう思います」

「浅瀬なら錨が利く」

アルセーノは振り向いて言った。

「浅瀬に入り、ドレンシェガーをおびき寄せたところで、錨を使って急転回し、砲を敵に向ける。向けたら撃ちまくる。どうだ」

「それは……」

とウーシュが絶句した。いつも柔和な彼の顔が、引きつっている。

そばにいたティセルは、横からおずおずと聞く。

「いい作戦、じゃないの？」

スパーが肩の上でひょいと向きを変えて言った。

「錨を下ろすには歯車の爪を外すだけで済むが、揚げるのは五十人がかりの大仕事じゃ。一度下ろしたら動けなくなる」

「つまり……攻撃に失敗すれば、無抵抗でめった打ちにされるしかない？」

クッ、クッ、とスパーは神経質そうに首を回してうなずいた。

ティセルはアルセーノを見る。アルセーノはいつもの気障な笑顔すら浮かべようとせず、据《す》わった目でぶつぶつとつぶやいている。が、じきに顔を上げた。

「やろう。それしかない」

そしてふとかたわらのティセルを見て、かすかに顔をしかめた。

「テス、すみません。――今回はあなたに万全の安全を保障できません」

「今回も、じゃない？」

アルセーノは口の端を曲げて瞬きしたが、やがて笑った。

「じゃあ、今回も切り抜けられますね」


士官が集められ、詳細な打ち合わせが行われた。この作戦では錨で急減速・転回し、敵艦をやり過ごし、その艦尾に砲撃を加える。自艦の動きは通常ありえないものであり、砲撃の機会はおそらくほんの数秒だ。命令の伝達がひとつ狂えば、勝機は消えてなくなる。各自の仕事が念入りに確認された。

それからアンヴェイル号は、応急舵を使って、進路を浅瀬に向けた。

敵艦に作戦を悟られてはならないので、一度揚収してあったボートが、再び舷側に降ろされた。戦闘をあきらめて島へ脱出する、と見せかけるためだ。そのいっぽうで敵艦から見えない舷に、海水を半分入れた樽《たる》をいくつも吊り下ろした。これは帆を絞らずに減速して、敵の気づかないうちに距離を詰めさせるためだ。

それらはうまくいった。浅瀬に向かうアンヴェイル号に、敵艦は目に見えてじりじりと近づいてきた。

やがてとうとう、アンヴェイル号は浅瀬に差しかかった。ドレンシェガー号との相対位置、角度、砲の準備、すべて申し分ない状況だった。

「嵐神の邪魔もここまでだな……」

アルセーノがつぶやいた。老スパーは主檣の上にあげてある。声を張り上げて命じた。

「錨を下ろせ！　時鐘番、数の読みあげを始め！」

がん、と留め爪が大鎚《おおづち》で外される衝撃が響き、錨が着水して盛大なしぶきを上げた。ごうごうと出ていった太索が、やがてだらりとゆるむ。錨が着底したのだ。

しかし艦は惰性で進み続け、太索を再びピンと張りつめさせる。ぎぎぃ、と神経に障るようなきしみ音が上がった。速度を保ったままでの錨の投入という異常事態に、艦の木材が悲鳴を上げているのだ。

ぎぃぃい、と音を立てて、アンヴェイル号は外へ傾き、真横へ滑り始めた。おお、と叫んで水兵たちが手近のものにしがみつく。准士官たちの叱咤《しった》と時鐘番の叫びが響く。海面におかしな渦を引きずりながら、アンヴェイル号はみるみる転回していき、捉えられなかったはずの敵を右砲門正面に捉えようとして——。

だしぬけに回転をやめ、するすると立ち直った。きしみ音がふっと消えた。

艦首で錨綱を見下ろしていた水兵が絶叫した。

「太索が切れました！　右舷大錨、脱落！」

その瞬間、誰も、どうしたらよいのかわからなかった。錨を二つとも失って漂い始めたアンヴェイル号と同じように、すべての乗組員が虚脱してしまった。

次の瞬間、動けないだけでなく、止まることもできなくなったアンヴェイル号を、ドレンシェガーの猛打が襲った。砲弾がうなりを上げて飛来し、手すりを砕き、階段を壊し、舷側板に穴をうがち、水兵を吹き飛ばし、海兵を粉砕し、士官と艦長を床に叩きつけた。

「アルセーノ！　ジャム！」

艦尾楼に伏せていたティセルは、起き上がってそう叫んだが、そのとたん右目が刺すように痛み、思わず手で押さえた。手を離して左目で見ると、バケツで浴びせられたような鮮血が手のひらを濡らしていた。

――なにこれ。当たったの？

頭が白くなって失神しかけた。崩れかける膝に力をいれ、手すりにもたれてこらえる。見回せば、あたりを覆うもうもうとした煙とほこりの中には、壊れてぶら下がって揺れている索具以外、動くものは何もないようだった。徐々に煙が晴れていくと、すぐ近くを通り過ぎたドレンシェガーが、帆の開きを変えてゆっくりと転回しているのが見えた。

もうあとすこしで、敵の反対舷の斉射が始まり、鉄と炎が襲いかかって自分はこっぱみじんにされてしまうのだと、ティセルは正確に理解した。

心細さに身が震えて、ティセルは泣きながらもう一度叫んだ。

「アルセーノ……ジャム、ジェイミーっ！」

「テス！」

いったい何の奇跡か、その瞬間に後檣静索を伝ってジャムが滑り降りてきた。血まみれで泣いているティセルをぎゅっと抱きしめて、あらぬ方向を指差す。

「見てごらん、テス、見てごらん！」

ジャムの胸にしがみつきながらそちらを見たティセルは、目を疑った。

ヌソス島の入江から、足の多い虫みたいな無数の小船が現れた。それらは刃物のように鋭く細長い船で、側面から突き出したたくさんの櫂《かい》を一糸乱れぬ動きで回転させて、飛ぶようにこちらへ近づいてきた。

「あれ……は？」

「ヌソス島の人たちだ。グリーネの仲間たちだよ！」

おりしも、ドレンシェガーの全開の帆が急にだらりと張りを失い、みるみる減速し始めた。中途半端に転回したままで、止まってしまう。

すると、ティセルの足元で声がした。

「オノキア人め、風を読み間違えたな……島陰の乱流のことを忘れていたんだ。あいつら、今なら水に浮かんだ丸太ん棒同然だぞ！」

「アルセーノ！」

吹っ飛んだ帽子を拾って立ち上がると、アルセーノは体じゅうほこりまみれのままで叫んだ。

「アンヴェイル号、艦長は無事だ！　各部署、被害報告！」

すると、船中からぽつりぽつりと答えが返ってきた。

その中で、ひときわ甲高い歓声が上がった。それは、艦首に駆け出したパニが、ぴょんぴょん跳びあがりながら上げているものだった。

彼女とアンヴェイル号の全員が見守る前で、ヌソスの軽快な船がドレンシェガーの周りをすいすいと走りながら、火矢を射かけ、油壺《あぶらつぼ》を投げつける。ドレンシェガーの艦体が、徐々に黒煙に包まれていく。

やがてドレンシェガーは帆の開きを変え、再びゆるゆると進み始めた。こちらへ向かってくる針路ではない。今の状況で可能な限り進みやすい針路、つまり島からの風に身を任せ、離れる方向だ。

「……逃げる、の？」

ティセルのつぶやきを、全艦を覆う歓声が巻きこんだ。

第4章　メギオスの金毛氈《きんもうせん》

1

ガラリクスの港から岬をひとつ越えたところにある小さな湾。ここ数十日、ラングラフ人の目から逃れるために滞在していたその場所に、今また傷ついたドレンシェガー号が錨《いかり》を下ろしている。

艦長室では、二人の男が椅子《いす》にかけて向かい合っていた。

「どうも、大変な目にあってきたようだね」

「猛砲撃を加え、敵艦の錨を落とし、おそらく舵《かじ》も破壊した。しばらくは戦えないはずだ」

「にもかかわらず、あのヌソス側についた火噴き船は沈まなかった。そしておまえたちはあっさりと引き揚げてきた。こういう事態を表す適当な言葉を、私はおまえたちからすでに教えてもらったよ。——負け、というんだったね」

そう言ったのは金冠と白い寛衣《かんい》の男、ガラリクスの執政官アンキヘオスだ。ことの次第を確かめるために、部下を率いて自らドレンシェガー号へやってきた。その表情はいつもと同じように柔和だが、発する言葉は柔和どころではない。

反対に、艦長のシェンギルンは険しい顔をしていたが、アンキヘオスの言葉を聞くとかすかな笑みを浮かべて言った。

「こちらの言葉がずいぶんと達者になられたな、執政官殿」

「教師がよかったからね。よい部下を貸してくれて礼を言うよ、艦長」

「それには及ばない。あなたがこちらの事情に通じてくれればくれるほど、こちらは仕事が楽になる。頼みごともしやすい」

「頼まれた補給はまだ済ませていなかったかな？」

「それはもう済んだし、次の頼みもすぐ済むだろう。ヌソス島民たちに燃やされた帆と索具の代わりをあなたに見つけてもらうのは、難しくないと思う」

「なぜそう思うんだね」

「そうすれば、損傷した敵艦が回復する前にヌソス島を襲撃できるからだ、執政官殿」

表情を消して見つめ合う二人を、それぞれの後ろに立つ部下たちが、息をつめて見守った。

やがてアンキヘオスが言った。

「そんな深傷《ふかで》で大丈夫なのかね？」

シェンギルンは眉《まゆ》をひそめて言い返した。

「誰《だれ》の話だ？」

「私の前にいる勇敢なオノキア軍人以外に、大けがをした人間がいるのかね」

「けがをしたのは私だけだし、私の負傷はごく浅いものだ」

「それはよかった。では艦の修理が済んだらすぐ出撃しよう。七日ほどでよいかな？」

「二十日」

「……それは長すぎるようだが」

「艦の修理の他《ほか》に、海戦に適した風向きというものもある。我々がヌソス島に上陸するのは二十日後だ」

これを聞くと、アンキヘオスは真意を探るように目を覗《のぞ》きこんできたが、シェンギルンはそ知らぬふりを決めこんだ。

やがて執政官は立ち上がった。

「では二十日後を楽しみにしよう。それまでゆっくり休むといい、シェンギルン艦長」

「いたみいる」

簡潔に答えて、シェンギルンも立ち上がり、客人を甲板まで送っていった。

ボートで岸へ戻るアンキヘオスを見送り、艦長室に戻ると、護衛の部下たちの後ろでそわそわしていた桃赤髪の少女、アモーネが抱きついてきた。

「かんちょ、大丈夫⁉」

今の今まで平然と話をして歩き回っていたシェンギルンが、とたんに膝《ひざ》を折ってどたりと床に倒れた。アモーネが悲鳴を上げて肩を揺さぶる。

「ほらっ、ほらああ！　ぜんぜん無理だったんじゃん！　寝たままで話せばよかったのに！」

「黙れ馬鹿女、艦長は承知の上で無茶なさったんだよ。やつの前で瀕死の重傷ですだなんて明かすわけにはいかねえだろうが。ぴいぴい泣いてねえで医者呼んでこい」

風船体型のボーガ副長がアモーネを押しのけ、部下とともにシェンギルンの体を吊《つ》りベッドへ運んだ。

艦医が来たときには熱が上がり、意識も失われていた。軍服をはだけると血にまみれた包帯が現れる。その下には内臓まで届く深い傷がある。それがヌソスの戦士に与えられた矢傷であり、つまるところドレンシェガー号が勝利を目前にして引き返さねばならなかった、その理由だった。

ドレンシェガー号はアンヴェイル号より三十日以上も早くヌソス諸島に到着し、ガラリクスの支配者であるアンキへオスたちと手を結んだ。その際、軍艦側は三十門の大砲を誇示して可能な限り有利に交渉を進めようとした。しかし水と食料の不足という大きな弱点があり、アンキへオスを屈服させるまでにはいたらなかった。

今のところは、ヌソス島の島民を打倒して金毛氈を手に入れるという共通の目的のもとに、期限付きの同盟を結んでいるだけである。友好心や団結心などは薬にしたくてもない状況だ。だからシェンギルンは、無理をしてでもアンキへオスに隙《すき》を見せられなかったのだ。

彼はそれから二日間も高熱にうなされながら眠り続けた。

三日目にようやく熱が下がり、やきもきしていた部下たちにほっとひと息つかせた。夜になって意識を取り戻したシェンギルンがまず感じたのは、傷口を覆う温かく柔らかいものの感触だった。目を開けると、脇腹《わきばら》に唇をつけてそっと舐《な》め続けている、少女の横顔が映った。

「ずっとそうしていたのか」

声をかけると、アモーネは目だけを動かしてうなずいた。その豊かな髪に指をくぐらせてしばらく撫《な》でてやってから、シェンギルンは命じた。

「ボーガを呼べ」

やってきた副長に近況を報告をさせて、眠っている間にとどこおりなく作業が行われたことを確かめると、シェンギルンはやおら起き上がろうとしたが、体がふらついてベッドから落ちそうになった。そばの二人があわててそれを支え、元に戻した。

「無理せんでください、艦長。全治二十日って言ったのはあんたでしょうが」

「そーだよう。もうあの変態王様も見てないんだから、のんびりしててよ」

ボーガだけでなくアモーネにまで言われて、シェンギルンは苦笑した。

「あいつは変態か？」

「絶対そうだよ」

シェンギルンの汗を拭きながら、アモーネが力説する。

「アンヴェイル号を待ってた間、山に聞き耳台を作ったじゃない。あいつ、それの作りひと目で見抜いたんだよ。この島のほかの野蛮人と、どっか違うみたい。それにねかんちょ、あいつってば前に来たとき……」

ゆさっ、とアモーネはシェンギルンの腕にたっぷりした二つのふくらみを押しつける。

「あたしのおっぱい当ててもピクリとも反応しなかったんだよー！」

「おまえもやったのか」

「かんちょーもおっぱい当てたの⁉」

「あるか、そんなもの」

アモーネの頭を小突いて、シェンギルンは苦笑した。

「確かめたということだ。やつはオノキア語もすぐ覚えてしまったが、教えに行った学士のコツへは戻ったか？」

「……そういえば、まだだね」

「戻らんかもな」

「なんで？」

「さて。あまり考えたくもない」

「うええ……」

アモーネとボーガが、薄気味悪そうに顔を見合わせた。

シェンギルンは天井をにらむ。

「あまり気に病むな。あちらもこちらも目当ては同じ金毛氈だ。いずれぶつかるのは最初からわかっていた。見限り時さえ間違わなければいいだけのことだ」

「かんちょーがちゃんと考えてるならいいけど」

アモーネが心配そうに言った。

シェンギルンはベッドに身を沈めて、二十日だと言った。

「あらためて艦内にも知らせておけ。二十日で治ると」

「いいんですかね。町からも職工が入ってます。そいつらの中にヌソスの間者がいるかもしれませんぜ」

「当然だな」

そう言ってシェンギルンはボーガを見つめた。

「ああ、なるほど」

察しのいい副長は、すぐにうなずいた。

ヌソス島の島民は海戦のあと、なにはともあれ傷ついたアンヴェイル号を港に入れて、負傷者の手当てや死者の葬儀を手伝ってくれた。正式な話し合いは、その三日後に行われた。

場所はヌソスの町にある船おさの館で、ヌソス島を治めるグリーネらの有力者たちと、アンヴェイル号の艦長、士官、准士官が出席した。

アンヴェイル号がグリーネを助け、ヌソス人がアンヴェイル号を助けたことについて、双方がお礼を述べたあとで、肝心の話題を口にした。

「私たちはアンキヘオス率いる船団と、異国の火噴き船を倒したいんだ。そのために力を貸してくれ」

黄色い豊かなたてがみを持つヌソス人たちを背に、グリーネは率直にそう言ってきた。長い虜囚生活から解放されて、わずか三日休んだだけだというのにもう回復した様子である。さすが「鉄の肩」だわ、とティセルは舌を巻いた。

対するアルセーノは、やや歯切れの悪い口調で伝えた。

「われわれはヌソスの金毛氈を求めています。金毛氈について教えていただけませんか」

ラングラフ人としては、多大な犠牲を払ってここまで来た以上、金毛氈を手に入れないではどうしても帰れない。しかし相手は窮地を救ってくれた恩人だし、この後も世話になる予定である。あまり強く出るわけにもいかない。

アルセーノから少し離れた席に着いているティセルは、預かったオウムのスパーにささやきかけた。

「これ、当然だけど、金毛氈がほしければ戦いに加われって言ってくるわよね」

「そうさな。丸く収まるといいが」

しかしグリーネたちは内輪で激しく議論してから、意外なことにこう言ってきた。

「金毛氈以外でほしいものはないか？」

アルセーノは副長たちと顔を見合わせてから答えた。

「水と食料、それに艦の補修資材や薪《まき》もいただきたいと思います」

「それらを提供したら、私たちとともに戦ってくれるか？」

「それだけでは足りません。もっと貴重なものをいただかないと」

「金毛氈は神聖なものだから、渡すわけにはいかないんだ」

「われわれが手を貸さなければ、アンキヘオスの軍勢と『火噴き船』の連中がやってきて、洗いざらい持っていってしまうでしょう」

「そうなったらあんた方も共倒れだ。船は焼かれ、故郷へ帰れなくなるだろう」

議論は平行線をたどり、いったん双方が口を閉ざした。仲間内でひそひそ話を交わす。

「もし向こうが折れなかったらどうします？　武力で島を占領するんですか？」

「向こうには銃砲がないし、弱点の女子供もいるから、やってできないことはないだろうが、できれば避けたいですね」

「おれも。殺し合いはやだよ」

「他の選択肢はあるのかな」

「ここを去って近隣の他の島——アラケスやスレンボルスとかいうところへ行けば、水と食料ぐらいは手に入るんではないかの。大砲の一門もくれてやれば、代金になるじゃろうし」

「でも、そうやって補給だけ済ませて国へ帰っても、何の意味もないわ」

「何の意味もないということはありません！」

学士のイェニイが言ったが、他の者は不賛成だった。

「どのみちドレンシェガーをこのままにしておくわけにはいかない。他人の協力があってもなくても、あれは倒す。その上で、いくらで倒すか、という話にしたいな」

そう主張したアルセーノに、ジャムがちくりと言った。

「戦闘もただじゃない。こっちにも大事なものがあることを忘れないでよ、アル」

そう言って指差したのは、ティセルの額だ。海戦で額を切って、包帯を巻いていた。

「わかってる。……乗組員は何より大事にするとも」

真面目《まじめ》な顔でうなずいて、アルセーノは相手方に向き直った。

「よろしいですか？　――ドレンシェガーはわれわれの仇《かたき》でもあるので、ぜひとも沈めたいと思います。しかし、軍艦はわれわれ士官たちだけで動かすものではありません。兵の力で動いているんです。兵を喜ばせるものがなければ軍艦は動かない。ですから、絶対に金毛氈はやらない、というのではなくて、量の話にしてください。われわれも、全部いただいていくつもりはありません」

ジャムがそれを伝えると、また向こううちでざわめきが起こった。その言い争いは次第に激しくなっていったが、やがてグリーネが叩《たた》きつけるように二言、三言叫ぶと、しんと静まった。ティセルはジャムにささやく。

「なんて言ったの？」

「ないものをあると言って偽《いつわ》るのは、それこそアンキへオスと同じ手口だって」

「……ないもの？」

グリーネがこちらを向き、言った。

「実は、ヌソスの金毛氈は、もうないのだ」

「ない？　そんな馬鹿な！　ここへ来てなぜそんな嘘を」

「嘘《うそ》ではない。証拠もお見せする。来ていただきたい」

グリーネは立ち上がった。

ヌソス島を遠くから見たとき、大きな犬の餌皿《えさざら》みたいだ、とティセルは思った。丸く平らな島に外輪山がそびえ、西の一端がつぶれて、湾になっている。

グリーネに率いられた一行は、山の内側のもっとも高くて奥まった地点へと向かっていった。

町から出ると耕作地があり、それが進むにつれて放牧地に変わっていった。ヌソスに来てから初めて見た、二本角の生えた大柄で細身の四足獣が草を食《は》んでおり、タブロッカだよ、とパニが名前を教えてくれた。

さらに道を進むと放牧地も途絶え、湿った深い森に入った。川沿いにずっと登っていくと、やがてふっくらとした苔《こけ》が地面を覆い、まだ道を歩いているのか、それとも岩のはざまをたどっているだけなのかもわからなくなった。

そうして二時間ばかりも歩いたのち、一行は霧深い谷底にいた。左右は切り立った崖《がけ》で、前方は霧に覆われて何も見えず、昼間だというのに夕方のように薄暗く感じた。そこはいやに蒸し暑く、上着を脱いでも汗が染み出すほどで、じゅくじゅくと水を含んだ地面に気を取られながら進むと、じきに靴の中まで温かい水が染みこんできた。ヌソス人が平然と進むので仕方なくラングラフ人もついていったが、そこはもう道でも地面でもなく、浅い川床の中をざぶざぶと波を立てて歩いているのだった。

突然、前方に石造りの門が立ちはだかった。門は狭い谷間をすっかり塞《ふさ》いでおり、川はその下から流れ出していた。かたわらの石小屋から、のっぺりした木製の仮面をかぶった人々がわらわらと現れ、一行の一人ひとりの周りをぐるぐると回り、腰や体に手を伸ばしてきた。

ティセルのところにもそいつらはやってきた。とっさに後ろへ飛びのき、剣を抜いた。

「なんのつもり⁉」

キーッと甲高い声を上げて仮面どもが跳ねる。グリーネが振り向き、強い口調で何か言った。ジャムが急いでやってきて、ティセルの腕に触れた。

「ここから先は『解鉄の禁』があるんだって」

「なに？　それは」

「武器を持ちこめないんだよ。グリーネたちもこいつらに武器を渡した」

「そんなこと言うけど――」

袖《そで》のない寛衣を身につけている彼らに目をやって、ティセルは小声で言った。

「あの人たちが武器を隠し持っていないなんて、どうして言えるの？」

「それはそうだけど、従わないと入れない」

「あなたを守るのが私の仕事なのよ？」

そう言うと、ジャムはきょとんとした顔になってから、いきなりティセルを抱きしめた。

「テス！」

「またそれか……」

さすがに慣れて、というか飽きて、ティセルは抱かれたまま棒立ちで冷ややかに言った。

「仕事、ですから」

「うんうん。じゃあ仕事はちょっとお休みってことで」

「いいのね？　危険はない？」

「たぶん……」

はなはだ頼りない返事だったが、ここまで来て疑っても仕方ないと思い直した。ヌソス人がこちらを罠《わな》にかけるつもりなら、何もこんな山奥まで連れてこなくても、方法はあっただろう。

一行が武器をすべて渡すと、仮面どもはうやうやしく引き下がり、大きな石の扉を開けた。ヌソス人全員が地面にぬかずき、十節ほどの経文のようなものを朗誦《ろうしょう》してから、再び進んだ。

冥界《めいかい》への通廊じみた、曲がりくねった谷間を進んでいくと、不意に左右の壁が消え、明る広間のようなところに出た。

明かりは上から降って来るのではなく、下から湧きあがっていた。

足を止め、周囲を見回して、もうもうと蒸気を立てる清らかな水の底いちめんに、ゆらゆらと輝く靄《もや》のようなものが揺らめいているのに気づき、ラングラフ人は息を呑《の》んだ。

「金毛氈……！」

アルセーノもイェニイも、身を硬くして周りを眺め、唾《つば》を呑みこんでいた。ティセルも驚きと嬉《うれ》しさに体を縛られるような気持ちで、スカートが濡《ぬ》れるのもかまわずにおずおずとしゃがみこみ、手のひらを水に沈めてみた。

心地よい軟らかさをたくわえた層のようなものが手に触れた。つかもうとすると、微細なぬめりが指紋のすみずみにまで行き渡ってくすぐり、鳥肌が立つほどの快い触感をもたらす。そのくせ、手を離すと少しもべとつかずにさらりと淡く離れる。強く握ると、ぐにゃりと柔らかく変形し、手を離してもそのままだが、じっと見ているとゆっくり戻る。

――まさに、金でありながら毛であるという驚くべき性質の表れだった。

「ふわあー、本当だ……ジャムほら、ジャム！　見て、金毛氈！　すごい、いっぱい！」

「うんうん」

かたわらに来たジャムをぐいぐい引っぱって指差すと、そんな返事が聞こえた。見れば、ジャムは金毛氈を見るティセルの横顔を楽しそうに見ているのだった。肝心のものにはあまり興味が湧《わ》かないらしい。

「なによ」

肩透かしを食った気分で、ティセルはジャムを小突いた。

「外光を反射するだけじゃありませんね。自発光している。本当に、なんなんでしょう……水生鉱物の一種？　それとも生物……？」

イェニイの夢見るような声が聞こえた。ティセルは、また手を伸ばして宝物を握る。自分が落とす薄暗い影の中で、ぼんやりとした金色の輝きが指の谷間を照らし出す。自然にはありえない不思議な光景だ。その見た目、そして触感に十分に魅入られてしまい、ぐっ、ぐっ、と何度でもその心地よいものを握り続けた。

すると、前方から厳しい声がした。ジャムが立ち上がる。

「みんな、来いって」

ティセルたちは、はっとわれに返って立ち上がった。グリーネらが振り向いて待っていた。

湯気の間を歩き、ヌソス人を追う。どこまで行くのだろうと思っていると、風が入って湯気が晴れ、目の前に壁が立ちはだかった。谷間はそこで終わりだった。振り返ると広間のような空間の全景が見えた。金毛氈のたゆたう川床、というより温泉は、本当にささやかな広さしかなく、アンヴェイル号の船体を置いたら船首斜檣《しゃしょう》がはみだしてしまいそうなぐらいだった。

グリーネが言った。

「ここが、もっとも大きな金毛氈の自生地だ。見ての通り、もうわずかしか残っていない。ほかにも何箇所かあるが、どこも一日で取り尽くしてしまえる程度だ。──こんなわずかなものでも、持っていきたいかね？」

「そんな……」

つぶやいたのはアルセーノだった。ふらふらとよろめいて、水の中にぱしゃりと膝をつく。

「『ユヴィ記』には、ひとつの谷間を埋め尽くすほどだとあったのに……まさか、これだけなんて……」

「アンキヘオスも似たようなことを言った。ここを見せてやったんだが、信じなかったな」

「そ、そうだ。ここが最大だという証拠は？　われわれをだましているんじゃないだろうな？」

アルセーノが険しい顔で叫ぶ。その気持ちはティセルにもよくわかる。伝説の金毛氈が本当に存在し、しかもこの手でその素晴らしさを確かめることができたのだ。これを水兵たちや、本国の知人や家族、そして何より国王に献上できたらどんなに喜ばれるだろう。これさえあれば、と思ってしまうのだ。

そのとき、女の声がした。

「艦長──これを」

そう言ったのは、イェニイだった。彼女は広間の右手奥にある、岩でできた祭壇のようなものの前にいた。みながその前に集まる。アルセーノが振り向いて聞いた。

「グリーネ、あれは？」

「そう、それもあなた方に見せたかった。それは、私たちにはなんだかわからない」

「わからない？」

「はるか昔、東の方角からやってきた白い帆の——ちょっ、おいっ、それほんと⁉」

ジャムが途中で通訳を打ち切ってグリーネを見た。女族長はうなずいて、祭壇に歩み寄った。ジャムがまた通訳する。

「白い帆の船の人々——メギオスが、残していったんだ」

イェニイが恐ろしく真剣な顔をして、四角い石を積み重ねたような祭壇の周りをぐるぐる回り、三つ編みを振り乱してさまざまな角度から覗きこんでいる。全体の高さは人の背丈を少し超える程度でしかない。博物隊長は上のほうの一点に目を留める。そこに小さな銘板《めいばん》があり、覗いたとたんに息を呑んだ。

「これは……ラングラフ語です」

「なんですって？」

「いえ、待って。いくらか文字が違う。それに母音も少ない……所有者、陛下？　本人、のラン、ラングラフの必然により、猿、いえ、人の叡智《えいち》、力、誇り、潰《つぶ》す、崩す、平たくする？　ああ制圧する、した、有毒汚穢《おわい》なるもの。凧と毎日と波と命……時間の経過のことですね、が、精錬昇華するだろう。猿、置く、意外に役に立つ人、いえ、物。使えラングラフの乗る人、騎士」

「騎士？」

「あ、ここ動きます」

そう言って、イェニイは銘板の奥の板を押した。内側へ開いて暗い空間が現れる。「何かある……」と手を入れて取り出したのは、洗面器ほどの大きさの、円盤型をしたほこりの塊だった。アルセーノが顔をしかめて言う。

「それは死者のものではないいんですか。そっとしておくべきだと思いますが」

どう見ても金目のものではなさそうなので、そっけない態度だ。しかしイェニイは首を振り、それを持って祭壇から降りてきた。

「これはお墓じゃありませんよ。敵を制圧したと書いてありましたから、たぶん戦勝記念碑のようなものだと思います。きっとメギオスがここで誰かと戦ったんでしょう。それで、これですが――」

イェニイはほこりをかぶった円盤を持ってきて、笑顔でティセルに差し出した。

「あなたのものよ」

「はい？」

「ラングラフの騎士が使え、と書いてあったから」

「いっ……いいんですか？」

ティセルの顔が引きつる。実は最初の「い」は別の「い」だった。

——いらないわよ、こんなの！

その物体は元の輪郭もわからないほどの、ほこりと錆《さび》とかびに覆われているうえ、虫の抜け殻や死骸《しがい》なんかが、やたらとくっついていた。そもそも用途がわからない。いくらお墓じゃないと言われても呪《のろ》われそうな気がする。押しつけられても困るというものだ。

「もらっていいんですか？」

ティセルに聞かれたイェニイは、そのまま質問をグリーネに丸投げした。意外なことに彼女はうなずいた。

「それが読めるのなら、あんた方はその人の子孫なのだろう。私たちは使い方を知らんから、ほしければ持っていくといい」

「だそうよ。よかったわね、メギオスの遺品なんて貴重よ！」

「は、はあ……」

学者的視点で祝福しないでほしい。ティセルは非常に返答に困りつつ、捨てるわけにもいかずその重い円盤を受け取った。

イェニイは手をぱんぱんと払って、アルセーノに向かって言った。

「ともかく、これで金毛氈がお金にならないことはわかりましたね」

「え？」

「メギオスの碑があるんですから、間違いなくここが『ユヴィ記』の場所です。ヌソス人の言うことは本当ですよ。金毛氈は消滅寸前なんです！」

イェニイは輝くような笑顔でそう言った。アルセーノは今しがたのティセルと似たような表情で尋ねる。

「そ、そうですか。じゃあ、なぜ貴女《あなた》はそんなに嬉しそうなんです？」

「なぜですって？　貴重な驚異が消える前に発見することができたんですよ？　嬉しくないわけがないじゃありませんか！」

踊るような足取りで博物隊長は川床へ戻り、ベストのポケットからガラス瓶《びん》を出して標本を収め始めた。金として売るには微々たる量だが、調べるだけなら十分だということだろう。

ティセルはアルセーノのそばへ行って、その肩に手を置いてやった。

「残念だったわね、アル」

手柄を夢見ていた十七歳の少年艦長は、がっくりとうなだれた。

一行は帰路につき、例の石の門で無事に武器を返されて、渓谷を抜け、森を歩いた。ティセルの前を歩くアルセーノは、ずっとうなだれており、肩に乗ったオウムとぼそぼそと小声で話し合っていた。まるで、以前の頼りない彼に戻ってしまったようだった。

ティセルが心配していると、例の先頭で案内人と並んでいたジャムがするすると戻ってきて、アルセーノの隣に並んだ。そしてオウムと三人で話し始めた。

ティセルはそれを見て、後ろから声をかけたくなった。――けれども、結局何も言えなかった。二人に、割って入るような隙間がなかった。

それで、寂しいような、うらやましいような気持ちで彼らの後ろを歩き続けた。

やがて森から出た。夕方になっていた。外輪山に囲まれたなだらかな斜面のふもとに、煉瓦《れんが》造りの建物の並ぶ港町が見えた。港を抱く高い岬の下で、波頭が西日に輝いてまぶしかった。

そこでグリーネがポツリと言ったことに、ラングラフ人は驚かされた。

「昔は、金毛氈が海までびっしり生えていたそうだ」

「海まで⁉」

「そのヌソス島は、金を運び出して栄えたことがあった。しかし欲に目のくらんだ連中が押し寄せて、ひどい戦いが起こった。それで私たちの先祖は反省し、金毛氈を忘れることにした。ずっとそれでうまくいっていたんだ」

グリーネは憮然《ぶぜん》とした様子で腕を組んだ。

「アンキヘオスのやつさえ、余計な真似《まね》をしなければよかったんだ」

ティセルは同情したが、そのときアルセーノが顔を上げて意外なことを言った。

「いや……アンキヘオスの政策自体はそれほど邪悪ではありませんよ」

ティセルは振り向いた。彼は以前言ったようなことを繰り返した。

「彼がやっているのは、人と物を流れやすくする行いです。言わば運河の掃除ですね。黄金はそこを流れる水。水にも運河にも罪はありません」

ジャムがしかめっ面で通訳すると、グリーネは目を細めてアルセーノをにらんだ。

「では、悪いのは誰だと？」

「邪悪な何者かがいるように見える場合の多くは、実は、ほんの少し人の理性が揺らいだだけに過ぎないんじゃないでしょうか。たとえばこんな風に」

アルセーノは紺の正装の腰からすらりと剣を抜き、グリーネに突きつけた。

はっと一行の人々が息を呑み、ヌソスの島おさは彼をにらみつける。

「正直に申しあげましょう。さっきの谷を見るまでは、金毛氈を手に入れるためなら実力行使もやむなしと思っていました。今は別の考えです。あれっぱかしの金を奪っても仕方がない――あれだけではとうてい元が取れない。われわれは、何かもうひとつ手柄をあげなければなりません」

「ちょっとちょっとアル、そんなこと言っていいの？　強盗するつもりでしたなんて――」

ティセルは止めようとしたが、アルセーノは首を振ってジャムに言った。

「いいんです。ジェイミー、伝えてくれ」

ヌソス人はそれを聞くと、当然ながら頭にきたようで、拳を振り上げてうなったり威嚇《いかく》したりした。

しかしアルセーノはそんな反応にも動じず、グリーネに言った。

「本当のことを明かしてくれてありがとう、グリーネ。貴女は金毛氈のことを隠したままわれわれと交渉し、値を吊り上げることもできた。でもそうはせず、現状を率直に話してくれた。おかげで僕も憑《つ》き物が落ちたような気分です」

剣を腰の鞘《さや》に収めると、それを腰の吊革ごと外して、アルセーノは差し出した。

「ラングラフ軍人として、信義には信義で応《こた》えましょう。これは僕のもっとも大事な剣です。ほかの贈り物はあらかたアンキヘオスに渡してしまったので、こんな使い古ししかないが、ヘラルディーノ家に代々伝わるものです。お納めください」

使い古しといっても、刀身に剣難除《よ》けの呪文が金象嵌《きんぞうがん》され、柄《つか》には宝石のあしらわれた名剣だ。ヌソス人たちは戸惑いながら拳を下ろし、グリーネは不思議そうにそれを受け取る。

が、すぐにまた厳しい顔になって、尋ねた。ジャムが訳す。

「これは決闘の申しこみか？　それとも同盟の申しこみか？」

アルセーノは左右に控えるウーシュ副長やヴァスラフ隊長に目をやって、せいぜい勢力を誇示してみせてから、重々しくうなずいた。

「後者です」

それを伝えられたとたん、グリーネの目が、かっと見開かれた。

彼女は渡された剣を腰につけると、アルセーノを思い切り抱きしめて、背中を強く叩いた。「鉄の肩」の抱擁にアルセーノが顔を歪《ゆが》ませる。

「ど、どうもこれは、熱烈な……かっ、勘弁してくれ！」

ジャムがグリーネに向かって何か囃《はや》し立てている。あれ絶対もっとやれって言ってるんだろうな、とティセルは苦笑した。

2

アルセーノは老スパーの勧めで、ドレンシェガー号との海戦の直後に、偵察隊を出していた。どんな行動をとるにしろ、ガラリクス側の情報が絶対に必要になると踏んだのだ。ミトリウスを含む腕利きの十数名が、アンヴェイル号の小ボートで夜陰にまぎれて送り出された。

金毛氈の谷間からアルセーノたちが町へ戻ると、その偵察隊が、何よりも喜ばしい知らせを持ち帰っていた。ドレンシェガー号はガラリクスの町で二十日の休息に入っており、その理由を探ったところ、シェンギルン艦長が重い傷で療養中だというのだ。

そういうことであれば、十分に時間が取れる。翌日から、乗組員すべてを陸上の宿舎に移して、アンヴェイル号の修理が始められた。のべ一万アクリートの航海で傷んだ艦体を徹底的に直すのである。大修理になった。

まず、真っ先に舵輪《だりん》と舵柄《だへい》が直されたのち、すべての大砲がクレーンで吊り上げられ、艦に横づけした大ボートに一門ずつ移して陸揚げされた。続いて船倉が開かれ、水樽《みずだる》のたぐいとバラストの砂利が取り除かれた。木材の隙間が綿密に調べられ、浸水箇所が塞がれた。ついでに、百三十日ものあいだ汚水や糞尿《ふんにょう》に浸《つ》かって、猛烈な悪臭を発する汚物と化していたバラストも洗浄された。

艦が軽くなると、砂質の浅瀬に係留して、艦体を斜めに傾け、もっとも重要な作業——艦底の垢落《あか》としが行われた。アンヴェイル号の喫水線下には、藻《も》だの貝だの魚だの、そのほか流木を好むたちのありとあらゆる海の生き物が、ひと回りも輪郭が膨れて見えるほどこびりついていた。これでは船足が上がるわけがない。ヌソス側に篝火《かがりび》の船を出してもらい、百人がかりで徹夜の除去作業に励んだ。

その間に、戦いで脱落した右舷大錨《うげんだいびょう》を回収したり、破れた帆を縫い直す作業も行われた。まだ長期の航海に出るわけではないから、食料や水樽の補給は後回しにされたが、戦闘のためだけでも、やることは山ほどあった。

ティセルがちょっと驚いたのは、アルセーノがこれらの作業を、今まで見たこともないほど生き生きと指揮していたことだ。戦闘や航海そのものよりも楽しそうに、しかも多くは老スパーやウーシュの助言を借りずに、自分で指示してのけた。

感心するティセルに、年上の侍女、グレシアは言った。

「ね、以前申しあげた通りでしょう。アルセーノさまは、お小さいころから旦那さまのお船でこういったことを手伝ってこられました。戦いのないお船がお好きなんです」

「ヘラルディーノ家ってどういう家なの？」

「それは——よそではお話しにならないでほしいんですけど——元はお商いをなさってい

る、船主さまでした」

「商家だったのね？」

「ええ、そうです。爵位《しゃくい》は、その、よそさまのお家《うち》から譲っていただいたものなので、陰でいろいろ言われることが多くて。それで反発して、旦那《だんな》さまが何かにつけ強い態度を取られるようになったんです。外向きにだけでなく、お家の中でも。アルセーノさまはずっと耐えていらっしゃいました。最近はお強くなりましたわ」

アルセーノや士官たちの服を縫いながらグレシアは話した。陸に着いて、ようやっと新しい布が手に入ったので、彼女は嬉しそうだった。

下っぱの海兵や水兵たちの暮らしは、この島についても基本的には変わらなかった。士官の命令に従って艦の機能を保つこと、それだけだ。

しかしこのヌソス島には、大きな都会に発展したガラリクスとは違って、穏やかな田舎《いなか》の気風が残っているようだった。諸島環からこんなに離れた辺地には、略奪目当ての外国の巨大船が来ることもなかったのだろう。島の人々は最初からアンヴェイル号や体毛のない諸島環の人間を、怖がることなく迎えてくれたが、同盟が成立したと知ると、さらに丁重にもてなしてくれた。下っぱの水兵などは宿舎の手当てが間に合わず、町の民家に一人、二人で泊めてもらう者も出たが、そこで親身な扱いを受けて、すっかりこの島が気に入ってしまい、ここへ住むと言い出す者も出る始末だった。

いっぽうで、島の人々とは全然関係のないところに幸福を見出《みいだ》した者もいた。

弱冠二十一歳の博物隊長であり、王立科学院付属パン生物園三級師範の地位にある、天然三つ編み自然科学狂美女のイェニイ・フィッチラフは、一日のうちわずかな時間を負傷兵の手当てに費やした後は、医務室の下働きである看護助手たちを引きつれて、ヌソス島狭しと駆け回り、地図を作って地形を書きこみ、動植物と菌類を手当たりしだいに採集しまくっていた。住んでいる人間からして諸島環と異なるヌソス群島では、生物界のこともまるで変わっていて、彼女にとっては全島これ宝の塊のように見えるらしい。

「これっ、これを見てちょうだい！　温血動物なのに背中に甲殻があるのよ。それにこっちの！　この気門！　エネディクリス・ルンハリホシスそっくりなのに、この島では鳥類で！　新種どころじゃないのよ、新しい門の発見よ！　いえ分類階級からしてごっそり変わってしまうかも！　大変な発見よ！　私ったらもう、ねえ、どうしたらいいと思う？」

落ち着けばいいと誰もが思った。

彼女の話をわずかでも理解できるのはアルセーノとガオンと、他にもう一人、強制徴募された元印刷業の水兵がいるだけだった。しかし三人とも艦の修理で忙しく相手ができなかったので、イェニイの歓喜と興奮は誰にも受け止められることのないまま際限なく燃えあがっていき、孤独のまま絶頂に達して燃えつきてしまうかと思われた。

幸いなことに彼女は十二日目に崖から落ちて足を捻挫《ねんざ》したので、わけのわからない動植物を集めすぎて毒牙を打ち込まれたり角で突き殺されたりする危険からまぬかれた。踏査行をあきらめなければならず当人は断腸の思いだったが、翌日には早くも気持ちを切り替え、今度はアンヴェイル号が積んできた種子や苗をヌソスに播種《はしゅ》する、地味だが有意義な仕事に取りかかった。

フコの実、がヌソスに伝えられたのはこの時である。

町の上手《かみて》にある農園の一角を借り、ラングラフ王国を始めとする北部諸島弧でひろく栽培されているその植物を、イェニイは植えた。それは爪《つめ》の間に入ってしまいそうなほど小さな、黒っぽいつやのある種子で、耕されたヌソスの黒土にパラパラと撒かれると、すぐ見えなくなった。

「今の季節なら十日で芽が出ます」

興味深そうに見守るヌソス人たちに、杖《つえ》をついたイェニイが説明した。

「四十日で幹が腰丈まで育ち、五十日で開花します。そこで授粉させてやると茎の頂上に大きな実をつけるので、八十日で収穫して焼いて食べます。形は、そうですね、パニの靴みたいかしら」

言われたパニが片足を持ちあげて、サンダルを覗いた。隣のジャムに目をやって、かわいらしく聞く。

「それ、おいしい？」

「そりゃあもう、うまいなんてもんじゃないよ！　焼きたてのフコはほっかほかでもちもちして香ばしくって、どんなペーストやシロップをつけてもよく合うし、とんでもなく腹持ちもいいし……」

ジャムが大げさに身振り手振りを入れて説明すると、グリーネとパニの親子は目を輝かせたが、それよりも刺激されて生唾を呑みこんだのは、ラングラフ人たちのほうだった。フコの実はラングラフ人が乳離れしてから毎日、口にする主食である。それをもう百日以上も食べていない。ガラリクス島のツラス料理は故郷の料理とかけ離れており、島から逃げるときに水兵のほとんどが本艦に戻ってきたのも、ずっとあれを食べさせられてはかなわん、と思ったからだった。

ヌソス島ではいくらかましな味付けのツラスが出たが、まだ慣れた者は少ない。料理番のキャセロールが工夫をこらして、食べられるものを作ろうとしていた。

その翌日、アンヴェイル号全乗組員の前でイェニイの調査の概略的な成果が発表された。その内容は水兵の大半にはまるで理解できなかったはずだが、ティセルや士官たちは、大いに驚き、感心し、褒《ほ》めたたえた。最後にはアルセーノみずからが壇上に立って、この成果について百九十人あまりの部下に大演説し、帰国した暁《あかつき》には間違いなく国王と貴族からの賞賛と褒美《ほうび》が授けられるだろう、と締めくくった。

これはもちろん、金毛氈が手に入らないという事実が知れ渡って、乗員の士気が落ちることを防ぐための、やらせだった。それに気づいた水兵もいたようだが、ほうほうそんなに珍しい生き物がたくさん取れたのか、そりゃあ陛下もお喜びになるだろうし、いい土産《みやげ》話ができたなと感心する水兵も、わりと大勢いた。

はったりにしろ、アンヴェイル号の看板である「博物戦艦」という名に恥ずかしくない仕事をイェニイがしているということは、みんなを少し、くすぐったいような誇らしいような気持ちにさせたのだった。

アンヴェイル号のほとんどの人間は、来《きた》るドレンシェガー号との再戦を当然と考え、望んですらいた。そこにイェニイのおかげで母国にあらたな知見を持ち帰るという大義名分があらためて確かめられ、艦内の士気と団結は強められた。

このころティセルたちは、いつも四人ひと組で歩き回っていた。寄り道好きのジャムはちょくちょくどこかへ姿を消したが、そうでないときはなまけず、わりと勤勉に通訳の仕事をする。そんなジャムに護衛のティセルがくっついて動き、二人の手伝いにパニとミトリウスがついてくるという具合だ。

毎朝の食事を終えると、ティセルたちは砂浜に出る。そこにはラングラフ人全員が集合している。アンヴェイル号が大修理にかけられ、乗組員が艦と陸とに散らばっても、艦長を頂点とする軍艦の支配組織と、右舷左舷の時間割り当ては、厳然として生きている。「アンヴェイル号」とは、木と布と鉄でできた乗り物を指すだけではなく、二百人弱の訓練された人間からなる集団をも指しているのだ。

艦長の訓示に続いて士官が仕事を割り振ると、アンヴェイル号の一日が始まる。大砲の運搬や滑車作りなど作業の多くはヌソス人と共同で行われている。ジャムはあちらの工房、こちらの浜、はたまた向こうのマストの上まで引っぱりだこで、忙しく動き回る。

すると、ちょっとあっちの桟橋《さんばし》までひとっ走りしてほしい、というようなことが起こる。

そういう時はパニの出番だ。現場に貼《は》りつきっぱなしのジャムに代わって、ぴゅっと出かけて伝言してくる。彼女は素直で足も速い。ありがとう、とジャムに言われると白い歯を見せてにっこり笑って、片言のかわいらしいラングラフ語で言う。

「いいよ。パニ、しごと好きよ。みんなのやくに立つ、うれしい」

そうしてミトリウスや水兵たちとも仲よくしている。声はきれいで、振る舞いは明るい。おまけに胸が大きくて柔らかそうな足をしていて、肌のよく見える裾《すそ》の短い寛衣を着ている。

ティセルはいつも、肌の見えないチュニックとスパッツとブーツだ。剣士とはそういうものである。そういうものであるし、そもそもティセルはそういう格好しかしたことがない。肩やお尻がちらちら見えるような服を着ていたら、危なくって仕方がない。

仕方がない、のだが。

——なんか……負けてる気がする。

誰にも言わないことなれど、そんな風に思ってしまうティセルだった。

しかもだ。

「おやつだよー、おいしいよー。はい、ティセルも」

「……ありがとう」

パニは同性のティセルにも、天真爛漫《てんしんらんまん》な笑顔で分けへだてなく接してくれるのだ。

そんなところを見ていると、負けてる気がするというよりも、

――ああ、こりゃもう負けだよね。私、こんな風にかわいくないわ。

そんなことまで考えてしまうのだった。


海戦から十二日後。徹夜の修理も忙しさの頂点を過ぎた。艦を水平に戻してバラストを積みこみ、作戦のために大砲の一部を移動させる作業が済むと、族長の館で、夕食会が開かれた。アルセーノがなけなしの砂漉酒《すなこしざけ》を出した返礼に、ヌソス人はきれいな夕日色の泡立つ酒を出してくれた。ジャムやヴァスラフはまっさきに手を出して陽気に笑い出した。ティセルはもくもくと料理だけ食べていた。すると酒瓶《さかびん》片手のパニがやってきて、隣の席に腰を下ろし、するするっと寄ってきた。

「ねー、ティセル、ねー」

「なに？」

「お酒だよー、おいしいよー。はい」

「私はいいから」

「えんりょだめー。のむ。はい、のむ！」

「いや、ほんと、いいから、ちょっととっ」

酒を勧めるというより、からみついてくるパニを頑張って振りほどいていると、ふらふらとやってきたジャムが二人の間に割って入った。

「パニ～、無理に飲ませたらだめだよう。なー、テスー」

「あ、うん……ありがと」

「どういたしましてー！」

がばーすりすりすり、といつもの調子でジャムは抱きついてくる。「わあしまった、ちょっと隙を見せたらすぐこれだ……」と今度はジャムを振りほどいていると、上座からこちらに目を留めたグリーネが何か叫び、それに応じてジャムが杯を大きく掲げた。

ティセルはささやく。

「なんですって？」

「おまえは女に優しいなって。そうだよね。おれ優しい！」

「胸さわりながら言わないでよっ！」

思わず本気で腕を逆手にひねってしまった。いだだだ、とジャムは泣き笑いする。するとまたグリーネが何か言い、わあっと歓声が上がった。

「え？」

ヌソス人の視線が自分たちに集中したことにティセルは気づいた。ううん、自分たちにではない、パニにだ。

パニはきょとんとした顔で瞬《まばた》きしていたが、やがてこちらに目を向けると、にっこり笑った。そしてジャムの空いている腕に手をかけた。

くい、と引っぱって腕を胸の谷間に抱く。

「わは……じゃないや」

にやつきかけてジャムが踏みとどまる。頼まれなくても女の子の胸に突っこんでいくジャムにしては珍しい反応だ。ティセルは不思議に思って聞く。

「どしたの」

「婿《むこ》になれって」

「はあ⁉」

驚いてティセルとグリーネを見つめなおした。したたかで美しいヌソスの族長が、どうだ？　というような顔で何かを言う。その顔には雌の肉食獣みたいな笑みが浮かんでいる。

「ジャムは私を助けてくれたし、言葉の才能があるし、誰とでも仲良くできる。だから次の族長の候補にするってさ」

「それは——そうかもしれないけど」

ジャムは最近、二つの種族の橋渡しとしてとても頑張っていた。彼が単に言葉を伝えるのではなく、双方の心を汲《く》み取るのがとてもうまいということを、同行していたティセルはつぶさに見てきた。ケンカの仲裁をして丸く収めたことも、一度や二度ではない。

「でも、私たちはよそ者じゃない！　種族からして違うのに——」

するとまた、ティセルの言葉がわかるかのようにグリーネが言った。ジャムが照れ笑いしながら言う。

「よそ者の血が混じるのはかえって好ましい、ジャムだったらきっとたくさんパニを孕《はら》ませてくれるだろうって——」

「なにいやらしいこと言ってるのあなた」

「グリーネが言ったんだってば！　首、首かんべんして！」

深く静かにティセルが首を絞めていると、パニがその手をぐいっと外してしまった。

にこにこと明るく微笑《ほほえ》みながら、ジャムをぎゅっと引っぱり寄せて胸に抱く。

反射的にティセルはジャムのもう片方の腕をつかんで、にこっと引こうとする。

するとパニはぶんぶんと首を振って、さらににこにこと明るい顔でジャムの股間《こかん》に手を突っこみ、きゅっと握ってみせた。

「ふぁふん」とジャムが変な声を漏らして内股になる。

笑顔のまま、ティセルは凍りついた。そこに自分の越えることのできない、目に見えない太い線があるのが感じられた。

それでゆるゆると手を離して、ジャムの肩に両腕を添え、ぐいっとパニのほうへと押し出した。

すると、アルセーノの肩からそれを見ていた老スパーが、大声で言ってきた。

「ティセル、それでいいのか？　あんたジャムが好きなんじゃないのかね？」

「誰が好きなのよ、こんな天然発情モップを！」

ティセルはまたもや反射的に叫んでしまった。するとすかさずパニが言った。

「パニ、ジャムはすきよ。ジャムかわいい」

「わー、ティセル、ティセル！　パニこんなこと言ってる！」

ジャムはますます強くパニに抱きしめられ、耳まで嚙《か》まれて、うろたえているようだ。「ようだ」というのは彼がいやに嬉しそうに見えるからだ。事実嬉しいのだろう。であればティセルがとれる態度はひとつだけだった。上座を向いて言う。

「アルセーノ」

「は、はあ。なんです?」

「あなた、ジャムの親友よね」

「いや親友というか、やむをえない事情で同行しているだけで――」

「親友よね。だったら、外陸のことを調べて陛下にお伝えする金鈴《きんれい》道化の任務、ジャムの代わりにあなたがやってあげることもできるわよね」

「いや、陛下のご命令を僕の一存で変更するわけには――」

「できるわよね」

アルセーノは黙った。自分の説得が通じたのだろう、とティセルは思った。

パニとジャムに向き直って、祝福しているように見えるだろう笑顔を精いっぱい作ってみせた。

「パニ、それあげるわ。元気でかわいい赤ちゃんがたくさんできるといいわね」

そう言うと立ち上がり、足早に廊下へ向かった。

鏡は見たくなかった。

「あー……」

族長の館からほど近い砂浜にある、海へ突き出した浮き桟橋の先で、ティセルはぐったりとしてしゃがみこんだ。売り言葉に買い言葉という感じで、言いたくもないことをどんどん口にしてしまった。

——あんなときどうすればいいのよ。

騎士になるまでは武芸を磨くので必死だったし、色恋沙汰《ざた》を話し合うような女友達も周りにいなかった。だから、どういう態度をとればいいのか、そもそも今の気持ちが「そういうこと」なのかどうか、さっぱりわからなかった。

——ディグロー師匠だったら、きっと経験あるんだろうな。ちょっとは聞いとけばよかった。

どよどよと暗いものが胸に湧いてきて、ふーっと繰り返したため息をついていると、背後に人の気配がした。思わず振り向く。

「ジャム？」

「ううん、おれだ、おれ」

宵魚《よいうお》の白い光が人影を照らす。たてがみ豊かな大きな体のガラリクス人、ミトリウスが、苦笑しながら手を振った。ティセルは肩を落とす。

「なんだ、あなたか……」

「なんだって、ひどいな」

「ああ、ごめん」

「でも、わかる。おまえはジャムが来るほしかった」

ティセルは彼にきつい目を向けてしまう。

「そういうんじゃないってば！」

「どういうのだ」

意外にも、ミトリウスは目を逸《そ》らさなかった。ティセルが怒るといつもはわりとあっさり謝り出すのに、今夜はなぜか、ティセルの顔をまっすぐに覗きこんできた。

「ジャムは、おまえの、何だ。言ってみろ」

「何って……護衛する相手よ」

気おされながら答えたが、ミトリウスはさらに踏みこんでくる。

「それだけか」

「それに、まあ……友達」

そう言うと、ふんとミトリウスは鼻を鳴らした。

「だったらどうして落ちこむ。友達が結婚する、めでたいだろう」

「それは……！」

ティセルが言い返そうとしたが、うまい言葉が見つからなかった。ミトリウスはたたみかけるように言ってきた。

「でもおまえはめでたくないな？　ジャムの結婚いやだな？　ジャムがほしいだろう？」

「待って、待ってよ！　私、ほんとにまだ結婚なんかしたくないのよ！」

「結婚はいやか。じゃあ抱き合いたいか」

「いえ、それもちょっと」

「手は。手をつなぎたいか」

「手……？」

ティセルは目を宙に上げて、少し想像してみた。――別にそれぐらいなら不愉快でもなさそうだった。

というよりも……もしジャムが普段のようにあんないたずらや、そんな不届きに走らず、紳士的に手だけ握っていてくれるなら……そりゃむしろ、歓迎かも？

「……手ぐらいなら」

「おれとどっちがいい？」

「あなたと？　そりゃあジャムのほうがいいわよ」

「ほらみろ」

言われて、ティセルはぽかんとした。

それから腕組みして、ううんと考えこんだ。

「好きとか嫌いってそういうことなのかなあ？」

「そういうことだ」

「もっと細やかで詩的なことだと思う……」

「難しいことを言うな。とにかく、おまえはジャムが好きなんだな？」

「ちょっと待ってよ」

なんだか意外な方向に念を押されている気がして、ティセルはミトリウスの顔を覗きこんだ。

「なんでそんなこと聞くのよ。あなた何が言いたいの？」

「ジャムを取り返せ。パニに渡すを許すな」

「――あ」

そのひと言で得心がいって、ティセルはうなずいた。

「あなた、パニが」

「いや――いや、おう、その、なんだ」

図星だったらしく、ミトリウスはうろたえる。すかさず今度はティセルがたたみかけた。

「そうなんだ、鞍替《くらが》えしたんだ。パニが好きなのね。だからジャムに取られたくないんだ」

「――すまん。そうだ」

「別に謝らなくてもいいわよ。あなたが勝手にくっついてきただけで、私とつき合ってたわけじゃないんだから。ふうん、そうか。パニがいいんだ」

ティセルは何度もうなずく。ミトリウスは、一度口にしたことで腹が決まったらしく、堂々とパニを褒《ほ》めちぎりだした。

「パニは美しい、やさしい、笑うと太陽の光、足速い、足長い」

「うんうん」

「肌つるつる。よい匂いで、うまそう、抱きしめたい」

「……結局そっちなのね」

目を細めて冷ややかに見つめてやると、いやすまん、とまたミトリウスは肩を縮めた。

そんな彼に向かって、ティセルはさらに言う。

「私にジャムを取り戻せなんていうよりも、あなた男なんだから、実力でパニを捕まえればいいじゃない」

「いや、それよくない。おれはよそ者だから」

「よそ者？　どうしてよそ者なの？　あなたはパニと同族じゃない」

「違う。パニはヌソス人。おれはガラリクス人」

「なに言ってるのよ。ジャムはラングラフ人——ともちょっと違うけど——とにかく遠い別の国の人間なのよ。ジャムがお婿になれるんだったら、あなたがなれないわけがないじゃない！」

「そ……そうか」

ミトリウスは衝撃を受けたらしい。うつむいて、そうだ、同族だ、としきりにうなずき始めた。そんなことも気づいてなかったんだと思ったティセルは、前から気になっていたことを聞いてみた。

「ミトリウス、あのさ。あなたって何歳なの？　生まれて何年？」

「何年？　十六だ」

「じゅ……十六歳⁉　同い年なの？」

ティセルは後ろへひっくり返りそうになった。どうした、とミトリウスが聞く。

「船おさなんかやってたから、二十五ぐらいだと思ってた」

「十六、七で船おさは普通。おれたちの村では」

「それならなおさらパニと釣り合うわよ」

「パニは十四だからな」

「あれで十四⁉」

言われてみれば彼女は、行動はとても子供っぽかった。十四歳に負けてたのか、とティセルは悲しくなった。

「外陸人っていろいろ早熟なんだなあ……」

「なあ、ティセル。おれ本当にパニと釣り合うか。ジャムに負けないか？」

「釣り合う釣り合う。あなただってアンキへオスの館でパニを守ったじゃない。その後でも優しくしてきたし」

「ガラリクスのただの漁師でもか？」

「ただの漁師でもモラ牛の乳搾《しぼ》りでも、好きになったら関係ないんじゃない？」

「そうか……」

「大丈夫だから、自信もちなさいよ！　私にはガンガン当たってきたくせに！」

「ティセルは族長の娘じゃないからな」

大きな男が気弱に身を縮めているのがかわいそうで、ティセルは励ましてやった。するとミトリウスは力強くうなずいた。

「よし。——おれ、やってみる。パニと結婚頼む」

「がんばって」

ミトリウスは立ち上がってにやりと笑った。

「ティセルも、のんびりだと取られるぞ」

そう言って、桟橋を戻っていった。ティセルは小さく手を振って見送った。

それから、自分のことを振り返って首をひねった。

「そんなこと言われてもなあ……」

翌日は引っ越しの日だった。船底掃除のため斜めにされていたアンヴェイル号が、元通りに水面に浮かんで船としての機能を取り戻したので、陸上の宿舎を引き払って艦内へ戻ることになったのだ。

ずだ袋ひとつを背負って行列を作り、蟻《あり》の群れのようにボートへ乗りこんでいく水兵たちをかきわけて、ティセルはアルセーノを探し出し、声をかけた。

「アル、ジャムを見なかった？」

「ジェイミーですか？　あいつならグリーネに呼ばれて朝一番に館へ行きましたよ」

「もう行っちゃったんだ？　早いなあ」

ティセルは困って頭をかいた。どうしたんです、とアルセーノが聞く。

「衣装箱、ひとりじゃ運べないの。ジャムに手伝ってもらおうと思ってたんだけど……」

船乗りは手荷物すべてをひとつの荷物箱にまとめる。ティセルもガオン島に着く前の嵐で衣装箱が壊れてしまったので、船匠《せんしょう》に自分用のを作ってもらった。しかしそれがむやみにごつい代物で、船から降りるときも二人がかりで運んだのだった。

「そういうことなら水兵をお貸ししましょう。おい、おまえ」

アルセーノが通りがかりの兵を呼び止めようとしたとき、横からひょいと出てきたパニが言った。

「パニが手伝うよ」

「あなたが？」

「だめ？」

パニは小首をかしげる。頭の上で柔らかそうな三角の耳房がぴくぴくと小さく動く。そのかわいい仕草にちょっと気後れさせられたけれども、断る理由はなかったので、ティセルはうなずいた。

「うん……じゃあ、お願い」

宿舎の部屋はまだ片付けていなかった。いろいろ散らかったままの部屋に入りながら、パニに言う。

「ごめん、片付けるからちょっと待って。そっち乗ってて」

言われたパニは、おとなしくちょこんと寝台に腰かけて足をぶらぶらさせる。しかしラングラフ人の持ち物が珍しいのか、すぐにあたりを物色し始めた。

「ねね、ティセル。これ何、これ」

「ああ、それは打粉《うちこ》。剣の手入れの。開けないでね」

「ふうん……ね、これ何。すごい、きれい」

「ん、ピンよ。こうやって髪を留める、ね」

「ほへー……わ、かわいい。ちっちゃい。くしゃくしゃ」

「それはっ、だめっ」

「なになに？」

「見せるようなものじゃないから！　ちょっ、伸ばさない！　かぶらない！」

「あはー、ふんふん」

「あのね、できればあんまりいじらないでほしいんだけど……」

「これは？　んっわっとっと」

寝台の下に押しこんであった汚い円盤を、パニは引っぱりだそうとした。例のメギオスの遺品だ。あ、それ忘れてた——とティセルが思う間もなく、うーんと力んで円盤を持ちあげようとしたパニが、つるっと手を滑らせて後ろへ倒れてきた。

「わあっ！」

　ぼすん、ティセルの膝の上に尻もちをつき、その硬い後ろ頭がごつんとティセルの鼻にぶつかる。「つーっ……」と思わず頭を押さえると、パニがあわてて振り向いた。

「ごめん、ティセル。ぶった？　血でた？　みせて」

「いだい」

　ジンジンする鼻からティセルがそっと手をどけると、目じりを下げたパニがまじまじと顔を覗きこんで、舌を出した。

　ぺろん、と舐《な》め上げられる感触。ティセルは思わず跳ねる。

「ひゃん！」

「鼻つぶれた。ごめん」

「えっ、うそ」

　あわててティセルは銅の手鏡を覗いたが、そこに映っていたのはいつもの自分の顔だった。特に鼻が潰れたわけでもなければ血が出ているわけでもない。

「だいじょうぶ？　パニ、ティセルの鼻つぶした？　ごめん、ごめん？」

　パニは大けがでも負わせてしまったみたいにうろたえて覗きこんでくる。ティセルは振り向いて、笑ってやった。

「何も変わってないわよ、心配しないで」

「ほんと？」

「ほんとよ」

「でも鼻ひくい」

「あなただって似たようなものでしょっ」

「だいじょうぶか」

「ええ」

「そうかー！　よかったぁ」

ぱあっとパニは笑顔になった。

大きな花が開いたようなその明るい笑顔を目にすると、昨夜から胸の中に溜《た》まっていた黒いどよどよが、朝日を浴びた霜のように溶けていく気がした。ふっと力なく息を漏らして、ティセルは聞いた。

「あなたほんといい子ね」

「んー？　どこが？」

「そゆとこ。くやしいなあ」

ティセルは軽く頭《かぶり》を振った。

「ねえ、パニ。あなたはジャムが好きなの？」

「ジャム？　好きよ、ジャムかわいー♪　ぎゅーしたい」

ぎゅー、とパニは自分で自分の胸を抱きしめる。襟《えり》ぐりにできた谷間にうわーと思いながらティセルは聞く。

「でも結婚するほど好き？　ジャムは諸島環の人間よ」

「んー」

宙を見上げてちょっとだけ考えたパニが、屈託のない笑顔を浮かべる。

「よくわかんない。でも母さんが結婚って言う。だからパニもいいよ」

「もしかして結婚がなんだかわかってない？」

「子供つくるよ。服ぬいでー、ちゅっちゅしてー」

「それはいいからっ。ていうかそれだけなのね、あなた的には」

「いっぱいつくって、大きくして、ほかの島へ送る。みんな仲良くなるよ」

パニは両手を広げる。ああここはそういう土地なんだ、とティセルは思った。

そのとき、いいことを思いついた。

「じゃあ、その子供ができなかったらどうするの？」

「ん？　ジャムは種無し？」

「かどうかわからないけど、ヌソス人とは格好が違うじゃない。たとえばミトリウスと比べてみて」

「ミトリウスかー、いいやつね」

「いいやつなんだ？　ジャムは赤毛だし、だいいちあなたたちみたいにもさもさ毛が生えてないでしょう。種族が違うのよ。ひょっとしたら子供ができないかもしれないわ」

これは効くだろうと思ったが、パニの答えは予想外だった。

「んー、じゃあ結婚の前にジャムと子づくり！　もし子供ができたら結婚する！」

「そこから離れましょうよ！」

思わずティセルは立ち上がって叫んでしまった。

するとパニは笑顔を引っこめて、大きな目を丸くして、まじまじとティセルを見た。

「ティセル」

「な、なに」

「ええと、ティセルもほんきだった？　ジャムと結婚したい？」

「いえ別にそんなことは！」

「ない？　そっかー！　よかったぁ」

「いえやっぱりちょっと待って！」

安堵《あんど》しかけたパニに手のひらを向けて、ティセルはそう言ってしまった。パニが見つめる。

「やっぱりティセルもしたいかー」

「……」

どうもこの天然地元娘には、するとしないの二つの選択肢しかなくて、それ以外の話をわからせることはできないようだ。そうと悟ると、ティセルはぺたんと床に腰を下ろし、ずずっと膝が当たるほどパニに近づいてから、うつむいて可能な限り小さな声で言った。

「そうよ、って言ったら、どうするの」

「二人でジャムと結婚ね！」

「いえそれ無理だから。私帰るから。あともうちょっと声小さく」

「帰ったら結婚できない。どうする？」

「わ――私は――」喉《のど》が渇いて、何度か口をはくはくさせた。耳が熱い。「ジャム、連れて帰り、たい」

「ふーん……」

ティセルが顔をあげると、パニは眉根を寄せて戸惑ったような顔をしていた。

「ティセルがつれて帰ると、ジャムいなくなるね」

「そうなるわね」

「パニ、こまる」

「私も困ってる、すごく」

「むー……」

パニは黙りこんだ。ティセルも言葉に窮する。無邪気すぎて自分が悪者のような気がしてくる。もっと嫌な相手ならよかったのに。

「ジャムに聞こうかな……」

パニがそうつぶやいたとき、ティセルはハッと思い出した。

ジャムには、母親の一族を捜すという目的があった。どうやらその一族はヌソス群島にはいないようだし、ここに住み着いてしまったら探索を続けることもできなくなる。

るのだ。

だからジャムは、パニと結婚するしないにかかわらず、ここを去ると言うに決まってい
「パニ……」

そう言いかけたティセルは、しかし、口をつぐんだ。

そんな理由を持ち出してパニをあきらめさせるのは、公平じゃない。

パニをあきらめさせたいのは、ティセル自身がそうしたいからだ。きれいごとでとり繕いたくなるけれど、そうするのは卑怯《ひきょう》だ。悪者になることを避けてはいけない。まっすぐ当たらなければならない。自分は騎士なんだから。

「あのねパニ」

ティセルは勇気を出して、言おうとした。それはつまり、自分の気持ちを認めることだ。

「私はジャムがす」

「ティセルいるー？」

いきなり声がして戸口にジャムが顔を出した。びくっとはじかれたようにティセルは振り向く。ドアをめったに作らないヌソス群島の建築様式をこれほど危険だと思ったことはなかった。

「なっ、なに？」

裏返った声でティセルは言った。おっ、とパニに片手を上げてから、ジャムはティセルに目を向けた。

「お客さんが来た。どしたの、テス。ほっぺ赤いけど風邪《かぜ》？」

顔を見られる。思わず後ろへ引いてしまう。今までは単に、明るくてうるさくて元気でよく動くちょっと楽しい相手ぐらいに思ってきた。あんな話の後だとそれ以外の何かに見えてしまう。

「いえっ、なんでもないから！　お客さんって、誰？」

「この人」

ジャムが横へ退《の》くと、とんでもなく大きな人影がぬっと現れて、戸口を塞いだ。ティセルは驚いて目を見張る。

「あ……アンドゥダーナー人？」

爬虫類《はちゅうるい》のように鼻面の突き出た顔をして、真っ白な長い髪を生やし、染めたなめし革のように厚くて黒い肌をしている。衣服はヌソス人と同じ男物の寛衣だ。その背中で、蝶《ちょう》の羽のような真っ黒な翼がゆっくりと開閉しているのが、腋《わき》の下から見える。

諸島環の南半分を占める巨大な島嶼《とうしょ》国家、アンドゥダーナー国の住人に違いない姿を、その相手はそなえていた。

――けれどもなぜ？　ここは諸島環から一万アクリートも離れた外陸なのに。

疑問を口にする間もなく、その生き物が深々とうなずいて、意外にもラングラフ語で言った。

「いかにも、アンドゥダーナーのロウシンハのオン・エンツィンだ。君がメギオスの宝を受け継いだ騎士か?」

低く穏やかで自信に満ちた声だ。不穏な気配は感じられない。自然にティセルも礼儀正しく答えた。

「騎士は私よ――じゃない、私です。ハルシウム到爵騎士団第一二七席、ティセル・グンドラフ。でも、宝ってなんのことですか」

「彗晶族《キオニカン》と戦うための武備だ」

エンツィンの言葉にぽかんと口を開けたティセルは、ゆっくりと振り向いた。

寝台の下から古びた円盤が覗いていた。

戦跡を巡っているのだ、と大きな黒い異族は言った。

「はるかな昔、諸島環では大いなる二つの存在、嵐神《らんじん》キオと宵魚ランギの戦いがあった。それらの下僕が、彗晶族《すいしょう》キオニカンと博覧王メギオスだ。彼らは諸島環のみならず各地で広範な戦いを繰り広げた。現在、大洋の各地にその戦跡が残っている。私はそれらを調べるために母国を離れ、旅をしているのだ。この島では金毛氈を研究していたが、あの祭壇が開かれたと聞いて、見せてもらいにきた」

エンツィンはそう説明してから、つけ加えた。

「もちろんラングラフ人に敵対する気はない。私はあの国で恩を受けたことがあるから」

はあそうですか、とティセルは間の抜けた返事をしそうになった。察するにこの人、と言うべきなのだろう黒い異族は、学士に違いない。世のため人のためになる研究をしているのだろう。

していいるのだろうが、今のティセルはジャム問題とアンキヘオス問題とドレンシェガー号問題で手いっぱいである。このうえ伝説上の英雄が残した面倒まで背負いこんだら、大変なことになる。できれば関《かか》わりたくない。

そう思ったので、さっさと始末をつけることにした。

「その武備っていうのがこれだったら、別に持ってってもいいですよ」

ほこりまみれの円盤を持って、差し出した。ありがとう、とエンツィンが受け取ろうとする。

円盤をつかんだとたん、彼は前につんのめった。

「ギョオッ!?」と地の悲鳴らしきものを漏らして手を放す。

ずしんと地響きを立てて円盤は床に落ち、その下でビシッと床石が割れた。

誰もが奇妙な目で円盤を見つめた。ティセルは顔を上げて、エンツィンを見た。

「汚くてすみません。受け取ってからほっといたものですから……」

「いや、汚いというか、なんというか」

首をひねりながらしゃがんだエンツィンが、円盤の縁に指をかけてグッと持ち上げようとした。

上がらない。エンツィンは座りなおし、腰と肩に力を入れてふんばる。

「ふんっ！　ぬぬぬぬぬ」

「何してるんですか？」

　さすがにおかしいと思い、ティセルはしゃがんで円盤を持ち上げ、裏を覗いた。だが、床石を割るような凹凸は見当たらない。もう一度エンツィンに差し出す。

　だがエンツィンは受け取らず、かたわらのジャムをうながした。

「君、これを持ってみてくれ」

「おれ？　これをどうすんわあっ！」

　ひょいと受け取ろうとしたジャムは言葉なかばで円盤を落とした。またしても地響きが上がった。

　ようやくティセルは事情を呑みこんだ。

「ひょっとして、これ重さが変わるの？」

「うん。さっきすごく重かったよ」

　そう言ったのはパニだ。ティセルを感心しきった目で見つめる。

「あんなに重い板、お皿みたいに持つ。ティセルすごいね」

「私がすごいんじゃなくて、この変な円盤がすごいのよ。いったい何なんだろ……」

「何かの魔法が残ってるんだろうね。メギオスや彼の提督たちは、いろんな術を使ったって言うから」

「魔法かあ……」

ジャムの言葉を聞きながら、ティセルは不思議な気持ちで円盤をひねくり回した。そういった理外の技は、王港にいたころは、とんと見かけなかった。――だがそれは確かに存在したし、今でも存在するのだ。ジャムの特技である通訳も、その手の異法の一種であることを、ティセルはふと思い出した。

それにしても自分がその対象になるのは変な気分だった。

「なんで私だけ……」

言いかけたティセルは、自分だけではなかったことを思い出した。

「そういえば、イエニイも簡単に持っていたわ」

「ふうむ？　その人も騎士なのかね？」

エンツィンが尋ねる。ティセルは首を横に振る。

「騎士じゃないです。でもラングラフの貴族です。フィッチラフ家だったかな」

「そうか。君もさっきグンドラフと言ったな。古い家門を表す名だ。きっとこの盾《たて》はラングラフ人の血統を見わけるのだろう」

「そっか。ジャムはラングラフの人間だけど、外陸人だから――」言いかけて、ティセルはエンツィンの言葉を聞きとがめた。「盾？　盾なんですか？　これ」

「盾だと思うがね。ちょっときれいにしてみないか」

ティセルはうなずいた。もともと武具は好きだ。これがそうだというなら、興味があった。

井戸端へ移ってぼろ布でよく磨いた。すると固まっていた塵埃《じんあい》が割れてはがれていき、その下から鈍く輝く地金が覗いた。

「あっ……」

それに力を得てなおも磨いていくと、塵埃が一気にばらばらと砕け、やがて見違えるような美しい金赤色の姿になった。内側のくぼみのほこりの中から、下腕にかける取っ手も現れた。ティセルは目を輝かせてそれを手にした。

「ほんとに盾だ……それも騎士用の小盾だわ」

腕にかけて揺さぶってみたが、しっかりしてぐらつく気配はなく、腕が疲れない程度には軽い。落とすと床石が割れるほど頑丈なのだから、壊れる心配もないだろう。どうやら、とてもよくできた武具のようだ。

「うれしい？」

「うん」

ジャムに聞かれてティセルは笑顔でうなずいた。よい武具には、きれいな服や靴よりも惹《ひ》かれる。騎士になったのもそんな性格だからだ。

しかし腕から外して表側を見たとき、ティセルの顔は引きつってしまった。

「こ……これはちょっと……」

そこには口があった。丸い盾のど真ん中に黒々と開いた、得体の知れない怪物の口が。

その浮き彫りはどうやら、正面から見た魚の大きな口を表しているらしい。その魚には片目がない。ああ、ランギだ。これは宵魚ランギを意匠にした盾なのだ。控えめに言ってもそれは美しくなく、かっこうよくも強そうでもなく、ありていに言えば不細工だった。

パニはそれを見て「へんなのー！」と率直に笑い、ジャムは面白そうにティセルの顔を覗いた。

「うれしい？」

「も……もうちょっとなんとかしてほしかったなあ、メギオス……」

なまじ武具としての出来がよいだけに悔しさが募る。ぽっこりとまるく口を開けた魚と向き合って、ティセルは泣き笑いしたくなった。

そのとき、かすかな声が聞こえた。

……ヒ……テ……　……ヒ……テ……

「ん？」

ティセルは顔を上げ周囲を見る。が、耳を澄ませる前にエンツィンが言った。

「まだそれを私にくれる気があるかね」

「あっ……ええと」

ティセルは我に返り、あわてて首を振った。

「ごめんなさい、やっぱりちょっと。実戦で使えそうだから」

「そうか。大変興味深いのだがな」

エンツィンは残念そうに言い、ひとり言のようにつぶやいた。

「金毛氈で彗晶族《キオニカン》の始末をつける前に、メギオスがどうやってやつらを倒したのか、わかるかと思ったのだが」

「え？」

彼の言葉に軽く混乱して、ティセルは聞いた。

「いま、なんて言いました？」

「その盾を調べれば、彗晶族《キオニカン》の倒し方がわかるだろうと」

「その前、金毛氈で？」

そう尋ねると、エンツィンはこともなげに言った。

「ああ、そこを知らなかったのかな。彗晶族キオニカンというのは大変しぶとい種族で、倒されてからも死体が残っていろいろと悪さをしたのだ。そこでメギオスはこの島で敵を倒したあと、ひと束の草を植えた。それは彗晶族《キオニカン》の死体に根付いて養分を吸い取ってしまう性質があった。その草は旺盛《おうせい》に増えていき、やがてこの島を覆いつくした——というのが、金毛氈の起こりなのだ」

「へー、金毛氈ってメギオスが植えたんだ」

ジャムのつぶやきを聞いて、ティセルはあることに気づいた。

「じゃあ、エンツィンさん、それはつまり彗晶族《キオニカン》の体が金でできていたってこと？」

「ここではそうだったようだな」

エンツィンがうなずく。ティセルはいつのまにか話に引きこまれてしまい、さらに熱心に考えた。

「そうか。彗晶族キオニカンは、雲のようで、砂のようで、星のようだったとも言われてるから……ひょっとすると、砂金でできていたのかも？」

「とも限らない。金だったのなら人目を引くし、史書に必ず記されるはずだが、私が調べた中では、そんな記述は少なかった。きっと金でない彗晶族《キオニカン》も多いのだろう」

「ふうん……一度見てみたいかもな」

金の粉でできた種族というものを想像して、ティセルはなにやら神秘的な気分になった。

そのとき、面白くもなさそうな顔をしているジャムの横で、パニが声を上げた。

「じゃあ、まだいる？」

「いるって何が」

振り向いたティセルに、パニはくるくると手振りを交えながら言った。

「メギオスが彗晶族《キオニカン》倒したよ、死体から金毛氈はえたよ、奥谷にはまだ金毛氈はえてるよ。じゃあ、奥谷にまだ彗晶族《キオニカン》いる」

「……そう、なるわね」

その事実に思い至って、ティセルは軽く身震いした。

諸島環の多くの国々を滅ぼした邪悪な存在が、まだ実在している――。

「いや、もう滅びかけていることだろう」

エンツィンが首を振って言った。

「金毛氈はもうわずかしか残っていない。それだけ彗晶族《キオニカン》も衰退したということだよ。恐れる必要はあるまい」

「そ……そうね。今の世にそんなのがいるわけないわよね」

「だといーねー」

胸を撫でおろしたティセルに、ジャムがうなずいた。

アンドゥダーナー人はひとしきり盾を調べると礼を言って去っていった。彼は数年前に手製の小船で島の北側に流れ着き、以来そこでひとりで暮らしているそうだ。

ティセルはあらたに自分のものになった盾を腰に下げ、アンヴェイル号への引っ越し作業を再開したが、それは失敗だった。会う人会う人みなに、盾の意匠が変だと笑われたのだ。

しまいには艦上で砲配置の指揮を執っていたアルセーノにまで、「なんだか面白いものをお持ちですね。お面ですか?」と言われたので、ティセルはすっかり腐ってしまった。

「何よみんな。これはメギオスが遺《のこ》した特別な盾だって言ってるのに。騎士がお面なんかぶら下げて歩くわけないじゃない! まったくもう」

そうやってふて腐れていると、いっしょにいたジャムがふいとどこかへ消え、やがてひと切れの帆布を手に戻ってきた。

「縫帆手《ほうはんしゅ》にもらってきたよ。ほら、これでこうすれば……」

彼はそう言って、盾の外側をすっぽり覆ってしまった。するとそれはただの白い簡素な丸板となり、誰の目にも留まらなくなった。

「なー、テス。これでいい？」

「ジャム……あなた、どうしてこんなことをしてくれるの」

「え？　そりゃあ、女の子ががっかりしてたら笑わせてあげたいからさー」

にこにこしているジャムを見ていると、ティセルはなんとも切ない、もどかしい気分になってくるのだった。

――だからなんであなたはそこで「女の子」なのよ。十把《じっぱ》ひとからげなのよ！

パニとジャムの手を借りて、衣装箱と持ち物を砲列甲板後方の個室に戻し、箱型ベッドを吊って毛布を敷いた。故郷を出てから百数十日も過ごしてきたそこは、もうすでに住み慣れた自分の部屋になっていて、片手を伸ばしただけで壁にぶつかる狭さや、どんなに掃除しても消えないタール臭さにまで、愛着が感じられた。

船の横揺れを打ち消すため船首尾方向に吊られた吊りベッドに、パニが珍しがって飛びこんだ。「わあ、ゆらゆらー」と歓声を上げる彼女ごと、ジャムがふざけてベッドを揺らす。

「ジャム、私といっしょに帰ってよね」

そう、ティセルは言いたかった。

でもそんな短いひと言が、喉から出なかった。

代わりにパニがベッドから両腕を伸ばして、ジャムをひと息に引っぱりこんだ。

「ジャムおいでー！」

「うわちょっとパニっ！」

ころんと転がりこんでしまったジャムを、パニがぎゅっと抱きしめる。狭い吊りベッドの箱と十四歳とは思えないパニの体の間で、あとはむきゅっと押しつぶされてしまう。

一瞬の差で出遅れたティセルは、みじめな思いでそれを見つめていた。

そっと戸口から出て、廊下を歩く。階段を昇って、青空の下へ出る。

露天甲板は騒がしかった。先ほどまでとはまったく空気が違う。うかつにもティセルは少し遅れてそのことに気づいた。水兵も海兵も殺気立って走り回り、ガオンが喚《わめ》いている。

これは出港準備だ。

振り返ると、艦尾楼の上でアルセーノ以下ウーシュらの士官が、そろって単眼鏡を遠くへ向けていた。港を囲むヌソス島外輪山の尾根の上へ、だ。

そちらで着色された煙が二条上がっている。

ティセルは声を上げた。

「アル、何が起きたの？」

「敵襲です。見張りから連絡。ガラリクス軍とドレンシェガー号の両方を確認したと」

「そんな。来るまで二十日かかるって！」

「欺瞞《ぎまん》だったようですね」

ティセルは呆然《ほうぜん》となった。アンヴェイル号にとっては不意打ちだ。上陸中の要員を呼び戻して出港するだけで精いっぱいだろう。ティセル自身だって心の準備がまるでできていなかった。アルセーノがこわばった顔で命じる。

「ヌソス族長に出陣の使いを出せ。本艦は乗員を待たずに抜錨《ばつびょう》、展帆しながら帰艦を受け入れる。厨房《ちゅうぼう》へ伝令、一時間で昼食を配給、それから火の気を落とせ。決戦する」

どぉん……と、総員帰艦を促す空砲が港内に響き渡った。

3

「おーい甲板……三檣《さんしょう》軍艦を確認。アンヴェイル号です！　出てきました！」

檣上見張り台からの報告を待つまでもなかった。ヌソス島の西側に突き出した、白いごつごつした岩の岬の下から、白い帆をぎりぎりまで詰め開きにした軍艦が、ゆっくりと進み出てくるのが見えた。

「巣の中で生け捕りにするのはかなわなかったようだね」

アンキへオスが、薄笑いを浮かべて言った。

ヌソス島南方の洋上、戦士を満載した六十艘《そう》の漕《こ》ぎ船の先頭に位置する、軍艦ドレンシェガー号艦尾楼。シェンギルンはそこでアンキへオスと並んで、険しい顔で立っていた。

そんな顔をしている理由はふたつある。

ひとつは、噂《うわさ》で広めた日時より七日も早く、しかも念入りに風向きを選んで襲撃を仕掛けたのに、目論見《もくろみ》がはずれてしまったこと。この日この時刻ならば敵は港に釘《くぎ》付けになっていると、シェンギルンは確信していた。にもかかわらず敵は出港してきた。これはアンヴェイル号の艦長へラルディーノが、相当優秀なことを示す。いまアンヴェイル号にはほとんど正面から不利な風が吹いているはずなのだ。

もうひとつの理由は、脇腹の傷が痛むためだった。敵の裏をかくためには仕方がないとはいえ、シェンギルンは傷が治り切らないうちに出撃した。

そのことを、背後のボーガとアモーネだけが知っている。動揺を招かぬため、アンキヘオスも含めて他の人間には、完治したと伝えてあった。

「ヌソスの船隊も出てきました。……数はおよそ三十艘」

「お手並み拝見といこうか、艦長」

見張りの声を聞くと、アンキヘオスはシェンギルンに目を向けた。彼は自身が漕ぎ船隊に乗り移って戦うつもりらしいが、アンヴェイル号が現れた場合は、一時的にシェンギルンが艦隊すべての指揮権を預かるという手はずだった。

シェンギルンは艦尾楼の前方へ進み出て、敵の動きに目を凝らす。向こうもこちらも小さな漕ぎ船を大勢従えているが、さしあたっては無視して差し支えない。戦いの火蓋《ひぶた》はまず砲戦によって切られる。

帆船同士の戦いでは風上を取ったほうが有利だ。風上からの砲撃は威力が増すうえ、敵艦の風を奪って足を止めることもできる。ヘラルディーノ艦長は前回、帆を張ったまま投錨して回頭するという、こちらの度肝を抜くような奇手を放ってきたが、今回はあんな手が使える状況でもなければ、使う必要もない。まずは正攻法で来るだろう。

すなわち、風の奪《と》り合いになる。

シェンギルンは口を開いた。

「針路、北西微北。右砲戦準備」

「操舵手、北西微北！　二番から十五番砲、砲門開け！」

ボーガ副長がすかさず乗員たちに命じた。

雲は多いが空は明るく、活力に満ちた強風が吹いている。打ち寄せる波を乗り越え、また乗り越え、艦はしぶきを上げて疾走する。周囲の漕ぎ船の群れは、帆船のドレンシェガー号よりもむしろらくらくと、波を切り裂いて走っている。一艘当たり十四本もの長いオールが、見事にそろった動きで回転を続ける。アモーネがそれを見て声を上げる。

「見てみて、かんちょ。あいつらすっごく速い。本艦にもオールはやしてみたらどう？　風がなくっても動けるよ」

「いい考えだな」

シェンギルンはかすかに笑う。その横でボーガが顔をしかめる。

「オールなんかで一万アクリートも航海できるかよ」

「あっ、そうか」

「だいたいそんなので外洋に出られるかってんだ。高波のひとつも食らったらオール穴から浸水して、あっつー間に沈んじまうだろうが。ちょっとは考えやがれ豆粒頭め」

「このおデブちゃんはほんとに頭いいんだねえ」

「うるせえ色ボケ乳肉女。ひん剝《む》いてムチでしばくぞ」

「やれるもんならやってみなよー。かんちょが黙っちゃいないよ？」

「邪魔だから下へすっこんでろ」

「ボーガ、漕ぎ船隊を半アクリート下げろ。アモーネ、上へあがれ」

シェンギルンがマストの上を親指で差した。

「耳を使え。敵艦の命令を聞き取れ」

「アイアイ。べーっ」

べーっ、はボーガに向けたものだ。アモーネはするすると身軽に見張り台へ昇っていった。

しかし、しばらくすると、風でよく聞こえない、と言ってきた。現状ではこちらのほうが若干風上に位置しているから、これは仕方がなかった。

ボーガの指示で信号が出され、ガラリクスの漕ぎ船隊がやや後ろへ下がった。

やがて双方の距離が縮まり、位置取りがはっきりしてきた。どうやら風上を取れるようだ。ドレンシェガー号は、右舷全砲を使った一斉砲撃を、アンヴェイル号の無防備な艦首に浴びせることができる。

「いつぞやの再現ですな」

「ああ」

笑みのひとつもこぼれそうな場面だが、シェンギルンもボーガも笑わない。シェンギルンの腹の傷のことを、二人とも心配している。

二隻の距離が二千アロットほどになったとき、ヌソス漕ぎ船隊の中の三艘が常識はずれの速度で突出してきて、ドレンシェガー号の前方を横切った。何か隠しているのか甲板を布で覆っている。見張りが叫ぶ。

「漕ぎ手が多い！　あれは突撃船です！　本艦左舷に回ります！」

「放置だ。こちらの漕ぎ船に任せる」

シェンギルンは即答した。こちらの船足が落ちているときの漕ぎ船は強敵だが、満帆状態で快走しているときに移乗される恐れはほとんどない。

二隻の軍艦は浅い角度でぶつかり合うような進路を、さらに進んだ。シェンギルンは単眼鏡で敵艦の砲門を確かめる。こちらの風上を取れないことはすでにわかっているはずだ。アンヴェイル号は後手に甘んじながら、交差した直後にドレンシェガー号の船尾に右舷砲撃をするつもりでいるだろう。

だが単眼鏡の視野の中で、アンヴェイル号は左舷の砲門を開けていた。

――どういうつもりだ？

疑問を抱いたとき、見張りが絶叫した。

「左舷注意、左舷注意！　敵海兵隊だ！」

「なんだと⁉」

　ボーガが叫んだ。シェンギルンは左舷に目をやった。

　先ほど回りこんで、隙をうかがっているだけだと思っていた漕ぎ船が、覆い布をはねのける。ひらひらと布が飛んでいったあとには、長銃を構えたラングラフの海兵隊員が整然と立っていた。

　迂闊《うかつ》だった。弓矢ならとうてい届かない距離だが、火薬銃なら十分に射程内だ。

　隊長らしい偉丈夫がこちらへ長剣を突きつけて何か叫んだ。

　――＊＊ーッ！

　銃声が連鎖し、シェンギルンの周りで木の手すりや真鍮《しんちゅう》の金具が鋭い音を立てていくつもはじけた。

「艦長、あぶねえ！」

　叫んだボーガがシェンギルンを引きずり倒そうとして、肩口から血しぶきをほとばしらせた。床に伏せながらシェンギルンは声を上げる。

「ボーガ！」

「いや、かすり傷でさ」

「何やってんの、この肉デブ！　撃たれてる場合じゃないでしょ！」

　段索に手をかけながら滑り降りてきたアモーネが、這《は》いつくばるボーガのそばへ罵倒《ばとう》しながら駆け寄る。

「おら、立って！　下行くよ！」

「くそったれ、いま行けるかよ」

「あーうっざい、じゃあそこ動くなよ！　医者連れてくるから！」

桃赤の髪を一陣の風のようにひるがえして、アモーネは甲板下へ駆け降りていく。シェンギルンは身を起こして周囲に目を配った。敵の突撃船は離れたようだ。

船中からこちらへと、指揮官を気遣う緊迫した視線が向けられていた。これが敵の狙《ねら》いなのだろう。決定的な瞬間に奇襲を食らわせて、砲撃の機会を逸らせるつもりだったのだ。

シェンギルンは顔を上げて怒鳴った。

「総員、持ち場を守れ！　進路が交差するぞ、砲撃用意！」

とたんに乗員が我に返って、手元に目を戻した。

アモーネに連れてこられた血まみれの術衣姿の軍医が、砕けた木片と弾片の散らばる床の上で、ボーガの肥えた体を助手に起こさせて包帯を巻いた。シェンギルンのそばへ来たアモーネが毒づいた。

「手間かけさせやがって、あんな豚、豚肉になっちゃえばいいんだ」

「おまえもすぐだぞ、アモーネ」

「……へん！」

敵艦が目の前だった。二門の前方砲の黒い砲口と目が合う。それをものともせずにアモーネは腕を組んで胸を張って叫んだ。

「来やがれってんだ、クソやろうども！」

敵の大砲が火を噴く。同時にシェンギルンが砲撃命令を叫び、ドレンシェガー号の右舷全砲が火を噴いた。轟音《ごうおん》と震動が艦を揺さぶった。アモーネがきゃっと叫んで頭を抱える。もうもうたる煙が海上に満ちる。その中をドレンシェガーは速度を保って通り過ぎた。

戦果はまだわからない。直後、敵アンヴェイル号がドレンシェガー号の艦尾を横切る。

「伏せろ！」

ほぼ習慣としてシェンギルンが叫んだとたん、砲声が轟《とどろ》き、あたりで破壊音が上がった。

アンヴェイル号がやはり右舷砲撃を行ったのだ！

ということは、アンヴェイル号は両舷の砲門を開ける戦闘配置を取っていることになる。

それは定員の乗組員がいなければできないことだ。あの艦は航海で損耗《そんもう》を出さなかったのか？

「……いや、ヌソス人を乗せたか」

シェンギルンはようやく笑みを浮かべた。そこまでやるとはヘラルディーノ艦長もたいしたものだ。がぜん面白くなってきた。

かたわらではアモーネが頭を抱えて震えている。それを見てかすかに笑ってから立ち上がった。

「操舵手、命じる。取り舵いっぱい！　左上手《かみて》回し！　各部署、被害報告！　左舷砲門開け！　信号士官、漕ぎ船隊に命令。敵漕ぎ船を攪乱《かくらん》せよ！　攪乱だ、かき回せ！」

たちまちあたりに報告と命令が飛び交う。

ふとシェンギルンはガラリクス人たちのことを思い出して、振り向いた。二人が倒れて死んでいた。

だが、アンキヘオスを含む残る五人ほどの外陸人は、平然と突っ立ってこちらを眺めていた。

「動索引けえ！」

露天甲板に並んだ何組もの男たちが、わっせわっせと汗を散らしてロープを引き、帆桁がギリギリと回って船が傾く。戦闘中の上手回しは勇壮な舞踏劇にそっくりだ。水夫長が機械のように正確な手順で号令を飛ばし、そのたびに男たちの群れがあちらへ走り、こちらで並ぶ。十本の帆桁が一本また一本と回っていき、長い舳先《へさき》が風を切り裂く。

風と真正面からぶつかる一瞬、艦は男に気を持たせる女のようにゆらりと佇《たたず》む。だが操舵手どもが風車のように舵輪を回すと、新たな動作に備えた一礼よろしく、艦尾をわずかに下げ、新たな方角へ改めて疾走し始める。

方向転換したドレンシェガー号は、それまでまとわりついていた砲煙の中から抜け出した。こちらと同じように、次の砲撃のために旋回しているアンヴェイル号が見える。難しい上手回しに見事成功している。次も右舷砲列で来るようだ。

手当ての終わったボーガが、頭を振って立ち上がる。

「士官も舵もやれなかったようですな」

「大丈夫か」

副長は船べりにもたれて単眼鏡を覗いた。上着を脱ぎ捨てて右肩から左の脇へ包帯を巻いている。

「大丈夫なわけがねえでしょう。いつまでも寝てるわけにはいかねえってだけだ」

仏頂面で言うと、ボーガはシェンギルンの脇腹のあたりに目をやった。

「艦長こそ、お体は」

「おまえと似たようなものだ」

「ご愁傷《しゅうしょう》さまで」

そう言うとボーガは露天甲板に向かって怒鳴った。

「よーしおまえら、次はやつのケツからブチ込むぞ！　おれがいいって言うまでは死んでも撃つな！　わかったか！」

「死んだら撃てねえでしょ！」

「やかましいぞ小僧！　衛兵伍長《ごちょう》、今のやつにあとで逆立ちで艦内一周の刑だ。さあ、来るぞ！　こらえろよ――」

接近する敵艦の舷側で、再び火炎の光がまたたく。おびただしい硝煙が噴出した直後に、うなりを上げて砲弾が飛来する。手すりが砕け、マストが削れ、ロープがちぎれ飛んで木片と肉片と骨片が飛び散る。首を縮めてそれに耐え、静けさが訪れたとたん、渦巻く砲煙の向こうにキラリと敵艦の艦尾窓が光った。

ボーガが立ち上がって叫んだ。

「叩っこめえ！」

雷霆《らいてい》にも似た轟音が立て続けに艦を揺さぶった。砲弾がアンヴェイル号の瀟洒《しょうしゃ》なガラスに殺到して次々と砕く。パッ、パッ、と光の粉が飛び散って後に暗黒が残る。砲手が大笑いする。

「見ろ、見ろ！　歯抜けにしてやったぞ！」

その瞬間、ざあっ、と砂利をまくような音を立てて飛んできたアンヴェイル号の散弾が、その砲手の上半身をすり潰した。

軍艦の側面は煉瓦《れんが》ほどの厚みの木材を、五枚、六枚と貼り重ねた分厚い構造をしており、大型艦の重い砲でもなければ貫けない。しかし艦首と艦尾はそれほどでもなく、ことにガラス張りの艦長室は脆弱《ぜいじゃく》だ。そこに縦射を叩きこむのは、生き物の内臓をじかにえぐることにも等しい。帆船の砲戦は、いかにうまく背後を取って縦射するかの勝負だとも言える。

ドレンシエガー号は、それを成功させたのだ。

二隻の艦は再び離れていく。射角の届く砲だけがボンボン、パンと間歇的《かんけってき》に砲撃を続けているが、一斉砲撃は終了した。その周りでは両軍の漕ぎ船が小さな虫のようにくるくると回って、鋭い舳先で切り裂きあっている。

と、アンヴェイル号からわーっと騒々しい悲鳴が上がった。いちばん大きな主檣大横帆が落ちたのだ。露天甲板中央の連中が下敷きになり、大変な騒ぎになっている。

しばらくすると、アンヴェイル号は大きく風下へ舵を切った。下手《しもて》回しか、とボーガが声を上げる。

だが、そうではなかった。ぐるりと向きを変えたアンヴェイル号は、まっすぐに港へ向かって進み始めたのだ！

退却を始めたアンヴェイル号を追って、ヌソスの漕ぎ船も次々と向きを変える。ドレンシェガー号では檣上の連中がいっせいに歓声を上げた。ボーガが手に拳を打ちつける。

「野郎、ようやくだ。諸島環を出てからこっち、さんざてこずらせやがったが、やっと追い詰めた。艦長、とどめを刺しましょう。ここで逃がしたら、またぞろ這い出てきます」

「いや、待て。少し様子を見たい」

「様子を？」

「ああ――」

うなずきかけたシェンギルンは、肩口に不穏な気配を感じて振り返った。

アンキヘオスの近衛《このえ》兵たちが、シェンギルンの横顔に槍《やり》を向けていた。

「何の真似《まね》だ」

すかさずボーガが割って入り、それにならってドレンシェガー号の准士官と海兵が壁を作ってシェンギルンを守った。ガラリクス兵の向こうから、アンキヘオスの声がした。

「さあ、ヌソスの港へ向かってもらおう」

「まだ戦闘中だ。指揮権は私にある」

シェンギルンは答えたが、アンキヘオスはまるでこちらの言葉が聞こえていないかのように言った。

「あの船は逃げ出した。戦《いくさ》と呼べるものはもう終わりだ。要は上陸の邪魔さえされなければよい。今ならやつらは混乱している。突破して港までいけるだろう」

「敵を残したまま上陸してどうする。退路を断たれるだけのことだ。われわれがヌソスの町や金毛氈《きんもうせん》を手に入れるのは、まず勝ってからだ」

「シェンギルン艦長、おまえはふたつ勘違いをしている。ひとつは──おまえではなく私が勝利をもたらすということだ」

アンキヘオスが手を振り、護衛の兵士を左右に分け、その間から悠然と前に出てくる。オノキア人は眉をひそめてそれを見守る。執政官は寛衣の上に軽い胸甲を着けてこそいるものの、丸腰だ。齢《よわい》五十の平凡な体格の男がただ一人。剣と長銃を備えたオノキア兵の敵ではない。

──何をする気だ？

アンキヘオスが、すっと息を吸って唇を尖《とが》らせた。アモーネがハッと飛び出してシェンギルンに何かをささやきかけた。

ふうっ！　とアンキヘオスが霧を吹きだした。いや、ぼんやりした気体のようだが、霧ではない。チカチカ光る金属質の小さな粒を無数に含んでいる。砂のようにも見えたが、砂にしては異様に軽い。風に乗ってすみやかに流れ、オノキア兵を包みこんだ。

ひと息吸った先頭の若い海兵が、顔をしかめて下ろうとし、突然喉を押さえた。

「げくっ……」

奇妙な音を漏らしたかと思うと、その場に膝をつく。見る間に顔がどす黒く腫《は》れ上がり、眼球が飛び出てくる。窒息、いや、もっと激しい異常に襲われている。

あっというまに、シェンギルンの腕利きの兵士たちがばたばたと倒れた。ボーガも床に突っ伏して、苦しげに胸をかきむしる。

シェンギルンとアモーネはまだ立っていた。手で口と鼻を塞いだからだ。しかし周りもアンキヘオスの部下に囲まれてしまった。背後には手すりがあり、その下の露天甲板まではかなりの落差がある。息はあとわずかしかもたない。せっかくの機転もこのままでは意味がなくなる。

「もうひとつの間違いは、金毛氈は私が使うということだ」

アンキヘオスの声には、およそこの場にふさわしくない感情——同情が満ちているようだった。

「鋼晶の吹きこみでは、人の自由を奪う程度のことしかできぬ。残念だ、シェンギルン艦長。おまえがあと半日おとなしく従ってくれたなら、金晶の息を吹きこんでやれたのだ。金が錆《さ》びないことは知っているな？　つまりおまえは不死になれたのだよ」

執政官の取り巻きどもは無表情にこちらを見つめている。いやによく訓練された兵だと今まで思っていたが、どうも違うようだ。砂のような霧を浴びたのに平然としているし、よく見れば、砲撃で飛んだ木片が背中に深々と刺さっている者もいる。

きっとすでに砂の霧を吸って――シェンギルンたちの知らない何かに変貌《へんぼう》してしまったのだろう。

そんな風になるのは願い下げだが、もう息が持たなかった。肺が熱くなり、頭ががんがん痛む。腰にしがみついたアモーネが、目に涙を溜め、苦しさでふるふると体を震わせている。それでもひとりで逃げないのはシェンギルンを信頼しているからだ。この土壇場でもどうにかしてくれると。

そんな苦しみなどおかまいなしに、アンキへオスが手を伸ばした。

「これが最後の機会だ、艦長。この船でヌソスの湾に入り、奥谷まで私を守れ。そうすれば、おまえを永遠の艦長にしてやる。今の終身艦長から、な」

アンキへオスの冷たい手が、シェンギルンの顔を覆う手に触れた。執政官の口の奥に不吉な光る粉を見たとき、自国にも伝わる古い種族の名をシェンギルンは思い出した。

――こいつ、彗晶族《キオニカン》か！

ならば人間の敵でしかない。

シェンギルンはアモーネの腰をしっかりと抱いたまま、背後の手すりによじ登り、後ろ向きに跳躍した。下の甲板に落ちれば大けがを負う。ただし――そこが木の床ならば、だ。そうでない場所が一箇所だけある。

「きゃあああ！」

アモーネが悲鳴を上げる。背筋の冷えるような浮遊感のあと、シェンギルンは落下して背中をしたたかに打った。とたんに脇腹の傷口がブツリと破れて激痛が走る。

「ぐっ」

しかし、それだけだった。骨折もしなければ打撲もしない。二人は重く柔らかいものに受け止められていた。

シェンギルンは、防火砂の袋の山に飛び降りたのだ。

「かんちょ！」

シェンギルンはアモーネの腕に触れて起き上がり、周りで呆然としている部下に怒鳴った。

「衛兵、艦尾楼のやつらを取り押さえろ！　あれは反乱者だ！」

本当は反乱者ではないのだが、シェンギルンはあえてわかりやすい命令を出した。部下たちはすかさず動き出した。

「この野郎！」「よくも艦長を！」

手に手に武器を持って艦尾楼への階段を駆け昇り、檣上狙撃班が長銃を向ける。シェンギルン自身も立ち上がろうとしたが、とたんに強烈な痛みが走って、体を折り曲げた。

「くそっ……」

その間に、艦尾楼では情勢が一変した。

水兵たちの驚きの声が上がったと思うと、立ち続けに水音が聞こえたのだ。海兵隊員が叫んだ。

「艦長、ガラリクス人どもが飛びこみました！」

「全員か？」

「全員です！　ボートを出しますか？」

「アム、肩を貸せ」

少女に脇を支えさせて、シェンギルンは船べりに向かい、後方を見た。波間に白い寛衣がいくつも浮いているのが見える。自決したのか？

いや、そうではなかった。ガラリクスの漕ぎ船の中でもっとも大きなものが、巧みな操船で近づき、執政官たちを拾い上げた。じきに、数十本のオールを勢いよく動かして、快速でドレンシェガー号を追い抜いていった。

急を聞いて掌砲長や水夫長が駆けつける。いずれ袂《たもと》を分かつ、ということは言ってあったから、さほど驚いてはいない。

「ころあいですな。砲撃しますか？」

シェンギルンは考えをめぐらせた。こちらはアンヴェイル号の砲撃の被害から立ち直っていない。陣形的にもガラリクス船団のど真ん中にいる。今ことを構えるのは圧倒的に不利だ。

「いや、撃つな。それより、距離を保って追え」

「了解しました」

部下たちは一も二もなく従う。何しろシェンギルンは、戦闘以外では一人の死者も出さずにドレンシェガー号をヌソス諸島まで導いた男だ。みなに心服されていた。

部下が動き始めると、シェンギルンは手近の砲架にもたれて考えた。遠い昔の記録しかない彗晶族《キオニカン》が現世で活動しているとは意外だった。そしてその行動が友好的ではなかったということは、きわめて重要に思われた。なんとなれば、彗晶族《キオニカン》の本拠はキオの至天錘《してんすい》のはずだからだ。理屈で考えればこんな辺境の島よりも、諸島環にある本国のほうがよほど危険だ。

金毛氈を持ち帰るという任務がもし達成できないようでも、この報告は本国に届けねばなるまい。さしあたり今は、彗晶族《キオニカン》とヌソス人たちの、戦いの首尾を見極める必要があるだろう。今後の行動を検討するのはそれからだ。

艦尾楼が騒がしくなり、負傷兵が運ばれてきた。シェンギルンに促されて、アモーネが手伝いに行く。急な階段を通って注意深く彼らを運んでから、少女はまた戻ってきた。

「どうだった」

シェンギルンが尋ねると、アモーネは首を振った。

「わかんない。喉と肺が砂でやられてるから、薬で洗うって」

「神頼みか。ところでアモーネ」

「んにゃ？」

顔を向けたアモーネを抱き寄せて、シェンギルンは深々と口づけした。

「おかげで助かった。礼を言うぞ」

「ふにゃあぁ」

ほっぺを押さえてアモーネはとろける。

それを見つめながら、シェンギルンはその場に倒れて気絶した。上着がはだけ、脇腹をぐっしょりと濡らした血がこぼれた。

「か、かんちょーっ！」

少女の悲鳴を風に流しながら、ガラリクス船団の後を追ってドレンシェガー号はヌソスの港へ向かう。

4

アンヴェイル号とヌソスの二十八艘の漕ぎ船は、損傷箇所から煙を噴き上げながら逃走していた。どの船も乗組員たちが混乱しており、オールの動きはばらばらだ。

帆船の艦尾楼に、ティセルはいた。回りにはジャムとアルセーノと准士官たち、それにジャムにくっついてきたパニもいる。

ドレンシェガー号の二度の一斉砲撃を目の当たりにしたパニが、すっかり心細くなった様子でアルセーノに聞いた。

「アル、敵ついてくる。だいじょうぶ？　逃げられる？」

「どうでしょうかね」

アルセーノが生返事をする。港までたどりつけば陸へ逃げられるが、アンヴェイル号にとってそれは何の解決にもならない。

前檣見張り台に立つ、少年准士官のレテルス・ドーラフが、黄色い声を上げた。

「ネフェライー号から信号！　速度低下につき反撃すると言っています！」

アンヴェイル号の人々は右前方を見る。族長グリーネが乗りこんでいる、ヌソス軍の旗艦に当たる二層甲板の大型船が、減速しつつある。漕ぎ手が疲労したのだろう。

だが、レテルスの報告を申し送りで聞いたアルセーノは即座に答えた。

「だめだ。許可しないと返信しろ」

艦尾楼付きの信号士官が、ロープに信号旗を結びつけて主檣《しゅしょう》端に掲げた。

いかにも青色吐息といった感じでのろのろと進むネフェライー号を眺めて、ジャムが言う。

「あの船もうフラフラだねえ。昼飯食いっぱぐれちゃったのかな？」

アルセーノがそんな彼をじろりと見上げて言う。

「そんなわけがあるか。グリーネはおまえなんかよりよっぽど気のつく人だ。戦闘前にはしっかり食事を取らせたに決まってる」

「だったら食いすぎたんだな。でなけりゃあんなに遅いわけがない」

「食いすぎって、おまえといっしょにすんな」

「おれはどんなに食っても平気だもーん」

ジャムは能天気に言って手すりの上で独楽《こま》のようにくるりと回った。

赤毛の後ろ頭から、赤い包帯がひらひらとなびいている。彼の頭の傷にパニが巻いたのだ。それ見上げるアルセーノも、椅子にかけている。右足の膝から下は真っ赤に濡れ、包帯が巻かれている。着弾で吹っ飛んだ真鍮《しんちゅう》金具に、すっぱりとふくらはぎを切られたのだ。

傷を負ったのは二人だけではない。先ほどのドレンシェガー号の猛砲撃は、アンヴェイル号とその上の人間すべてに甚大な損傷を与えていた。ウーシュ副長はあばらを折って医務室に運ばれたし、ジャムについてきたパニも肩を打った。胸甲、手甲、短冊《たんざく》甲と額当てをつけて、久しぶりに完全武装したティセルも、破片で腕を切られた(そしてジャムにすごい勢いで心配された)。

しかし、死者はたった四人しか出なかった。これは奇跡ではなく、艦尾からの縦射に備えて、艦長室に砂利の樽を山のように積み上げてあったおかげだ。

諸島環の国々の海軍では、そのようにぶざまな防御手段を普通は取らない。ドレンシェガー号の艦長シェンギルンが必ず縦射してくるだろうと考えたうえでの、なりふり構わぬ措置だった。

それだけやっても、海上で敵を仕留めることはかなわなかった。もとより敵のほうが優勢なのだ。あっさり勝てるわけがない。

いまアンヴェイル号とヌソス船隊は敗走しているようにしか見えないし、現に敗走している。そんな船団の艦尾楼で、ジャムとアルセーノが軽口をたたき合う。それを見ていられないとティセルは思うが、下へ引っこむことはできない。アルセーノの椅子のひじ掛けに置いた片手を、彼が固く握っている。

副長も掌砲長もやられて、艦長が立っていられなくなった軍艦の上では、背を伸ばして立っているだけのティセルが、はかり知れないほど貴重なのだ。

全艦、いや、船団中からの視線を意識して、ティセルは身震いを抑えられなかった。

――もし逃げそこねたら……。

そうなったらアンヴェイル号は業火に包まれて沈められ、アンキヘオスの軍勢がヌソス島を支配してしまうだろう。アンヴェイル号の人々を歓迎してくれた島民はひどい扱いを受けるかもしれない。それよりもはっきり予想できるのは、一度は仲間となったのに裏切って敵側についたよそ者を、執政官が許すわけがないということだった。ラングラフ人は見せしめにされるに違いない。

そういう慣習は、ラングラフでもごく最近まであった。帆桁の端に吊るされて、海鳥につつかれながら朽ちていく自分たちの姿を想像し、ティセルはぞっとした。

そのとき、また准士官レテルスが叫んだ。船隊旗艦がアンヴェイル号よりも遅れ、どんどん後落していく。ジャムが手を口に添えて呼ばわった。

「おーいっ、頑張れよー！　あとちょっとだぞ！」

だが船団はヌソス湾の入り口にさしかかったばかりだ。左手の岬を回りこまなければ港は見えてこない。敵が聞いていたら気休めだと笑われるような叫びだった。

そのとき、アルセーノが声を上げた。

「だめだ、あれは放置できない。漕ぎ手の補充を送る。ヴァスラフ隊長！　大至急志願者を三十名集めてほしい。ボートで旗艦ネフェライー号へ送りこむ！」

「足と腕に負傷のない者をな」

老スパーがすかさずささやき、アルセーノはもう一度言った。

「そうだ、オールを漕げる者をだ！」

五分もたたないうちに志願者が露天甲板に整列した。ティセルはその中に、よく目立つ黄のたてがみの男を見つけて、手を振った。

「……ミトリウス。頑張って！」

ミトリウスは、立場上はアンヴェイル号の乗組員であるため、こちらに乗っていた。しかし気持ちはヌソス人にずっと近いはずだ。だから旗艦を助けに行くのだろうとティセルは思った。

すると、ミトリウスは顔を上げて、やにわに叫んだ。――ティセルではなく、その隣にいる少女に。

「パニ！　聞け！」

ヌソス人の少女が、はっと彼を見つめた。

「おれはおまえがほしい！　だからおまえの母さんを助けにいく！　戻ってきたら、おれと結婚してくれ！」

艦の上が静まり返った。

次の瞬間、水兵がわあっと歓声を上げて、ミトリウスの腕や背中を叩いた。ラングラフの海の男たちは、この短い間に彼のことを仲間と認めていたのだった。

ヴァスラフが号令を出し、水兵たちは舷側に曳航《えいこう》されている大ボートへ降りていった。

ミトリウスももう一度こちらへ手を振って、姿を消した。

やがて大ボートは本艦を離れ、力強くオールを動かしてネフェライー号へと向かった。

パニは戸惑ったような顔で、胸に手を当てていた。

「ミトリウス……」

ティセルも、堂々と人前で言い切ったミトリウスのことを、すごいと思った。ほんの少しだが、惹かれさえした。

頭の上で、「ちぇっ、かっこつけて」と声がした。ティセルが見ると、ジャムが手すりの上でそっぽを向いてロープにぶら下がっていた。

パニを取られてしまいそうで、面白くないのかもしれない。

そのとき、老スパーが声を上げて激しくはばたいた。

「後ろ、後ろ！　気をつけろ、当てられるぞ！」

船団は追い風に乗って、いっさんに港へ向かっている。つまり、追いすがる敵のほうが風上にいる。猛然と追撃してくるガラリクス船団から、ひゅう、ひょう、と遠矢がかすめ始めた。カッ、と音を立てて艦尾手すりに突き刺さった火矢を、ティセルは走っていって剣で切り払った。

「追いつかれるわよ！」

「かもしれませんね」

アルセーノが笑ってみせる。だがその顔は引きつって、今にも崩れてしまいそうだ。

高く切り立った岬が近づいてくる。その陰に回りこめば砲撃はかわせそうだが、敵が追いついてくるほうが早かった。最初、ぱらぱらと間遠だった敵の矢は、次第に数を増してきた。この船さえ落とせば勝ちだと言わんばかりに、二十隻もの漕ぎ船がアンヴェイル号一隻を狙いにきているのだ。その後ろからはほとんど無傷に見えるドレンシェガー号が猛々《たけだけ》しく追ってくる。漕ぎ疲れたヌソスの船が一艘また一艘と追いつかれ、敵に乗りこまれて制圧される。砲列甲板で、右舷砲が一門、ドッと火を噴いた。「誰が撃った！」とアルセーノが叫ぶ。しばらくして海兵隊員が連れてきた水兵はティセルたちの前で泣きわめいた。

「もうだめだ、やられちまうんだ！　帰れっこねえんだ！」

後檣見張り台から、「ドレンシェガー号が回頭！」と叫び声が上がる。はたしてオノキアの軍艦がぐっと舳先を回して、横腹をこちらへ見せた。全砲門が開いている。とどめを刺すつもりだろう。ティセルは振り向いて叫んだ。

「ジャム、アル、下へ逃げて！」

「僕はここでいい」「おれも」

椅子にかけたままのアルセーノと、手すりの上に立ったままのジャムが、そろって言った。

ジャムの足元に駆け寄ったパニが「うたれるよぉ！」と引きずり下ろそうとしたとき。

頭の上で、重々しい砲声が轟いた。

いくつも重なったうなりが、アンヴェイル号の上を横切って敵へ向かう。それはいままさに発砲しかけていたドレンシェガー号を、見事に直撃した。艦体中央に、立て続けに着弾のほこりがはじけ、索具が切れたのか、帆の一枚が空中へ大きくめくれあがった。

「へっ？」

パニが戸惑って空を見回し、岬の上に目を留めた。そこからもうもうと煙が上がっている。と、いくらもたたないうちに再びそこから赤光と煙の房が飛び出した。一度に十三発、過熱した鉄の砲弾を沖へと飛ばす。

またしてもドレンシェガー号の艦体中央に、ひと群れのほこりがパッパッと上がった。まるですべての弾を一門の砲から撃ち出したかのような、ずば抜けた集弾率だ。何かに燃え移ったらしく、灰色の煙も上がり始める。

ティセルはジャムと顔を見合わせて、満面の笑みを浮かべた。アルセーノが手を叩いて歓声を上げげた。

「やってくれたな、ガオン！」

「あれ、なんで？　大砲ふえた？」

混乱して崖の上と艦を見比べるパニに、ティセルは言ってやった。

「アルセーノが増やしたのよ。敵をここまで引っぱってくる作戦だったの」

アルセーノが手すりにつかまって立ち上がり、命じた。

「砲台の庇護下に入ったぞ！　全艦、反撃開始！」

反撃の信号が上がり、ヌソス船団はいっせいに真横へ向きを変えた。それまでの混乱した様子とは打って変わって整然とした動きだ。まっすぐ突っこんでくるガラリクス船団に向かって、アンヴェイル号が右舷全砲門を開く。散弾のたっぷり詰められた十三門の九メノン砲が、漕ぎ船の群れをぴたりと指向する。

「撃て！」

砲撃が始まった。これまでの大きな船の弱点に狙いを定めた一斉射撃ではない。各砲ごとに獲物をとらえて次々に撃ち続ける、つるべ撃ちだ。

「漂躊《ひょうちゅう》する。主檣帆《しゅしょうはん》、転桁《てんこう》せよ！」

アンヴェイル号は行き足を止め、その場で大砲を撃ちまくった。砲煙の中に砲煙が吹き出し、息つく間もなく鉄塊の雨を浴びせる。まるで、ヌソス湾の入り口を塞ぐ壁が突如出現したようなものだ。ガラリクスの漕ぎ船のオールが折れ、側板が吹っ飛び、穴が開き、浸水していく。

その間、敵帆船からの攻撃はまったくない。消火作業と回避運動に忙しく、攻撃どころではないのだ。岬の砲台からの正確無比ですばやい砲撃が、ドレンシェガー号を執拗《しつよう》に追い続けている。一度に放たれる十三発の砲弾のうち、最低三発は必ず当たっている。船と船との戦いではありえないほどの命中率だ。

すごいすごい、とパニが叫ぶ。

「どんどんあたる、魔法つかった？」

「何も。ガオンに地面をくれてやっただけですよ」

アルセーノが首を振り、肩の上のオウムといたずらっぽく目を合わせた。

ティセルは、ヌソス島に着いた直後のことを思い出した。この次にドレンシェガー号と戦って勝てるのかと尋ねたティセルに、アルセーノは答えてくれたのだ。

「大砲があれば勝てます」

彼はそう言った。

「二十八門艦のアンヴェイル号が三十門艦のドレンシェガー号と戦ったら、当然ながらこちらが不利です。士気と連度を限界まで高めても圧勝は望めません。よくて相討ちです。でもそんな勝ち方ではいけませんよね」

「困るわ。私たちは、生き延びた上で、レステルシーへ帰らなきゃいけないんだから」

「圧勝するためには大砲が必要です。ドレンシェガー号よりずっと多い大砲が」

「無理じゃないの。ヌソス諸島にはまだ大砲なんてないんだから」

「いえ、ありますよ」

「どこに？」

「反対舷に」

きょとんとするティセルに、アルセーノは説明した。

「軍艦が一度に使える大砲は、右舷と左舷のどちらか片方だけです。残る片方は常に遊んでいる。これを活用すれば、一気に大砲が二倍に増えることになります」

「どうやって？　片方にぜんぶ集めるの？」

「それは無理ですね。そんなことをしたら船がひっくり返ってしまいます。それにそんな改装をしたらひと目で敵に見抜かれて、逃げられてしまうでしょう」

「じゃあどうするのよ」

「船の上に置きません、陸に揚げるんです」

「……陸に？　どういうこと」

「つまり、沿岸砲台を作るんですよ。ヌソス湾の入り口の岬の上、あそこにアンヴェイル号の大砲を半分移動させます。高所に大砲を置くと射程が延びますし、狙いが安定し、連射速度も速くなります。十三門の大砲を備えた沿岸砲台といえば、これはちょっとした砦《とりで》ぐらいの火力になりますよ」

アルセーノはさらに図を描いて、作戦を教えた。

「敵が来たら海上で一戦交えてから、逃げる振りをしておびき寄せる。十分引きつけたら、本艦と砲台の両方から一度に攻撃を浴びせる。十字砲火ですよ。これならドレンシェガー

た。

ティセルは目を輝かせて賛成したが、するとアルセーノと老スパーに苦笑されてしまっ
「すごい……すごいじゃない、完璧《かんぺき》だわ！　これなら絶対に勝てるわ！」

一隻どころか、ガラリクスの船団がいっしょに来ても退治できるでしょう」

「これなら乗組員も説得できそうだね、スパー」

「そうじゃな。ティセルがこうもあっさり信じこんでくれたんじゃから」

「……なに？　気になる言い方ね」

ティセルが眉をひそめると、老スパーはこの作戦の欠点を教えてくれた。

「半分の大砲を陸揚げすると、アンヴェイル号はどうなるね」

「傾いちゃうんじゃないかしら」

「うん、もちろんそうなるな。じゃからして、まずは砂利を詰めた張りぼてを置き、水平を保たねばならん。しかしそれより問題なのは、敵に見破られてしまうことなんじゃ。並んでいる大砲のうちいくつかが火を吐かなければ、向こうの艦長はすぐに策略だと見抜くじゃろう。だからどちらか片方の舷に十三門すべてを置いて戦わねばならん。ということは――わかるかね？」

その意味を考えたティセルは、愕然《がくぜん》とした。

「戦争中、ずーっと片方だけを敵に向け続けなければいけないってこと⁉」

「その通りです」

「そんなことできるの⁉」

ティセルがそう聞くと、アルセーノは三角帽を片手でひらりと持ち上げて、悟ったような顔で言ったものだった。

「それが、ラングラフへ帰るために必要なことなんですよ」

……そして今、ヌソス湾のこの実際の戦場で、形勢は逆転した。艦と自分自身に多くの痛手を負いながらも、アルセーノはその難題を見事にこなしてみせたのだ。

――アル、すごいわ。

ティセルは小さくつぶやいた。

岬の砲台は、怒りが感じられるほどの激しさで連射を続けている。指揮を執るガオン掌砲長が、ここを先途とはりきっているのだろう。敵の反撃は依然としてない。崖の上まで大砲が届かないんだ、とティセルは気づく。

とうとうドレンシェガー号が大きく取り舵を切って外洋へ舳先を向けた。檣上見張りが叫ぶ。

「オノキア艦、反転！　離脱していきます！」

ウオーッと全艦から歓声が上がった。

いっぽう、ヌソスとガラリクスの漕ぎ船同士の戦いにも、決着がつきつつあった。ヌソスの船はガラリクス船に挑みかかると巧みに後退して、相手をアンヴェイル号の扇形の射界へ連れこんだ。アンヴェイル号の砲手の中に混じったヌソス人の戦士が、両軍の船を正確に見分けて、ガラリクス船だけを撃つように指示した。その連携に相手が気づいて距離をとるまでに、十艘以上も沈めてしまった。

そこへもってきて、ドレンシェガー号を追い払った岬の砲台がこちらを狙い始めたから、情勢は決定的になった。いまや両軍の漕ぎ船の数はほとんど同数になっていた。ということは、四十艘近くものガラリクス船が沈んだということだ。あたりの波間には残骸や破片が無数に浮かび、傷つき疲れた両軍の戦士が漂って助けを求めていた。

「もういいだろう。撃ち方やめ！　ジェイミー、敵に降伏を勧告してくれ」

「わかった！」

殺し合いがあまり好きではないジャムは、先ほどからしぶい顔で海面を見ていた。アルセーノに言われると、はりきって舳先へ走っていった。

メガホンを使って叫ぶ。しばらく何も変化がないように見えた。

そのとき、パニが叫んだ。

「ネフェライー！」

ヌソスの旗艦である大型船は、アンヴェイル号が反撃を始めたときに少し離れ、大砲の死角から港へ向かおうとする船を牽制《けんせい》していた。いまティセルたちが見る前で、敵の大型船が恐ろしい勢いで突進していき、ネフェライー号の舳先あたりに激突して止まった。パニが悲痛な顔で振り返る。

「あれ、ガラリクスの族長、船おさの船！」

「アンキへオスか。まずい、グリーネがやられる」

両船はアンヴェイル号の砲の死角にいる。岬の砲台は誤射を恐れてか撃ってこない。アルセーノは頭上を振り仰ぐ。

「檣上！　ヴァスラフの突撃船はどこか⁉」

「東方五百アロット、残敵を掃討中！」

漕ぎ船に乗りこんだ海兵隊が、しぶといガラリクス船と撃ち合っているのが遠目に見えた。手が離せないようだ。

パニが船べりに身を乗り出して叫ぶ。

「母さん、母さん！　ミトリウス！」

母思いの彼女の悲痛な声を耳にして、ティセルは決めた。パニの肩に手を置く。

「私が行くわ。みんなを助けに行きましょう」

「ティセル……」

目を丸くしてティセルを見たパニが、強くうなずいた。

「うん、行こう」

そのとき、舳先から一目散に走ってきたジャムが、艦尾楼に昇ってくるなり言った。

「おおい、パニの母さんの船がぶつけられてるよ！　なんとかしなきゃ！」

「知っている、ティセルが行ってくれるそうだ。ジェイミー、おまえも頼む」

アルセーノが座ったままそう言った。ジャムは彼の傷ついた右足にちらりと目をやって、にやりと笑った。

「そんな足じゃ来られないもんな、アル！」

「無念だ。足さえ無事なら、僕の指揮だけでなく剣技も見せてやれたんだが——」

「その剣もグリーネにあげちゃっただろ？　いいから待ってろって。おまえの役目は船を守ること！」

ジャムに言われて、アルセーノは憮然とした顔でうなずいた。

熟練水兵ホレスを始めとする、荒事に慣れた連中二十名とともに大ボートを出した。ネフェライー号に近づくと、ヌソス人の戦士や漕ぎ手たちが船べりからわらわらと飛びこんでいるのが見えた。船の上では敵味方が激しく斬《き》り結んでいる。明らかにヌソス側が劣勢だ。

と、ひときわ大きな波が打ちつけた拍子に、ガラリクスの大船がゆらりと離れていった。数人が船上でおろおろと走っているが、オールが動く様子はなく、流されていく。

ティセルはジャムとささやき合う。

「敵はみんなこっちへ来たのかしら」

「だと思うよ。まだグリーネはネフェライー号の中だ」

「乗りこむ？」

「その前に脅かしたほうがいいんじゃないかな。ホレス？」

ジャムに言われて、ホレスが心得顔でうなずいた。

「田舎者《いなかもの》どもに鉛玉の味を教えてやりましょうかね」

大ボートはネフェライー号の艦首に近づいた。そのあたりでは乗りこんだガラリクス兵が斬り合いに夢中になっている。その背中に向けて、こちらの水兵がボート上で立ち上がり、持ちこんだ手銃や長銃を向けた。最先任に当たるホレスが叫んだ。

「撃てぇ！」

銃声が連なった。ガラリクス兵が何人も倒れ、驚いてこちらを見る。水兵たちは慣れた動作で次の弾をこめて、さらに撃った。立ちっぱなしの敵がまたしても何人も倒れた。撃たれたら伏せるというラングラフ人なら当たり前の反応を、彼らはまだ身につけていないのだ。

「よし、行こう！」

ジャムが言い、ボートが接舷して水兵が手鉤《てかぎ》をかけると、真っ先に船べりを越えて乗りこんだ。それを見てティセルは叫んだ。

「ジャム、あなたが先に行っちゃだめでしょ！　飛び道具しか持ってないくせに」

「ごめんごめん、ほら！」

ジャムが手を伸ばす。それにつかまってティセルは船べりを乗り越えた。気持ちが高揚して、落ちれば溺《おぼ》れるということも思い出さなかった。

「これは私の務めよ！」

すばやく剣を抜き、覆いを外した盾を構えてジャムを背にかばう。そこは艦尾楼に似た箱型の貴賓室《きひんしつ》のそばで、少し先の甲板中央部では、ガラリクス兵がこちらをにらみながら態勢を整えている。ティセルの背後では水兵が続々と乗りこんでくる。手に手に短剣や手銃を引っさげて戦意は満々だ。グリーネを救った者には報奨《ほうしょう》が出ることになっているのだ。にらみ合いの末、先に敵が動いた。槍を構えて吠《ほ》えながら突っこんでくる。こちらではホレスが怒鳴った。

「撃てェ！」

ぱ、ぱん！　と銃声が耳をつんざき、硝煙が走る。敵の尖兵《せんぺい》のほとんどが倒れた。それを乗り越えて二列目が突っこんでくる。槍ではなく湾刀《わんとう》の使い手どもだ。

「うりゃあーぁっ！」

ティセルは腹から声を吐いて、全身に力をこめた。

敵と味方が激突した。

ティセルは最前列で挟まれた。頭上から振り下ろされた湾刀を剣でいなし、すばやく突く。剣尖《けんせん》は相手の腹を綿か何かのようにたやすく貫いた。抜いて向きを変えて避けて突く。押されて襟《えり》を引っつかんで足を払う。倒れた敵の向こうの敵を突く。右の敵が味方に刺されて、のたうつ。左に湾刀のきらめきが見え、避けきれず肩に食らった。がしん、と肩当てに衝撃が来る。止めたものの姿勢を崩した。そこへもう一撃斬りこまれる。敵の引きつった勝利の顔が見える。たてがみにリボンを結んだ洒落者《しゃれもの》っぽいガラリクスの男だ。

ぶん！　と飛んできた石がその顔を砕いた。リボンの兵はよろめいて倒れる。やった、と一瞬で判断して視界を広げる。右にわずかな隙間。躍りこみ、敵の膝《ひざ》を蹴り、首筋を突いて斬り、左の味方に目を留める。頭に一撃食らってふらついている。目の前の敵に斬られてしまいそうだ。剣を構えて、もう一度叫びながら全力で突っこんで、横っつらを張り飛ばした。とたんに背後から別のやつに肩をつかまれた。もがいて振り払おうとすると逆に首に手を伸ばされた。顎《あご》に指が触れてぞっとする。

しかし次の瞬間にはまた、ぶんと石の音がして後ろの敵が悲鳴を上げた。その腕を振りほどき、思い切り走ってその場から離れ、別の隙間に躍りこんで、次の敵の意表を突いて斬りつけた。

右へそして左へ、ティセルは揉《も》み合いの最中を巧みにすばやく跳ね回りながら、鋭い致命的な一撃を繰り出し続けた。

「敵が引っこむぞ！」

どれぐらい戦ったのかわからないが、ホレスの叫びを耳にして我に返った。ネフェライー号の細長い露天甲板にはまだ硝煙と血の匂いがもうもうと漂い、仰向けの死体とうつぶせの死体が数多く転がっていたが、よく見れば、もう斬り合っている者はいなかった。残敵は海へ飛びこんだようだ。アンヴェイル号の水兵たちは、余勢を駆って下層へつながる階段を駆け降りていく。

「はあっ、はあっ、はあっ……！」

ティセルは肩で息をして、立ち尽くした。何も考えずに、ただ務めを果たすことのみ考えて訓練の通り動いたが、どうにか生き延びた。きっといくつもの死を避けたのだろう。剣を見る。師の剣は血に濡れて生々しく輝いていた。聞かされた通り、とてもよく貫いてくれた。

勝ったのだ。

「はあっ……！」

胸に湧く喜びを感じたとき、背後でジャムの声がした。ティセルは振り返って何か話そうと思った。

貴賓室の上にいたジャムとパニが、助け合って降りてくるところだった。

「下、気をつけて」

「うん、見えてる」

ティセルが口にしようと思ったことは、どこかへ行ってしまった。ジャムは例の石当ての布を腰にぶら下げている。パニを無事に降ろすと、こちらを見て首をかしげた。

「テス、だいじょうぶ？」

「うん」

ティセルは短く答えた。戦闘時の、荒々しい高ぶった気持ちのまま話したら怒鳴ってしまいそうで、口ごもるしかなかった。

そうだ、パニのお母さんを助けに来たんだ、と自分に言い聞かせた。

そのとき、下層で何人もの悲鳴が上がった。三人と残る水兵たちは顔を見合わせた。

「なんだ？」「くそっ、まだ抵抗していやがるんだ」

ホレスが毒づいて階段を駆け降りていった。ティセルたちも続いた。

アンヴェイル号の砲列甲板に当たる階層が、この船では漕手甲板《そうしゅかんぱん》になっていて、入ると汗と垢《あか》の匂いがむっと鼻をついた。天井が低くて、明かりはなく、薄暗い。砲門と違ってオール穴は小さいので、光があまり入ってこないのだ。艦首まで続く中央通路があり、その左右に二人がけの椅子がオールの本数分、並んでいる。恐ろしいことに、それらの椅子にはすべて人影が折り重なって倒れ、うめいていた。漕ぎ手たちだ。

通路のいちばん奥――艦首近くで、激しい戦いが行われていた。剣光と銃火がきらめいている。ティセルたちはそちらへ走った。

オール穴から斜めに差しこむ光が、白い筒のように規則正しく奥まで並んでいる。ティセルがたどりついたとき、戦っていた最後の一人が倒れた。

その後ろに、ずぶ濡れの白い寛衣をまとった数人の人影が立っていた。骨質の杖を左手に持ち、金細工の冠をかぶった者がいた。

アンキヘオスの左腕に、ぐったりとしたグリーネが抱かれていた。

パニが金切り声を上げる。

彼女が駆け出そうとしたとき、ホレスがそれを引きとどめて、代わりに手銃を突き出した。

「野郎、こいつを食らいやがれ！」

彼の銃がパン！　と音を立てて火を吐いた。

そのとき、ティセルは、ガラリクスの執政官が口を尖らせるのを見た。そこからチリチリと輝く薄い霧のようなものが噴き出す。弾丸はその霧の中に突っこんでいったが、途中で美しい火花を発して、流星のように燃え尽きてしまった。

「なんだと……？」

鉄砲が効かないという異常事態に、ホレスが固まる。すると霧はさらにこちらへ向かってのびてきた。仲間たちが次々に発砲したが、霧の中に光の軌跡をいくつも描いただけで、一発も敵に届かなかった。

ジャムが、およそ彼らしくもない乱暴な動作でティセルの腕を引っつかんだ。

「戻れ、あぶない！」

ティセルは本能的にそれが真実だと悟った。腕を広げて仲間たちを強引に押し下げる。十歩ほど下がると霧は力なく拡散した。ティセルたちの耳に、アンキヘオスの低い笑い声と、ヌソス語でのつぶやきが届いた。それを聞いてジャムが叫んだ。

「もっと離れて。あいつは危険だ、隠れて！」

「わかったわ」

ティセルはさらに後退し、漕ぎ手の椅子の後ろに入った。小声でジャムに尋ねる。

「あれはなんなの？　ジャム、あなた何か知ってるの？」

「おれだって知らないよ！　でもあいつがさっきぶつぶつ言ったことは聞こえた。あいつは、もう鋼晶がなくなりそうだ、早く金晶を手に入れねば、って言ったんだ」

「鋼晶？　に、金晶？」

「あいつはきっと彗晶族《キオニカン》なんだよ！」

「なんですって……」

ティセルは呆然として椅子の背から顔を上げる。離れすぎたのでアンキヘオスの姿はよく見えないが、グリーネの耳元に顔を寄せてぼそぼそと話をしているようだ。

あれが――メギオスと戦った邪悪な敵の残党？

「彗晶族《キオニカン》がなんでこんなところにいるの？　何をしているのよ！」

「だからわかんないって。金毛氈をよこせって言ってるんだから、金晶ってのは金毛氈のことなんじゃない？　それを手に入れると、あいつにきっと何かいいことがあるんだよ」

「いいことって何よ……」

「さあ。でもろくでもないことだと思うね。こんなにたくさんの人を殺してるんだから。でも案外、たくさんの犠牲が必要な、とてもためになることをしようとしているのかもしれない。テスはどう思う？」

「ろくでもないことのほうだと思うわ！」

ティセルは力をこめて言った。おれもそう思う、とジャムがうなずいた。

そのとき、背後でパニが声を上げた。

「ミトリウス？　ミトリウスだ！」

彼女のいる椅子のすぐ前に、ミトリウスが漕ぎ手として座っていたのだ。ティセルたちは彼の周りに集まる。ミトリウスは土気色の顔で苦悶《くもん》していた。パニが涙ながらに彼の顔を覗きこんだ。

「ミトリウス、大丈夫？　元気になれ！」

するとガラリクスの若者は、か細い声で水を求めた。パニが辺りを見回す。通路に飲み水の大樽と塩箱が据えつけられている。そこからひしゃくで水を汲んできて飲ませた。ミトリウスは激しく咳《せ》きこみ、泥のようなものを大量に床に吐き出して、ようやく呼吸を取り戻した。

「ああ……助かった。ありがとう」

「ミトリウス、何があったの？」

水で助かるんだ、とほっとしながらティセルは聞いた。だがミトリウスは首を振った。

「わからない。船がぶつかって、上で戦いが起こって、煙が流れてきて息が詰まった。なんだった？」

「きっと、アンキへオスの息をかけられたのね」

ティセルがつぶやくと、ホレスたち水兵がざわめいた。

「やつはこれだけの漕ぎ手をいっぺんにやっちまったんですか」

「化け物じゃねえか……」

「手銃が効かなかったぞ」

「まずい相手だな」

水兵たちは果敢だが、一面では迷信深いところもある。怪物、化け物のたぐいには腰が引けてしまう。彼らはおじけづいた。

そのとき、ティセルはあることを思い出した。

「私の盾――」

いったん腰の後ろに装着していた盾をまた外してジャムに見せた。例のちょっぴり恥ずかしい、大口を開けた魚の柄の盾だ。

「この盾は彗晶族《キオニカン》と戦うための盾だって、エンツィンさんが言ったわよね？」

「言ったけど……突っこむ気？」なぜかジャムは気乗りしない顔で首を振った。「だめだよ、テス」

「なんで⁉」

「だってあいつ鉄砲が効かないんだよ？　きっと剣も通じないよ。テスはそこらへんの男よりずっと強いけど、剣が刺さらない相手にはかなわないだろ」

彼の瞳《ひとみ》は金色だ。普段それは明るくとても楽しげにしか見えない。でもたまに、たとえば今みたいなときに、ひどく真剣で強い光を帯びる。そうなるとティセルは胸が騒いでしまって、まともに見られなくなる。弱い、と言われているならなおさらだ。

「そんなのやってみなきゃわからないじゃない」

「テス！」

ティセルが立ち上がろうとしたとたん、ジャムが、ひっしと腰にしがみついた。

「行っちゃダメ、行っちゃダメだよう！」

あきれたことに、ジャムは泣き顔になっていた。きゅっと目を閉じて首をぶんぶん振る。

それを見てティセルは思わず叫んだ。

「何よ、なんで泣くのよ！　ここまで全然止めなかったくせに」

「ここまではティセルが負けそうに見えなかったんだよう」

「負けそうに見えない？　だったらなんでさっきから、後ろからブンブン石飛ばしてくれてたのよ。頼りないと思ってたんでしょ。やれやれと思ってたんでしょ！」

「そんなわけないだろ！　おれはテスが心配でずっと見てたの！　いくら強くたって万が一ってことがあるじゃんか！」

「嘘ばっかり、パニと高みの見物してたくせに！　二人で部屋の上に昇って、なかよくいちゃいちゃしてたくせに！」

「パニは騎士じゃないもの。ティセルみたいに鎧《よろい》も着てなくて危ないからだよ。いちゃいちゃなんかしてないよ。おれがそんなことするわけないじゃん！」

「わあ、あきれた。そんなことするわけない？　どの口がそんなこと言うのよ。いつもいつも女の子と見ればにやにやベタベタすりすりくっついてって、さわったり抱きついたりやりたい放題やってるくせに」

「そりゃ普段はそうかもしれないけど今はちがうよ。いくらおれだってこんなときに女の子といちゃいちゃしたって楽しくないよ！」

「そういう問題じゃないっ！」

「じゃあなに？　テスなんでそんなに怒ってんの？　おれテスが好きで言ってるのに！」

「それっ！」

抜きっぱなしの剣を握ったままの拳で、びっとジャムの顔を指差してティセルは言い放った。

「ほんとに好きでもないのに軽々しく好きって言うな！」

「ほんとだって！」

「じゃあパニは！」

「パニも――」

「も!?」

ティセルは声を高めてジャムに思い切り顔を寄せた。ジャムはぽかんとして見つめ返す。

顔が熱くなり、逃げ出したくなってきたが、ティセルは懸命にこらえた。

船の上で、ガオン島で、ガラリクスで。くるくるまとわりついてにこにこ笑っている彼が、嫌いじゃなかった。見ていたいし、そばにいたいと思うようになった。

「ジャム――私――私」

もうあとひと言、それを言わなきゃ始まらないという言葉があるのはわかっていたが、その言葉は大きなフコの実の塊みたいに喉の奥につかえてしまって、ティセルがどんなに頑張っても、ありったけの気力をふるい起こしても、出てきてくれなかった。

でも、ティセルは騎士だった。もとより、言葉ではなく行動で表す人間だった。

「――私！」

左腕をかけてジャムを引き寄せた。赤毛の頭の横、肩に顔をのせる。右手の剣は離すわけにはいかないから下にさげて。

そして、ぎゅっと力をこめてジャムに抱きついた。祈るような気持ちだった。自分の硬い防具越しに、ジャムの意外としっかりした体つきが感じられて、男の子のあったかい汗の匂いがした。

すると、ジャムが身動きした。右腕をティセルの腕の外に出して、背中に回す。

そうして、ティセルがしたのよりも強く、ぎゅうっと抱きしめた。

「わかった」

「わかった？」

「うん」

ジャムがティセルの耳のすぐそばで、ぼそっとささやいた。

「テスだけだからね」

その言葉は耳に入るととてもくすぐったくて、ティセルはおへその下あたりに、ぞくぞくっと細かな震えを感じてしまった。

「ほんと？」

「ほんと」

「ぜったいよ？」

「うん、絶対」

「ジャム……」

ティセルはもう一度、腕に力を入れて、頬《ほお》を押し当てた。

「あー」

とひどく困惑したような声が聞こえた。

ティセルが「ふぇ」とつぶやいて、少し潤んでしまった目を上げると、熟練水兵ホレスほか何人もの水兵たちが、酒でも飲んだように赤くなった顔をしかめて、椅子の足だの天井の梁《はり》だのを見つめていた。

ホレスが爪をいじりながら、ちらちらと目を向けて言った。

「騎士さま、そういうのはできればあとでゆっくりやってもらえると、大変ありがてえんですが……」

ティセルは何度か、ぱちぱちと瞬きした。

そしてぎこちなく腕を広げて、顔から火が出るような思いでジャムから離れようとした。

そのとたん、後ろからパニが飛びついてきて、ぐりぐりすりすりとほっぺたを押しつけてから、「ティセル！」と顔を覗きこんできた。

「な、なに？」

「わかった、ジャムはあげる！」

「はえっ？」

「パニはミトリウスと子供作るよ！　テスはジャムとね！」

「まだそんなこと言ってないでしょう⁉」

ティセルが声を上げて振り向くと、パニはにいっと目を細めて笑ってから、ばんばんと勢いよくティセルの腕を叩いて言った。

「そうだね、子供作るのは、あと！　だから、今は——」

通路の先を指差す。

「あいつ、やっつけよう！」

ティセルは二度、大きく深呼吸して気合を入れてから、うなずいた。

「……ええ！」

立ち上がると、隣でジャムもいっしょに立った。腰から石当てを取って、ヒュン、と音を立てて振る。ティセルが目を向けると彼も振り向いた。

「あいつ、鋼晶がもうないって言ってたから。大きな石なら燃やされずに届くかも」

「もう止めない？」

「うん。いっしょに行くよ」

いっしょに。そんな簡単なひと言だけで、体の芯《しん》が震えて力がみなぎる気がした。口元が笑ってしまい、目を閉じてうなずく。

「行こう」

ティセルはしっかりと構えた盾に上体を隠して、慎重に進み始めた。

艦首の闇の奥が再び見えてくる。アンキヘオスはグリーネを床に横たえていた。死んでしまったのだろうか？　いや、大丈夫だ。彼女はまだ生きている。弱っているようだが、懸命に首を振っている。

執政官は顔を上げて、錨のような蛍光を放つ不気味な瞳をこちらへ向けた。ざらついた、聞き取りにくい声で言う。

「もっとじゃれていればいいのだ、諸島環人ども」

彼がラングラフ語を話したのは、もはや驚きではなかった。諸島環の中心から来《きた》った古い怪物なのだ。人間の言葉ぐらい、いかようにも操るだろう。

「金毛氈の馬鹿な浪費はさせぬ。私が使って金晶となるのだ。おまえたちにはそれから吹きこんでやる。星猿を戮して珠を砂に《ダール・ラーフ・ウニーブ・キオニーク》。だが、まだ船はあってもよい」

「グリーネから離れなさい！　みんなの息を戻して、この島から去れ！」

ティセルが剣を突きつけて叫ぶと、アンキヘオスは口の端を吊り上げて寒気がするような笑みを浮かべた。

「至高だ、女騎士。グリーネがここにあり、その娘とおまえがみずから来た。館でひと目見てからこの時を待っていた。もっともっと猛《たけ》れ、勇ましく叫ぶといい！」

ついさっきとはまるで正反対の、おぞましい寒気を覚えて、ティセルは剣を握りなおした。応《こた》える気などまるで起きなかったし、それ以上にそいつの声を聞きたくなかった。

「イィイ――リャアーッ！」

盾の陰から剣を構え、床板を鳴らして中央通路を突進した。たとえ盾に特別な力がなくても、この身の勢いだけで敵を仕留めるつもりだった。

顔を隠したその構えと、何が何でも倒すという気迫があだになった。

ガッと何かがすねを強く打った。

「あっ⁉」

ティセルは前のめりに転倒した。剣が床にカッと突き立つ。振り向くと、漕ぎ手の椅子の間にアンキヘオスの取り巻きが一人隠れていた。足払い！　敵の狡猾《こうかつ》さをうらむ間もなく、アンキヘオスが砂の霧を浴びせてきた。

「きゃあっ……！」

至近距離でまともに食らってしまった。顔を覆った冷たい粉末が喉になだれ込む。するとそれは気管の内側にびっしりと貼りついて、一瞬で喉を詰まらせてしまった。

息ができない。頭に向かう血も邪魔される。あっというまに視界が赤くなり、耳の中がガンガンと鳴り始めた。

「うぇえっ、ぐっ、げほっ……」

ティセルは漕ぎ手たちと同じように、床の上で身をよじってもだえ苦しんだ。何度も喉を鳴らして砂を吐き出そうとするが、わずかな泡が蟹《かに》のように口の端からこぼれるだけで出てこない。とめどなく涙がこぼれる。苦痛と、悔しさの涙だ。

——あんなに勢いのいいこと言ったのに、なんて無様な有様！

「テスーっ！」

頭の上で、何度もブンッ、ブンッと飛礫《つぶて》の音がする。乾いた火薬の音もだ。ジャムやみんなが必死に援護してくれている。そのおかげか、アンキヘオスは近づいてこない。だが飛礫が届いているわけでもなかった。彗晶族《キオニカン》が吐き出し続ける砂の霧が、石や弾丸をパチパチと火花を上げて受け止め、右へ左へと逸らしている。ティセルの体にも砂の余波が降りかかる。

ジャムは十個程度の石しか持ち歩いていないし、弾丸だって限りがある。すぐに打つ手がなくなるだろう。そうしたらみんな窒息させられてしまうのだ。その後で、グリーネも自分もパニも辱《はずかし》められる。

母にもフレーセにも、ウルサール国王にも、もう会えなくなるのだ。

——そんなの、いやだ！

痛切にそう思い、しびれて冷たくなりかけている腕に残った力をこめると——

その腕にかけている、砂まみれになったメギオスの盾が、ばくん、と奇妙な音を立てた。

なんだろう？　とかすかな疑問が浮かぶ。何が起きたのかわからない。少なくとも、構えているティセルにわかるような変化は起こっていない。

だが、この盾がいま自分に応えてくれているのだということは、ティセルにもわかった。どこか遠くから低い低いうなりが聞こえてきた。船の索具を揺らす風のようにも、巨人の呼び声のようにも聞こえるうなりだ。

……ぼおぉぉぉ……ぉぉぉぉ……

ティセルは右腕を差し上げた。そばに木の樽がある。手をいっぱいに伸ばせば樽の縁に届くはずだ。

「ぐ――」

手が上がらない。力がこもらず、感覚もない。情けないほどぶるぶる震えてしまう。指を這わせてなめくじのように樽の側面を上らせる。帯金をひとつ越えふたつ越える。あと少し。あと指一本分――。

そこへアンキヘオスがやってきて、ティセルの手首をつかんだ。

「素晴らしい、その若さで素晴らしい気力だ！　女騎士！」

力ずくで樽から引き離して、ティセルを肉塊のようにドッと床へ投げ出す。「テス！」とジャムが突っこんでこようとしたが、砂の霧をひと握り浴びせられてその場に突っ伏した。

ジャム、と叫びたかった。その声すら出ない。

アンキヘオスがティセルの上にかがみこみ、両頬を手でつかむ。その顔には捕らえた獲物に向ける愛《いと》しそうな笑みがある。

「まだ死んではならんぞ。おまえは金晶で吹く。そうして、館の門番にしてやろう。その剣と盾を構えて、昼も夜もずっと立ち続けるのだ。そこを通る者が一人もいなくなる日まで な！」

アンキヘオスは高々と笑った。理解も共感もできない、寒々しい大笑いだった。

そのとき、顔を覆い身を伏せて突っ走ってきたパニが、水樽に体当たりした。

どっ！　と音がして樽が揺れる。だが、倒れない。胸の高さまで水の満ちた、重い重い樽だ。ゆらりと片側が浮いただけで、戻りそうになる。

「うおおおおっ！」

そこへ一丸となった水兵どもが絶叫しながら突っこんできた。とっさに避けたパニに代わって、重量級の体当たりを樽にぶちかました。

重い音を立てて樽が倒れた。小さな波がザアッと床を走ってティセルの顔を洗った。

それを飲んだ。パサパサに乾ききっていた喉に水が流れると、嘘のように貼りつきが消えた。ティセルは思い切り咳きこんだ。

アンキヘオスは目を吊り上げ、水兵どもをにらむ。

「無駄なあがきだ。おとなしく逃げ去ればよいものを！」

彼が骨質の杖をひと振りすると、壁際に立っていたガラリクス人の取り巻きたちが向かってきた。のみならず、倒れて苦しんでいた味方や漕ぎ手の男たちまでもが、うっそりと起き上がって暗い敵意を宿した目を向けた！

アンヴェイル号の水兵たちは、三倍の数の敵に囲まれた。ホレスが叫ぶ。

「ちくしょう、こんな終わり方ってあるかよ！」

そのときだった。

「彗晶族《キオニカン》、ひとつだけ聞かせて」

ティセルが椅子につかまって立ち上がった。涙にまみれた顔をぐいと袖で拭いてアンキオスを見つめる。形のいい眉の下で深い茶色の瞳が冷ややかな光を放つ。振り向いた彗晶族《キオニカン》が感嘆の顔になる。

「逃げぬのか。ますます素晴らしい――」

「おまえはメギオスを知らないの？」

「ヌソスの者か？」

それを聞くとティセルは笑って言った。

「ならば知りおけ、天の異族！　宵魚の眼光を享《う》けて嵐神の下僕を制した、われらが博覧王メギオスの遺功、おまえを滅ぼすのはこれだ！」

ティセルが胸の前に構えた盾は、口を開いていた。

口、そう、宵魚の口だ。黒く塗りつぶされていたはずの口が、いま、底をなくしていた。何もない。透徹した無限の闇がそこで待っている。大気が底に吸われていく。ぼおぉぉおと深い広いうなりが、もはや誰の耳にも聞こえていた。

アンキへオスがカッと目を剝いた。

「ランギの口⁉」

言うなり、杖を投げ捨てて身をひるがえし、出口へ向かって走りだす。今までの傲岸《ごうがん》な態度からは考えられない、すばやい逃げ足だ。

だが、メギオスの盾は逃さなかった。

吸引の音が恐ろしいまでに高まった。空気が白くにごって渦を巻きながら穴へ落ちる。構えるティセルですら引きずられそうになるほど凄《すさ》まじい力だ。階段に片足をかけていたアンキへオスがぴたりと動きを止めたかと思うと、誰かに後ろ髪を引っぱられたかのように転倒して、ずるずると近寄ってきた。風の強さを考えに入れても奇怪な動きだ。その体からサラサラと細かな粉末が削り取られていく。

明らかにメギオスの盾は、空気よりもなお、彗晶族《キオニカン》の砂を欲していた。

「やめろおおぉ！」

アンキへオスが絶叫したとたん、その大きく開いた口から、噴水のような勢いでドバッと砂があふれ出した。その不定形の塊は、盾に吸われてみるみる小さくなっていき、やがて跡形もなく消滅した。

するとたんに、静寂が訪れた。強力な吸引は、始まったときと同じように唐突に終わった。ティセルがおそるおそる盾の前面に触れてみると、そこには冷たく確かな合金の感触が戻っていた。

「おのれ……まさか、ランギのよすがが遺っていたとは……」

アンキヘオスは立ち上がり、再び骨質の杖を握った。その姿にティセルたちは息を呑む。衣服や毛髪のあちこちが、それどころか肌や指先までもが失われて、欠けたところからさらさらと砂が落ちていた。

この者は、現身《うつしみ》すべてが砂の霧からできているのだった。

「娘、それをよこせ……！」

杖を振り上げて、一歩一歩近づいてくる。その姿が、というよりも異様な執念が、ティセルの怖気《おぞけ》をかきたてた。

「来るな、怪物！」

あと三歩、という時だった。

ブンッ！と飛んできた石が彗晶族《キオニカン》の片足を砕いた。アンキヘオスは傾いて倒れる。振り向いたティセルは顔を輝かせた。

「ジャム！」

石当ての布をさげたジャムが、得意げに片手を上げた。ミトリウスが彼に肩を貸していた。

ティセルは床に刺さっていた剣を引き抜き、虫のようにうごめいているアンキヘオスのそばへ向かった。怪物が片目だけで見上げる。その姿には嫌悪しか覚えなかったが、ティセルは騎士として、最後の問いかけをしてやった。

「聞くわ。降伏か、死か?」

にやりと笑ったアンキヘオスが、残った両腕だけの力で、ティセルの足にしがみつこうとした。ティセルはすばやく飛びすさり、剣を振りかざした。

「あわれな怪物、嵐神さまのもとへ帰れ!」

ティセルはそいつを袈裟懸《けさが》けに両断した。アンキヘオスは声もなくわななくと、ガサリと崩れた。金細工の冠が床に転がった。

ヌソス百六十島を支配しようとしていた古い怪物は、ひと山の砂となって果てたのだった。

終章

ヌソス群島から漕《こ》ぎ船で二日の距離にある離島、アラケス島。

その沖合いに投錨《とうびょう》するドレンシェガー号のもとに、帆装して出かけていた大ボートが戻ってきた。

ボーガ副長が艦長室へ入ると、シェンギルンは執務机について事務をしていた。その前に立つと、ボーガは例によって、世の中の何もかもが不満そうな顔で敬礼した。

「偵察隊、戻りました。家畜一頭ガメて来ました。人員の損失はなし」

「ご苦労」

「もうおけがはよろしいので」

「あれから七日だぞ」

シェンギルンは筆を止めて、ボタンを外した制服の下の、シャツの脇腹《わきばら》を叩《たた》いてみせた。

「もうすっかりくっついた。どうだ、ひとつ拳闘《けんとう》でもやるか」

陸軍国であるオノキア王国では個人の戦技が重視される。いくぶん建前の気配もあるが、軍艦の艦長は乗員の誰よりも拳闘が強いということになっているし、折に触れて、それを見せつける習わしだった。

ボーガは無愛想に首を振った。

「馬鹿言わんでください。おれが勝ったって誰《だれ》も喜びゃしねえし、艦長に花を持たせるのも願い下げです」

「絶好調だな」

傷が治ったというハッタリを見抜かれたので、シェンギルンは肩を震わせて笑った。

「で、結局どうだった？　あの化け物が勝ったのか、それともヘラルディーノ艦長が勝ったのか」

「どちらでもありません。勝ったのは騎士の娘っ子です」

「騎士？」

「アンヴェイル号に乗ってきた、ティセル・グンドラフって名前の子供ですよ。こいつのせいで話がだいぶきれいに、いやおれたちからすれば厄介な感じに、まとまりました」

彼の偵察隊は、いったん群島を離れたドレンシェガー号から、戦闘後の情勢を探るためにヌソス島へ送りこまれていたのだった。シェンギルンに促されて、ボーガは詳しく説明した。

ドレンシェガー号が去ったあとの海戦はヌソス側が勝利し、ガラリクス族長アンキヘオスは討たれた。ヌソス族長グリーネはガラリクス島へ使者を出して、降伏を勧告した。ところが、三日たって戻ってきた使者の報告によれば、ガラリクス島は大混乱に陥って次の新しい指導者が出ておらず、交渉相手が見つからなかったという。

「彗晶族《キオニカン》のアンキヘオスが死んだんで、操り人形だった長老や将軍どもが正気に返って、現状把握に手間取ってるようです」

ともかく、ガラリクス側にこれ以上戦争をする意思も能力もないことがはっきりしたので、グリーネは戦備を解いた。そして戦勝の祭を始めた。祭のあとでガラリクスへ軍事介入する気はないらしかった。

港ではアンヴェイル号の修理が進められており、警備も固められていた。

「隙《すき》があったらアンヴェイル号を乗っ取ってやろうと思っていたんですが、いまいましいことに夜間のボート哨戒《しょうかい》まできっちりやっていやがりました。やつらの備えは万全です」

「金毛氈《きんもうせん》はどうなった？」

「それが、とうとう取り尽くされちまったようで」

「なに？」

「グリーネたちが刈り集めて、燃やしちまいました。あれがあるから不吉な彗晶族《キオニカン》がやってきた、みたいな理屈らしいです」

「そうか……」

シェンギルンは嘆息した。ドレンシェガー号の公式な任務は、これで失敗に終わったわけだ。

「あ、豚が戻ってる」

「誰が豚だこの淫乱《いんらん》肉ボケ女」

「うるさいよ、ただいま帰りましたご飯ください、でしょ」

罵倒《ばとう》しながらアモーネが茶菓を出し、席に加わった。ボーガがかいつまんで偵察結果を教えると、彼女もがっくりと大きな胸を落とした。

「なーんだあ、金毛氈、だめだったのかぁ……見たかったなあ」

「まあまったく完全にダメってこともなかったんだが」

「へっ？」

ぱっと顔を上げた彼女の鼻先で、ボーガは懐《ふところ》から出したハンカチを広げて見せた。炭と土で汚れた、ごつごつした金色の塊が現れる。

「グリーネが燃やしたあとからかっぱらってきた」

「おー、すごいすごい」

目を見張ったアモーネが、は、と手を止めてハンカチをシェンギルンのほうへ押し出した。

「はい、かんちょが先」

「いや、いいぞ」

「ほんと？」

アモーネは顔を輝かせてそれを受け取った。だが、目を細めて見つめたり、軽く噛《か》んで歯型をつけたりした末に、眉《まゆ》をひそめた。

「これってどう見ても、ただの溶けた金だね」

「さすがはあばずれだけあって宝の値打ちがわかるか。その通りだ」

「あばずれゆーな。こんなものを陛下にあげたら、笑われちゃうね」

「いや……」

落胆するアモーネの手から金塊を取り、シェンギルンは軽く宙に投げ上げて、手に握った。

「十分だ。カルテローチェ陛下はこれでわかってくださる。よくやったな、ボーガ」

「お粗末さまで」

ボーガがお義理程度に目礼した。

シェンギルンは金塊をしまうと、ボーガに命じた。

「陸戦隊を編制しろ。ガラリクスへ行き、帰国に必要な補給を行う」

略奪する、という意味だ。ガラリクス島の政情が混乱している今は絶好の機会である。

ひと言の説明もなしにそれを理解して、ボーガはうなずく。

「了解」

「ねーかんちょ、アンヴェイル号ともう一戦しないの？　帰り道で待ちかまえてやっつけたい。あたし大砲ぼんぼんすんの、気に入っちゃった」

「弾《たま》がないんだ、アモーネ」

「タマ？　ああ大砲の弾」

ドレンシェガー号はもともとアンヴェイル号より弾薬の消費がやや多いうえ、ガラリクス島に初上陸する際、威嚇《いかく》のためにかなり消費した。アモーネもそれを覚えていた。

「そっかー、タマないのはダメだよねえ……」

「潮時ということだ」

そう言うとドレンシェガー号の艦長は立ち上がり、二人を見た。

「百日も航海して海図の倍も離れた島にたどりつき、外陸の風変わりな連中を見聞きして、ラングラフ軍と正々堂々渡り合った。オノキア全軍にもこんな艦はない。立派な成果だ。おまえたち、礼を言うぞ」

「どうも」「あはーん」

ボーガはぶっきらぼうに言ってうつむき、アモーネはほっぺたを手で挟んで身をくねらせた。


ヌソス島では両軍の負傷者の手当てと死者の弔《とむら》い、論功行賞やらの何やらの、戦《いくさ》の後につきものの片付けがあって、しばらくは騒ぎが続いた。ティセルとジャムも船と町の間を何度も往復して働いた。しかしそれも、十日もたつと落ち着いてきた。

そうすると持ち上がってきたのが、婚約問題だった。

「ジャムは最後に、石を投げてあの不吉な砂の怪物を倒してくれただろう。パニ、おまえはジャムでは不満なのか？」

「ミトリウスだって手伝ったよ！　パニはもうミトリウスにするって決めたの！」

グリーネはあのとき、意識が朦朧《もうろう》としていながらもアンキヘオスが倒された様子を覚えていた。けれども、何十人もいた漕ぎ手の一人でしかないミトリウスのことは、あまり覚えていなかった。そのため、殊勲者《しゆくんしや》であるジャムを婿《むこ》にすることにこだわった。ジャムとミトリウスの二人が（片いっぽうは消極的に、もういっぽうは積極的に）自分の希望を表しても、まだ粘った。この件についてアルセーノは、グリーネの機嫌をそこねたら、アンヴェイル号の補給もままならなくってしまうため、口出しを控え、さらに何か言えるのは残る一人だけということになった。

「あのっ、グリーネ、お話があります！　――ジャムは私がお婿にするので、取らないでくださいっ！」

ティセルが彼女の面前でそう絶叫する羽目になった。そんなの絶対いやだと思っていたが諸般の事情が許さなかったのだから仕方ない。だが効果はあって、パニの通訳でそれを聞いたグリーネは、確かに動揺した。

ただし動揺の方角が予想外だった。

「白い帆の船の女戦士、おまえがいたな。――アンキヘオスの前に立ったときの度胸と腕っぷし、たいしたものだった」

「そうですっ私が彗晶族《キオニカン》を倒したんですっだからジャムを」

「おまえ、私の養女になれ」

「くださはあ？」

「おまえのように凛々《りり》しい女戦士なら、みな従う。どうも子供はそんなに産めなそうだが産めばいい」

——」とティセルの胸や腹やお尻を撫《な》で回しつつ、「まあ、かまわない。跡継ぎはパニが

「ちょっと、あの、ジャムは⁉」

「だから、ジャムと結婚すればいい。おまえは族長になれ。パニはミトリウスと結婚し、私の血筋をつなぐ。万事まるく収まる」

「収まるわけないでしょう！」

ここに至ってさすがにアルセーノが乗り出してきた。

「いくらなんでも、アンヴェイル号の大事な士官を二人も持っていかれるわけには参りません。ここはミトリウスを認めてやってください」

「船ごと島に住めばいいだろう」

「我々はラングラフ国王ウルサール陛下の臣下であり軍艦なのです！」

「母さん、あんまりめちゃくちゃ言うと、パニは島を出るよ！　ミトリウスつれて、アムベイル号に乗って、遠くに行ってしまうよ！」

パニまで加わり、激論になって日が暮れた。

しかし翌朝になると、命と一族と島を救ってくれたラングラフ人たちに対して、さすがにわがままを言いすぎたと思ったのか、グリーネも折れてくれた。

「考えたのだが、ミトリウスはアンキへオスの館から逃げ出すとき、私をおぶって走ってくれた。力持ちだし、勇敢《ゆうかん》であるし、子作りも強そうだし、何よりも、こちらへ来てから

みなとうまくやっている。やはりミトリウスと結婚するのが一番いいと思う。どうだ？」

「うん、それがいいよ！」

ようやくこの件は決着したのだった。

港ではアンヴェイル号の修理と保存食作りが進められていたが、アルセーノが帰国を決定したのは、ガラリクスからの一報を耳にしたときだった。それは、ドレンシェガー号が戻ってきて、食料と水を大量に奪い、東へ向かって逃げていったというものだった。

「どう思う？」

「まず考えなければいけないのは偽装だろうけど」

アンヴェイル号の少し肌寒い艦長室で、少年艦長と老オウムが話し合う。肌寒いのは鎧《よろい》戸《ど》を開けているからだ。ヌソスにはガラスがなく、艦底に残っていたガラスのストックは二枚だけだった。砲撃で割れた窓にそれをはめて、残る部分は夜にだけ鎧戸を閉めていた。

「僕たちをおびき寄せるためだけに、こんな手の込んだ偽装をするだろうか」

「わしらの帰路を狙《ねら》うなら、この島の東方で待ち伏せるだろうが」

「正直、そこまでやるとは思えない。祭の最中にオノキアの斥候《せっこう》らしい人間がまぎれこんでいたって報告があったから、連中は金毛氈が焼かれてしまったと思っているだろう。もう僕らと戦う利点がほとんどないんだよ。単に決着をつけたいという遺恨《いこん》以外は」

「その遺恨が一番の問題じゃないかね？」

静かに熟考してから、アルセーノはうなずく。

「意趣返しの可能性もないとは言えない。でもそれならそれで——決着をつけてやるだけのことだね。さいわい、本艦にはまだ弾薬がある」

「三連射分ぐらいじゃがな」

「相手も似たようなものだと思うよ」

そう言うと、アルセーノは執務机から立ち上がり、窓に歩み寄って大きく伸びをした。ここへ来たときとは季節が変わり、風が冷たくなっていた。

「よし、帰ろう」

「もういいかね？」

「ああ。わずかとはいえ金毛氈を手に入れたし、ヌソスの戦も終わった。これから先はグリーネたちのことだ。もう僕たちがここにいる意味はない」

「それに、あまり陸《おか》にいすぎると、兵どもに根が生えてしまうしの」

「ああ」

開け放った窓から町のほうを眺めて、アルセーノはつぶやく。

「これ以上、かたきが増えてもかなわない」

「ジェイミーさまのことですか」

人声に驚いて振り向くと、紺の髪の侍女がいつの間にか部屋に現れ、飲み物を淹《い》れなおしていた。「グレシア」と小さく息をつく。物心ついたころからそばにおり、従順でめったに自分の希望を表さない彼女は、アルセーノにとって自分の影のようなものだった。いるのが当たり前であり、気遣いの必要も感じない。

「そうだな。あいつ、外陸民のくせにだいぶティセルの気持ちをつかんでしまったみたいだ。ティセルはああいう野卑なほうが好みなのかな」

「アルセーノさまは、よい方だと思います」

「それはそうだけど、彼女に通じなければ意味がない。もどかしいよ」

アルセーノは鏡に向かってそうするように、自愛の笑みをグレシアに向ける。侍女は無言でうやうやしくうなずく。

「うんと巻けぇ！　お前らあ、ふんばれ！」

「いーよーぉー！」

掌砲長ガオンの監督のもとでロープが巻かれ、先端に滑車を取りつけられてクレーンになった帆桁《ほげた》が怖いほどたわむ。おびただしい保存食の箱と水の樽《たる》が網でくくって持ち上げられ、船倉へと下ろされる。出港前の船は山をも呑《の》みこむ大魚だ。

下層甲板の一画ではランプの光のもとで、何十個もの土を詰めた木箱を、三つ編みのイエニイが大切そうに手入れしている。そのそばに立つ黒い大きな影は、アンドゥダーナー人のエンツィンだ。

ティセルの前で、二人の学士が話し合う。

「アンキへオスのことをどう思われます？」

「どう、とは」

「つまり、あれは何かの兆候なのか、それともただの、過去の残滓《ざんし》なのか、ということです」

「難しいですね」

イェニイは手元の木箱に、湿った布を丁寧にかけていく。中の土を乾燥から守っているのだ。

「ある小さな群島を彗晶族《キオニカン》が支配しようとしているさなか、たまたま私たちが到着し、乱に介入して鎮《しず》めた。私たちにわかっているのはこれだけです。偶然かもしれないし、何かの必然があったのかもしれない。なんとも言えません」

「博覧王メギオスはこのことを見通していたのかもしれない。彗晶族《キオニカン》を倒せる武器が、彗晶族《キオニカン》に襲われたその場に、偶然準備されていたなんて、出来すぎですよ」

「それも解釈次第です。偶然置いてあったのではなく、彗晶族《キオニカン》がそれに引き寄せられたのかもしれない。何もメギオスに並外れた予見能力を措定する必要はありません」

「そうだ、別の解釈も成り立ちます。つまり、ここにたまたまメギオスの遺物があったのではなく、外陸のあちこちに多数のそれが遺《のこ》されているとすれば――」

「それがメギオス驚異なのかもしれませんね」

イェニイの言葉に、エンツィンは打《ぶ》たれたようにうなずいた。

「そう、そうかもしれない……他《ほか》のメギオス驚異か」

調べなければ、とエンツィンはぶつぶつ言い始めた。イェニイは首を振って手元を見つめる。

「そんな来歴がなくても、十分興味深いと思いますけどね」

木箱の中には、さわさわと元気よく育っている毛皮のようなものがあった。イェニイが谷から持ち出してきた、今やここにしかない金毛氈である。ただ、奇妙なことに、それは金色をしていなかった。白っぽい透明か、よくて薄い黄色にしか見えない。

ティセルの視線を受けて、イェニイが笑う。

「これの色が気になりますか？」

「ええ、まあ……」

「この土には金が含まれていないからです。金毛氈は土中の養分を吸いだすだけで、残念ながら空気から金を作るものではないみたいね。でも環境さえととのえてやれば、増えるのは早いみたい。パン生物園へのよいお土産《みやげ》になりそうです」

「それ危なくないんですか？　彗晶族《キオニカン》がほしがっていたものでしょう」

「今のところ害はないようですよ」

今のところはそうかもしれない。今後三カ月もそうあってほしいものだとティセルは思った。

金毛氈の手入れを終えると、イェニイはエンツィンに向き直って言った。

「確かなのは、私たちがまだ彗晶族《キオニカン》のことをまるで知らないし、彼らが消えてしまったわけでもないということです。キオの至天錘《してんすい》は世界の中心に立ち続けている。それを無視することは、今後も私たちには許されないでしょう」

「ことに我々のような学士には、ですな」

肩をすくめて、エンツィンは言った。

「どうも私はまだまだ海を巡る必要があるようです。この冬を越したら、はるか北東にあるというラクバルスの遺言森林か、あるいはウォロナ幻溺洞《げんできどう》へ向かおうと思います」

「ひとりで大丈夫なんですか？」

ティセルが心配して言うと、エンツィンは微笑《ほほえ》んだ。

「アンドゥダーナー人には翼があり、陸を見る目もある。ラングラフ人よりずっとたやすく海を渡れるのだよ」

「そうですか……」

あの何もない大洋をたったひとりで渡れるなんて、ティセルには驚くほかなかった。

「私たちはラングラフへ帰ります。何か諸島環への伝言があればお伝えしますよ」

「伝言……そうですね、ロウシンハに」

エンツィンは言いかけたが、首を振って取り消した。

「いや、けっこうです。故国では私はすでに死んだものとして扱われているでしょう。いたずらに混乱させることはない」

「わかりました、お気をつけて」

イェニイは異族の真っ黒な手を握って、そう微笑んだ。

秋風が吹き始めたある日、アンヴェイル号はとうとう出港準備を終えた。島の女とくっついて艦を降りた者——その中にはミトリウスも含まれた——を除き、逆に乗艦を希望したヌソス人を加えて、合計百七十四名の水兵、士官、艦長が艦に乗りこみ、出港手順が開始された。

帆が広がり、錨《いかり》が巻き上げられ、固定されていた大きな艦体が海へと解き放たれる。待機していたヌソスの漕ぎ船が、二列縦隊で外海へ漕ぎ出し、アンヴェイル号を曳航《えいこう》していった。

船隊は岬を回り、北東へ針路を取る。来たときとは季節が変わったので、風の具合も変わっている。東向きの季節風が北方の冷気に押されて、ずっと南下してきているはずだった。諸島環まで七十日で戻る、とアルセーノは宣言していた。

やがて、たるんでいた帆がバタバタとはためいたかと思うと、バン、バン、バン、と音を立てて膨らんだ。無数の索具が高く低く、止まらない笛の音をかなで始める。

島陰から出て、海原を吹き渡る大きな風の中に入ったのだ。

「ジャムーっ、さよならー！」

「ティセル、元気で！」

「アルセーノー！」

ヌソス人が口々に叫びながら離れていく。パニは泣きながら漕ぎ船の上で跳ねている。おそらく死ぬまで二度と会うことのない人々だ。ティセルも力いっぱい手を振って叫んだ。

「みんなさよならーっ！　元気でねーっ！」

ジャムは手すりの上だ。静索につかまって落っこちそうになるほど身を乗り出しながら、手を振っている。主にパニに向けて振っているようだが、それだけではない。

「ジャム、大好きよー！」「行っちゃわないでぇ！」

ティセルに見わけられただけでも、四人の女がそんなことを叫んでいた。

アルセーノは三角帽子を振っている。女たちから贈られた花を挿して、倍ぐらいに重くなった帽子だ。

「みなさん、さようなら！　おいスパー、早く戻って来い！」

漕ぎ船へ遊びにいっていたスパーが戻って、アルセーノの帽子に最後の一輪をつけ加えた。

やがて漕ぎ船の群れは小さくなり、声も聞こえなくなって、アンヴェイル号は完全にヌソス群島を離れたのだった。

「さよなら……」

からりと晴れた寂しさを覚えながら、ティセルは目じりをぬぐった。

それからおもむろに艦尾手すりに沿って歩き、まだ手を振っているジャムの足をつかむと、膝《ひざ》の裏を叩《たた》いてカクンと折り曲げてやった。「あわっ？」と倒れてくる彼を抱きとめて、微笑みながら顔を覗《のぞ》きこむ。

「さて、ジャム」

「うん？」

「どういうことか、説明してもらいましょうか。さっきのたくさんの女の子たちは、いったい何？」

「え？　ただのお友だちだけど？」

「あなたの一族は、ただのお友だちから服だの靴だのもらって箱に詰める習わしがあるのかしら」

「うえ⁉　テス、人の荷物見たの？」

ジャムが跳ね上がって索につかまる。ティセルは微笑みながらすらりと剣を抜く。

「見たのじゃないでしょうぅ？　ジャムあなた、あのとき言ったわよね？　……私だけだから、って」

抜いた剣でヒュンヒュンと疾風のように軽い突きを続ける。片足立ちで器用に手すりの上を跳ね回って避《よ》けながら、ジャムが必死の形相で言う。

「いや、あの、関係、ないからっ！」

「今さら関係ないって、なに？」

「その関係ないじゃなくて服とか靴が関係ないって意味で、お願いちょっと聞いて！」

「よく聞こえてるわ。早く説明しないと串刺《くし》しになるわよ」

「ウルサールのだから！」

「……なんですって？」

ぴたり、とティセルは剣を止めた。ジャムがその前に飛び降りてささやく。

「ウルサールに頼まれたんだよ。外陸人の服装を知りたいから、もし会えたらもらってきてくれって」

「そんなおかしな頼みを国王陛下が——」と言いかけて、ティセルは思い出した。

そんなおかしな頼みをしそうな、彼は国王陛下だった。

「……する、かもしれない」

「だろ？　だろ？」

肩を落としたティセルにほっとしたようにうなずいてから、ジャムは階段へ向かった。

「じゃ、おれ部屋に戻るから」

「待ちなさい」

その肩を後ろからつかんで、ティセルは抜き身を頬《ほお》に当てる。

「陛下の頼み、ってのは信じてあげましょう。……でも、それを伝えて実際にぬいでもらったのは、もちろんあなたなのよね？　あなた女の子をぬがしたのよね？」

ジャムはにこにこ笑っている。——笑うしかない状況での追い詰められた笑顔、というものをティセルは最近見分けられるようになった。

「この……嘘《うそ》つきの変態浮気モップ！」

突いてやろうとした剣尖《けんせん》は空を切り、赤毛の少年は木登り動物よりもすばやい動きですするすると索を伝って後檣《こうしょう》に飛び移り、登っていってしまった。

「ジャムー！　あなた、あなたもう、許さないからーッ！」

マストを切り倒そうとして取り押さえられた。


「ごめんー」

「……」

「確かにぬがせたけど、さわったりしてないからさあ」

「……」

「頼むから許してよー、おれ、すっごい我慢したんだから！」

おそるおそる戻ってきたジャムが五歩後ろで謝っている。ティセルは艦尾方向を見つめ続ける。さっきとうとう、ヌソス島の頂上が水平線に沈んだ。

「だいたいテスずるいじゃないかー。自分は大事なこと言ってないくせにっ」

それもそうだった、とティセルは思う。結局自分は、言葉に表していない。ジャムが男の子にしてはよく我慢したんだ、というのもわかっている。アンヴェイル号の水兵の中には、ヌソス島にいたあの決して長くない間に、どうも子供ができたらしいんで、という理由で島の女のもとに残った者もいるぐらいなのだ。

だから、もう、許してやってもよかった。

「……ま、過ぎたことだしね」

出たのはそんなひと言だけだった。「テスきっついなー」とジャムがぶうたれたが、それぱっかりはどうしようもない。

――だって許し方わかんないんだから、しょうがないじゃない！

胸の中でひとりつぶやくティセルだった。

おずおずと寄ってきたジャムが、隣に並ぶ。ティセルが剣を抜かないのでようやく安心したようだった。

そして元通りの笑顔で言った。

「ところでテス、もう海は怖くないの」

「え」

あわててティセルは周りを見回した。気がつけば、ここ何十日かの間ずっと視界にあったヌソスの色彩の数々――緑や、茶色や、壁の色や家畜の色――は、何ひとつなくなって、右にも左にも前にも後ろにも、ただ青と水色、そして白だけが広がっているのだった。

「だ……大丈夫だと思うけ」

ど、と言う前に外洋の強いうねりがぐうっと艦を揺さぶり、ティセルを艦尾から放《ほう》り出しそうになった。あわててつかまり、こらえる。甲板を見れば、青い顔をした水兵が船べりから顔を突き出したり、早くもぐったりと寝転がったりしていた。

長い長い、航海の苦労が今また始まったのだ。

ティセルは顔を引きつらせる。

「くない。大丈夫くない。やっぱり、だめ」

ジャムはいきいきとしている。アルセーノもやる気いっぱいという顔だ。ウーシュ副長も、ヴァスラフ隊長も、自分の家に帰ってきたみたいにくつろいでいる。

その通りなんだろう。こいつらはここが家なんだ。

「や……やめようかな、航海。やめたいな。やめていい？」

思わずつぶやいたとき、ジャムが言った。

「まあまあ。ウルサールが待ってるよ。それに、テスの母さんと妹も！」

「そうだけど――」

言いかけてティセルは思い出した。ジャムの旅の目的を。それは叶《かな》えられなかった。

彼の顔をまじまじと見る。

「ジャム」

「ん？」

「あなたは、これでいいの？　このまま帰ってしまって」

すると赤毛の少年は満面の笑みで言ったものだった。

「いいに決まってるじゃん、テスと帰るんだから！」

二〇二〇年のあとがき

このたび角川春樹事務所さんから、二〇一〇年に出た博物戦艦アンヴェイルを復刊していただくことになりました。読み返したら面白い。当時の自分の帆船愛と冒険愛がけっこううまいこと文章になっている。ティセルのかわいさ、かっこよさも十分引き継げる。この路線はいい路線だ。ただ、セクハラが多い点はちょっといただけない。今の自分ではこうは書かない――こうは書けない、ということでもある――ので、その点が苦手な方には本を閉ざしていただくしかありません。すみません。

（当時のあとがきは割愛しました。どうしてもお読みになりたい方は御連絡下さい）

帆船小説を書いた動機は、当時述べたように、空と海の境界に生じる力を、木と布だけでつかまえて遠くへ行く帆船の原理に感動したからですが、そういうものを教えてくれた、たくさんの作品名をここで今一度あげておくのも、悪くないでしょう。ホーンブロワーシリーズ。ジャック・オーブリーシリーズ。コンチキ号漂流記。スプレー号世界周航記。エリュトゥラー海案内記。ビーグル号航海記。ツバメ号とアマゾン号。それからゲームの大航海時代オンライン。汽船まで範囲を広げるともっと増えますが、今はやめておきます。

それからウェブサイトの幻想諸島航海記からも着想を得ています。これは実際にあったいろいろな幻の島にまつわる話で、とても興味を惹《ひ》かれます。

そういったロマンに少年少女の接触と反発を絡めることが好きで、始めた話でした。二巻までは出たものの、三巻は生まれないまま歳月が過ぎてしまいました。しかしやっぱり、ジャムとティセルのキャラクターは（それにアルセーノも、シェンギルンも、あいつもこいつも）、私が書いた中でも指折りの魅力があるように思えます。できれば三巻も書きたいものです。

二〇二〇年一月　小川一水

本作品は異世界での冒険を、二〇一〇年に描いたものです。二〇二〇年の日本のジェンダー観に照らすと古い部分がありますので、ご承知おきください。

本書は朝日ノベルズ（二〇一〇年三月）を底本といたしました。

ハルキ文庫

お6-8

博物戦艦《はくぶつせんかん》アンヴェイル

著者 小川一水《おがわいっすい》

2020年2月18日第一刷発行

発行者 角川春樹

発行所 株式会社角川春樹事務所
〒102-0074 東京都千代田区九段南2-1-30 イタリア文化会館

電話 03(3263)5247(編集)
03(3263)5881(営業)

印刷・製本 中央精版印刷株式会社

フォーマット・デザイン 芦澤泰偉
表紙イラストレーション 門坂 流

ISBN978-4-7584-4320-3 C0193 ©2020 Issui Ogawa Printed in Japan
http://www.kadokawaharuki.co.jp/[営業]
fanmail@kadokawaharuki.co.jp[編集] ご意見・ご感想をお寄せください。

男を探せ

私立探偵・坂東は「魔風会」会長の娘に手を出したばかりに、
組織から追われ、とんでもない“手術”を施されてしまった——(「男を探せ」)。
表題作ほか、SFミステリー全十篇を収録。
(解説・日下三蔵)

くだんのはは

太平洋戦争末期。上品な女主人と病気の娘が暮らすその邸では、
夜になるとどこからともなく悲しげなすすり泣きが聞こえてくる……。
時代の狂気を背景に描く表題作ほか、
幻想譚十一篇を収録。(解説・日下三蔵)

明日泥棒

「コンツワ!」——珍妙な出で立ちと言葉づかいで、
“ぼく”の前に突然現れたゴエモン。それは大騒動の序幕だった……。
破天荒な展開の中に痛烈な文明批判を織り込んだ長篇SF。
(解説・星敬)

ゴエモンのニッポン日記

お騒がせ宇宙人・ゴエモンが再びやって来た。
一万年ぶりに日本を訪れたという彼を居候させることとなった“僕”は、
そのニッポン探訪につきあうことに……。
痛快無比の傑作諷刺SF。(解説・星敬)

題未定

どうにも適当な題を思いつかず、
題未定のまま雑誌に連載を始めた“私”のもとに届いたのは、
なんと未来の私からの手紙だった。時空の狭間に投げ込まれた
“私”が巻き込まれた大騒動の行方はいかに?

機本伸司の本

穂瑞沙羅華の課外活動

シリーズ

- パズルの軌跡
- 究極のドグマ
- 彼女の狂詩曲
- 恋するタイムマシン
- 卒業のカノン

ハルキ文庫